KB236742

순천향대학교
인문과학연구소

21세기 문화·환경과 인문학

새미

머리말

이 책을 펴내면서

21세기 최대의 화두가 문화와 환경이라는 말은 이제 진부한 느낌마저 주는 상식이 되었다. 21세기가 문화 전쟁의 시대라는 말은 이미 상당히 오래전부터 귀가 따갑게 들어 온 바이지만 실제로 요즘 우리의 일상에 더해지는 이국적 채색은 현기증이 날 지경이다. 그런가 하면 나라 밖에서 들려오는 우리 문화의 확산에 대한 소식도 놀랍다. 세계 각지에서의 한류 열풍은 TV 드라마와 영화, 그리고 음악과 연극 등 모든 공연 예술 분야뿐 아니라, 심지어는 한국 음식과 생활 풍습 등과 같은 한국의 일상 문화까지 망라하고 있다. 또한 다수의 우리나라 문학 작품들이 연이어 영어 불어 독어 등으로 번역되어 세계에 얼굴을 내밀기 시작했으며, 우리말을 배우는 외국인들의 수도 날로 급증하고 있다. 바야흐로 문화의 시대가 활짝 열리게 된 것이다.

그러한 한편, 대기 오염과 지구 온난화 현상 같은 전 지구적인 환경 문제에서부터 새만금, 시화호, 동강 개발, 천성산 터널 공사 문제 등 우리나라만의 국지적인 환경 문제에 이르기까지 갖가지 환경 관련 사회문제가 끊임없이 제기되고 있다. 환경 문제는 더 이상 선진국만의 문제이거나 미래의 문제가 아니고, 바로 우리의 문제이며 지금 당장 해결하고 넘어가야만 하는 시급한 생존의 문제라는 인식이 공유되기 시작하였다.

　이처럼 문화와 환경이 시대의 중요한 화두로 부각되는 현실 속에서 순천향대학교 인문과학 연구소는 "21세기 문화·환경과 인문학"이란 타이틀로 심포지움을 열고, 21세기의 문화와 환경이 우리나라의 문학, 예술, 그리고 교육에 어떤 영향을 미치고 있으며 어떤 상호 연관성을 갖고 있는지, 또 새로운 문화와 환경의 조건들에 각각의 인문학 영역들이 어떻게 반응하고 대처하고 있으며, 해야 하는지 등에 대해 논의한 바 있다. 본서 『21세기 문화·환경과 인문학』은 이 심포지움에서 직접 발표되거나 논의에 초대된 글들을 모은 것이다.

　김기중의 "사이버 문화 환경과 현대시의 방향", 전성운의 "새로운 문화 환경에서의 고전문학 연구", 양병무의 "철학적 관점에서 본 21세기 문화 환경과 인문학", 그리고 이재규의 "애니메이션에서의 리얼리티의 문제" 등은 급변한 21세기의 새로운 문화와 환경 속에서의 문학과 철학, 그리고 21세기의 컴퓨터의 발전과 더불어 급변하고 있는 애니메이션 분야의 대응 양상 내지 발전과정을 고찰하고 있으며, 남상인의 "21세기 사이버 세계와 상담문화", 김민의 "21세기 청소년 문화와 학교 교육", 이신동의 "엘리트 교육 지향 영재교육에 대한 비판과 대안 : APOGEE 프로젝트" 등은 21세기의 변화된 문화환경 속에서의 교육 문제를 논의하고 있다. 끝으로 이영관의 "생태변화와 인간문명 : 중세 말기 페스트"와 이인현의 "지속가능한 사회를 위한 새로운 문화형성"은 21세기에 들어 급격하게 위기에 처한 환경의 문제에 대한 심각한 우려와 경고를 제시하면서 인간과 자연이 공존해야할 필연성을 강조한다.

　그 어느 때보다도 도전과 위기의 시간들로 점철되어 있는 21세기의 앞자락에서 인문학도 그 언저리에 위태롭게 서 있다. 이러한 상황 속에서 이번 순천향대학교 인문과학연구소가 펴내는 본서 『21세기 문화·환경과 인문학』이 21세기에도 여전히 유효한 인문학의 위상을 재정립해 보는 작은 계기가 되기를 희망한다. 심포지움에 직접 참석해주시거나 소중한 옥고를 보내주신 모든 필자 분들께 머리 숙여 감사의 말씀을 드리며, 어려운 가운데에서도 본서가 출판될 수 있도록 최선을 다 해주신 새미의 정진이 대표님께 심심한 감사의 말씀을 드린다.

2005년 12월
순천향대학교 인문과학 연구소장 김기중

차 례

철학적 관점에서 본 21세기 문화환경과 인문학

양 병 무*

I

한국의 문화환경이 겉잡을 수 없이 급변하고 있다는 비판과 인문학이 위기에 처해 있다는 평가는 많은 학자들이 공감하고 있다. 비단 이 사실은 한국에만 국한 된 것이 아니라 지구화 시대에 세계 각국이 안고 있는 공통의 문제이며 해결해야 할 과제이기도 하다. 이 인문학의 위기는 특히 대학을 중심으로 두드러지게 나타났으며 이의 가장 중요한 이유는 현실 변화에 인문학이 조응하지 못했다는 것이다. 즉 인문학의 본질이 변화하는 과학, 기술, 문화, 사회 및 기타환경으로 인해 발생하는 문제를 발견하여 해결하고 이에 맞는 새로운 인간상 정립을 시도함에 있음에도 불구하고 대학이라는 상아탑 속으로 안주해 버리고 변화하는 현실을 외면하거나 인간의 변화하는 본질을 프로크로스의 침대처럼 상아탑의 전통에 맞게 자르려 함으로서 인문학의 위기가 발생했다는 것이다. 이에 대한 반발로 대학의 여러 학문 영역도 급변하는 현실에 적응하지 못한다면 용도 폐기되어야 한다는 것이 당연한 논리처럼 받아들여지고 있기도 하다. 이런 것은 현실성을 주영역으로 삼는

* 대덕대 철학 및 인성교육 전담 초빙 부교수

실용적인 학문들에게 있어서는 처음부터 전혀 문제가 되지 않는다. 그러나 출발부터가 실용적 현실이 아닌 학문영역은 시대정신에 근본적으로 어긋남으로 인해 존재위기에 직면하게 된다. 인간의 내면세계와 본성, 그리고 인간의 생각과 감정의 현실변화를 주영역으로 하는 인문학 일반은 이 시대의 흐름에 따라 위기를 맞는 것이 당연한 일인 지도 모르겠다.

그러나 모든 시대가 우리 시대처럼 자신의 현실적 문제를 해결하는 실용성을 추구하지는 않았을까? 단지 우리가 지나간 시대의 역사적 기록으로서만 이해하기 때문에 그 당시의 현실적 실용성의 문제였었던 것을 이론적이거나 개념적으로만 이해하려는 일반적 오류를 범하는 것은 아닐까? 실용성을 추구하는 이 시대의 정신은 과연 우리 시대에 국한된 현상일까? 아니면 오히려 모든 시대는 실용성을 추구했으며, 지금까지 성공적 인문학은 그 시대의 현실적 실용성을 수용하고 그 시대의 요청이 담긴 실용성에 맞는 인간의 내면세계와 본성을 창조하여 정립하는 데 성공의 원인이 있지는 않았을까? 이런 의미에서 인문학의 위기는 우리 시대의 현상에 국한된 것이 아니라 역사 속에 항상 존재했던 것이었으며 오히려 자신의 위기를 체험한 인문학만이 성공적 인문학이라 할 수 있으며 다른 한편으로 아예 위기를 간파하지도 못하고 지성인이라는 사회적 개념의 권위 아래 보호받으며 성장한 인문학은 실패한 인문학이라고 볼 수 있지 않을까?

황야에서 거친 환경과 역경을 이겨낸 인문학은 강하여 좋은 목재가 되고 온상에서 자란 나무는 나약하여 목재로 사용될 수 없다. 즉 인문학은 시대의 요청이 담겨 있는 현실적 실용성과 이를 정신적으로 주체화해야 하는, 그러나 지나간 역사적 현실에 묶여 있는 인문학 사이에 일어나는 괴리 현상으로 인한 위기 자체의 체험이라 할 수 있다. 따라서 지금까지 인문학의 고전들을 보면 이런 괴리 현상으로부터 오는 창조자의 외적 또는 내적 고통의 갈등이 담겨 있는 작품들이라는 것을 통하여 알 수 있다. 이런 관점에서 볼 때에 인문학은 본질적으로 위기에 처해 있거나 있어야 하며 이 위기를 간파하여 극복하는 과정 그 자체가 인문학이 아닐까? 이 인문학의 위기는 오히려 언제나 그 시대의 요청이 담긴 새로운 현실적 실용성이 가져오는 자연발생적 위기이며 바로 이 위기를 예언하기 위해 인문학이 존재하는 것은 아닐까? 또 이 위기를 예언하는데 그치지 않고 바로 이 위기를 체험하게 되는 내면적 주체가 위기를 극복하도록 내면세계의 긍정적 해결책을 찾는 주체를 창조하는 데 있는 것은 아닐까? 바로 변화하는 시대적 현실과 정체성을 유지하려는 역사적 인간주체 사이의 갈등에서 오는 위기체험의 인식, 정립, 극복을 할 수 있는 새 시대의 주체창조의 과제와 역사 속에서 갈등과 마찰의 불더미 속에서 피닉스처럼 항상 새롭게 태어나는 과정이 바로 인문학이다.

Ⅱ

　현대에는 인문학이라는 범주에 일반적으로 문학, 사학, 철학, 심리학, 교육학, 정치학 등 다양한 사회과학과 새로운 자연이해를 위한 환경윤리학과 과학철학적 이론검증까지도 넣는다. 이렇게 광범위한 영역과 주제를 볼 때 인문학에 관한 정의는 어떤 대상에 국한되어 시도하는 것보다 *인문학은 인간적 자연과 비인간적 자연의 생명활동이 언어를 통하여 상호관계 속에서 자아를 정립하는 과정이다.* 라고 정의하는 것이 적절하다. 인간적 자연과 비인간적 자연의 생명활동이 지속되는 한 그 자체가 이미 끊임없는 인문학이다.

　인문학의 위기는 삶의 실용성 추구나 현실성 추구를 통해오는 것이 아니라 오히려 이러한 실용적이며 현실적인 생명현상으로부터 멀어지는 데 있다. 인문학은 *생명현상의 자아정립*이고 *생명현상은 인문학의 자아실현*

이다.[1] 한 시대의 인성의 위기, 도덕과 사회의 위기 또는 정신적 위기는 인문학이 자신의 몸체인 생명현상의 변화에 맞는 자아정립의 언어 즉 생명현상과 주체간의 의사소통[2]의 가능성을 창조해 주지 못한 데 있다.

여기서 인문학은 환경변화의 위기에 맞는 주체를 주어져 있는 상태로 소유하고 있는 것이 아니라 환경변화의 위기를 이겨 낼 수 있는 주체를 스스로 창조해야 하는 것이다. 즉 인문학의 대상은 주어져 있는 것이 아니라 인문학 스스로가 대상을 창조해야 하는 것이다.[3] 또한 이것이 바로 인문학의 본질이다. 인문학의 위기는 자신의 대상을 창조하지 않고 대상을 소여성 속에서 찾으려 하는데 있다. 인문학에서 언어창조의 대표적 기능을 하는 詩를 그리스어원에서 살펴보면 창조행위 또는 창조력이라는 말과 같은 어원을 갖고 있다.

우리 시대의 인문학 위기는 바로 우리 시대의 일반적 소여성 즉 실용성 위주로 인해 인문학의 위기를 초래했다고 생각하는 그 자체가 정말 인문학의 위기가 아닐까? 왜냐하면 인문학은 바로 시대정신이 지나친 현실적 실용성의 강조로 인하여 인문학을 배제한다는 질병을 앓고 있다는 올바른 진단을 했음에도 불구하고 이를 치료하려는 노력 즉 이에 맞는 주체를 창조하는 것이 인문학인데, 능동적으로 치료하려 하지 않고 오히려 배제된 자신의 상태를 한탄하며 인문학은 무기력으로 떨어지고 자포자기를 하고

---

1) 신화나 종교 속에서 신이 언어를 통하여 세계를 창조하는 과정과 인문학이 언어창조를 통해 생명현상을 정립하는 과정은 평행적 공통점을 보여 주는 대표적 예이다.
2) A) 인간적 자연의 생명현상과 비인간적 자연의 생명현상 사이에 주체형성을 통하여 이루어져야 하는 의사소통과 B) 인간적 자연의 주체 사이에 있어야 하는 의사소통의 가능성을 열어 주지 못했다.
3) 인문학은 언어창조를 통하여 사고 주체를 창조한다. 이렇게 자아를 중심으로 사고주체가 창조되지 않는다면 인간의 정신적 사고활동은 동물적 사고에 머무르거나 미약한 사고의 단계에 있을 것이다.

있는 또 현실의 의도적 보호 없이는 스스로 존재하기 힘든 학문으로 약화된 것 이것이 바로 인문학의 위기는 아닐까? 인문학의 본질은 변화하는 시대정신에 대해 도전하는 과정이며 이것이 바로 과제인데 시대정신이 인문학의 위기를 초래한 것이 아니라 오히려 인문학이 자신의 도전적 본질을 상실한 데에 위기가 있는 것이 아닐까?

인문학은 급변하는 환경의 주체로서의 인간이 변화하는 현실적 환경에 대해 언어정립을 함으로서 주체로서의 기능을 유지할 수 있도록 자아를 정립하는 과정이며 동시에 이것이 과제이다.[4] 이런 언어에 의한 자아정립 없이는 인간은 사고기능을 할 수 없으며 문화도 불가능했을 것이다. 이 언어적 자아는 밖에 존재하는 환경의 자아이며 동시에 인간 스스로의 자아이기도 하기 때문에 한 언어가 이중적 기능을 한다.[5] 이러한 이중적 기능 속에 인문학은 외적 환경인 대상과 내적 환경인 자아의 세계를 일치시키는 노력이며, 또 일치시키는 범위에서만 참된 인문학으로 존속할 수 있으며 동시에 이 일치성 자체를 자신의 본질로 삼는다.[6]

---

4) 물론 인간이 환경의 주체로서의 위치를 포기하거나 자신의 위치를 의식하지 못하고 동물적으로 환경에 의해 지배된다면 문제는 달라진다. 단순히 자신의 육체적 경계에 제한된 주체에 머무르는 동물과는 달리 인간은 환경의 주체이며 동시에 자신의 육체와 인식의 주체이기 때문에 환경을 자신에 맞게 자신을 환경에 맞게 조화시켜 나간다. 인간의 능력은 얼만큼 외적 환경을 내적 자아의 세계로 정립을 하는가? 또는 내적 자아 속에 새로이 정립되는 세계를 어느 정도 외적 환경에 반영하는가에 의해 결정되기도 한다.

5) 성경에 따르면 언어적 자아를 인간적 주체에 제한시키는 행위를 인간의 타락(원죄)의 출발점으로 본다. 사과를 명명했을 경우 밖에 있는 사과존재에 대한 믿음과 의지를 지칭하는 사과언어가 있어야 하고 언어체계 속에서 문법, 과일, 의미 등등에 따라 정립되는 사과언어가 있어야 한다. 형이상학적으로도 신 또는 자아를 명명했을 경우에도 신 또는 자아의 존재에 대한 믿음과 의지가 존재해야 하고 언어체계 속에서 정립되는 신과 자아가 있어야 한다. 이런 언어 주체의 끊임없는 이중적 기능과 갈등이 인문학을 진정한 인문학이게 한다. 그러나 일방적 인문학은 감각적 현실에 집착하여 방향을 상실하거나 언어체계에 집착하여 현실감각을 상실한 언어에 그치고 만다.

6) 인문학은 생명이 대상적(외부적) 환경과 언어사고적(내적) 환경을 일치시키는 노력이며

이렇게 인문학을 통하여 정립된 유기체적 일치성이 언어로 표현되어 하고 있는 기능은 급변하는 모든 환경의 격량 속으로 자아를 상실하고 휩쓸려 가는 인간이 되는 것을 막고, 지탱할 수 없이 급변하는 환경의 주체가 되어 디딤돌의 역할을 한다. 이런 인문학은 환경의 급류에 도전하여 자아정립을 하고 이 자아는 징검다리가 되어 역사 속에서 다음 단계로 넘어 갈 수 있는 지탱점이 되어진다. 또한 인문학은 이 지탱점을 중심으로 격량의 속도를 조정하고 방향을 제시하여 스스로 이정표가 되기도 한다.

인문학은 잘못된 시대정신의 위기를 인식하고 이에 도전하는 과정이며 도전하는 과정에 있어야 하는 것이 인문학의 본질이다. 인문학은 항상 되어지고 있는 것이지 완성이나 절대적 체계화는 인문학이 자신의 본질을 상실할 때만 주장되어질 수 있다. 즉 인문학은 항상 시대정신을 통하여 자신의 위기를 인식할 때에야 비로소 본질에 부응하며 이 위기를 극복함으로 새롭게 태어나는 것이다. 그러나 유감스럽게도 그 시대의 요청이 담긴 현실적 실용성의 문제들이 제시하는 과제를 인식하고 문제의식을 갖는 주체를 창조하여 해결책을 생각도 하지 않음으로 자신의 본질에 부응하지도 못하고 실패한 인문학은 역사적으로 남아 있지를 않다. 그렇기 때문에

일치성이 현실화되는 한도 내에서만 시간(역사) 속으로 온전한 생명체(유기체)가 되어 나타난다. 이 경우 인문학이 생명을 결정짓는 것이 아니라 생명이 기존하는 인문학적 요소들을 생명 속으로 녹여서 새로 정립하거나 또는 기존하는 인문학을 도구로 사용하여 생명의 관계 속에서 새로운 자아(생명)규정을 한다. 따라서 인문학은 생명 -인간적 생명과 비인간적 생명- 의 자기규정행위이며 이 행위의 원칙은 유기체적 일치성(동일성)이다. 유기체적 일치성의 본질은 모든 생명들의 상호 독립성과 상호의존성을 전제하고 있다. 인간이라는 유기체를 예로 들어 볼 때 각 신체기관이 독립적으로 기능을 하지만 상호의존적 기능이 없다면 인간이라는 유기체적 통일성은 불가능할 것이다. 바로 이 유기체적 일치성을 인문학은 사랑이라는 말로 표현한다. 따라서 생명현상의 독립성과 의존성의 모순관계를 유기체적 일치성으로 극복해 나가는 과정이 인문학이며, 인문학은 바로 사랑이다. 이렇게 자연적 언어와 인간적 언어가 인간의 정신 속에서 유기체적 일치성으로 정착되는 것을 인문학을 비롯한 종교, 철학, 윤리, 도덕, 신화 등에서도 사랑으로 표현한다.

인문학의 본질을 정확히 드러나게 하는 위기극복에 실패한 인문학적 과정들을 접할 기회는 드물거나 거의 없다.

우리 시대는 급변하는 문화가 바로 현실의 실용성을 결정짓는 역할을 한다. 이런 의미에서 문화실용주의라고 할 수 있을 정도로 문화가 우리 시대의 요청이며 모든 실용적 현실을 결정짓는다. 이 주장은 문화산업이 21세기의 가장 중심적 산업으로 부상하고 있다는 사실 하나만으로도 충분한 근거를 갖고 있다. 따라서 인문학은 실용성이 자신을 배제한다는 진단보다는 문화실용주의 속에서의 문화를 자신의 실용적 환경으로 보고 이 문화환경 속에서 인간의 내면세계와 본질을 탐구해야 할 것이다. 21세기에는 이렇게 문화환경과 인문학은 불가분의 관계에 있다. 21세기에는 실용성이 아니라 문화환경이 중심에 자리를 잡고 있고 이 문화환경이 문화실용주의를 바탕으로 하고 있다. 즉 인문학이 인문학을 배제하는 실용중심주의적 문화환경의 위기를 자신의 위기로 인식하고 자신의 본질인 위기극복을 위해 실용중심주의문화환경의 올바른 주체를 형성하는 것을 과제로 삼아야 할 것이다.

문화는 라틴어의 colere라는 단어에서 파생되었다. 이 말의 원의는 인간이 자연의 땅을 개간하여 경작하는 것이었다. 후에 전의가 되어 인간정신을 개간하다, 즉 교육, 육성하다(문화 화하다)는 뜻이 파생되었다. 이 의미가 시간이 지나며 인간의 이상에 대한 경작인 정신적 경배, 숭배의 뜻으로까지 전이되었다. 문화는 철학적으로 자연적 산물이 아니라, 자연상태에서 벗어나 인간적 주체의 생명현상의 질을 높이는 일정한 목적 또는 이상을 실현하려는 과정이다. 문화는 바로 이 과정에서 인간이 생산해낸 정신적,

물질적 산물의 총칭을 의미한다. 특히 시간이 지나며 정신적 분야를 더 많이 의미하게 되었다.

다음으로 환경이란 단어는 유기체 사상과 함께 21c의 중요한 신개념으로 부각되고 있다. 자연환경의 위기, 정신환경의 위기, 사회환경의 위기, 문화환경의 위기 등 수많은 예들이 있다. 환경이라는 용어는 이처럼 주로 현대인의 위기의식과 관련되어 사용되고 있다. 물론 급변하는 환경에 대한 현대인의 불안감을 잘 표현해 주는 용어이다.

이 두 용어를 합친 문화환경이라는 개념은 이중적 의미를 품고 있다. 우선 문화의 주변환경을 의미하며 자연과학, 기술과학, 사회과학 등을 들 수 있다. 다른 한편 문화 자체를 환경으로 보는 경우가 가능하다. 문화 자체를 환경으로 보는 경우는 인간 정신의 환경으로 볼 수 있다. 여기서는 문화환경이라는 용어를 이 두 의미를 포함하는 광의에서 사용한다.

인문학(Humanwissenschaft), 문화학(Kulturwissenschaft), 정신학(Geisteswisse-nschaft) 등의 용어는 독일어에서는 같은 의미로 사용되어지고 있다. 이것은 인문학이 본질적으로 문화환경과 인간정신으로부터 격리되어 생각되어질 수 없음을 시사하고 있다.[7]

따라서 인문학은 인간, 문화, 정신을 하나의 유기체적 전체로 보고 이 유기체적 운동을 언어와 이미지를 통해 문화환경에 맞는 주체를 정립하고자 노력한다. 노력이라는 말이 포함하고 있듯이 인문학은 노력하는 과정이며 이것이 인문학의 본질적 과제이다. 따라서 인문학은 항상 진행의 형태에 있는 것이지 완성된 인문학은 존재하지 않는다. 진행형태로 존재하는 인문학은 바로 생명현상의 유기체적 자아정립이다. 이렇게 인문학은 생명현상으로 용해되어 급변하는 문화대상과 주체를 생명의 일자성 속으로 용해할 수 있고 생명 속에서 문화환경적 언어와 주체적 언어를 재정립하

---

7) 철학사전, p.311, Kroener출판사, 독일 Stuttgart, 1991.

고, 시간(역사) 속에서의 상호작용을 파악하여 문화환경과 정신의 유기체적 동일성(일치성)으로 다시 시간(역사) 속으로 나타난다. 언어의 이중적 기능과 함께 인문학은 인간정신의 자아정립과 문화환경의 역동성을 정립하여 각각 자기 동일성을 확립함으로써 비로소 유기체적 동일성을 정립할 수 있다.

IV

우리 시대의 문화환경은 역동적으로 급변하고 있다. 이 급변하고 있다는 아니 급변해야만 한다는 강박관념적 현실 속에서 인간정신은 주체의식정립을 어떻게 하는가는 간과되어 질 수 없는 중요한 문제이다. 문화환경이 급변하고 있다는 존재인식은 바로 문화 주체인 자아도 급변해야만 조응하여 생존할 수 있다는 강박관념으로 직결된다. 물론 지금까지 많은 사람들이 급변하는 문화에 대해 위기의식을 느꼈고 이를 표현했지만 진정한 위기의식은 문화환경의 급변이 문화주체의 급변이라는 강박관념과 직결되는데 기인한다.

이 문화환경의 급변과 직결된 문화주체의 급변이라는 강박관념은 모든 기술적 분야, 정치개혁, 사회제도의 급변, 사회의식의 급변, 개인 주체의식의 급변, 대학의 학제급변, 심지어는 교육제도까지도 급변내지 혁신하지 않으면 안된다는 강박관념에 사로잡히게 된다. 급변하는 가운데 수없이 많은 문제가 발생하고 이 문제의 해결을 위한 답이 다시 현실에 맞는 빠른 변화라는 사고가 지배한다. 급변하는 문화환경으로 인해 발생한 문제의 해결책이 또 다른 급변이다.[8] 다시 인간정신은 결국 무비판적으로 변화를

---

8) 우리가 인문학을 통해 예언 할 수 있는 문제의 한 예는 지구화 시대에 문화환경을 비롯한 모든 환경의 급변은 시장경제체제의 과다한 경쟁과 시장의 지나친 비대, 포화상태로

위한 변화라는 기형적 주체를 형성하게 되고 변화의 시금석으로서의 전통의식을 상실한다.

무엇을 기준으로 한 무엇을 위한 변화인가? 라는 질문을 하면 여기서 기준과 목적으로서의 무엇은 더 이상 중요하지 않다. 의식에 형성된 기형적 바이러스 역할을 하는 변화만이 중요하다는 개혁 이데올로기의 노예가 된 것이다. 이로서 역사 속에서 문화환경의 자연스러운 변화와 성숙에 의해 주체가 변화하는 것이 아니라 주체의 기형적 강박관념에 따라 문화환경이 변해야 하는 이로니가 형성된다.

생명현상은 자신이 창조한 문화현실을 미적으로 감상할 시간이 없게 되고 종내는 미적 감각을 상실하게 된다. 모든 것은 자신에 맞는 시간에 나타나야 하는데 시간을 상실하게 된다. 시간의 상실은 역사의식의 상실로 직결되어 도덕적 가치기준의 판단이 흔들리거나 상실되고 시간의 유기체적 일치성이 상실된다. 미래는 과거와 현실을, 현재는 과거와 미래를, 과거는 현재와 미래를 생명현상의 유기체적 일치성에 의해 조화해야 하는데 노인은 자신의 젊은 현실과 미래를 암담하게만 보고, 젊은 세대는 자신의 늙은 역사를 불신하고 미래를 부정하는 현실적 이기주의로 넘어가고, 어린 아이들은 자신의 전통을 상실하고 왜곡된 영상매체의 현실로 미래를 잃어버리고 만다.9) 변화내지 혁신이데올로기는 이렇게 세대간의 대화를 단절시키고 겉잡을 수 없는 세대갈등을 일으킬 것이다. 문화는 단절된 세대적 몰이해의 상징이 되어 세대갈등과 상호불신의 도구로 전락할 것이다. 이런

직결될 것이다. 그리고 인간은 자신의 창조적 작업에 대한 성취감을 느끼지 못하고 새로운 창조에 의해 곧 추월되고 의식적 안정은 불가능할 것이다. 각기 다른 사회와 인간은 서로 돕는 존재가 아니라 단순히 경쟁의 상대로만 오해될 수 있다.
9) 시간은 과거, 현재, 미래 세 가지 양태로 의식된다. 생명현상은 모든 대상을 시간의 세 가지 양태에 의해 구분하여 생명의 순간에 유기체적으로 정립한다. 시간의 세 가지 양태가 생명의 순간에 함께 한다는 것은 문화현상에서도 볼 수 있다. 하나의 문화현상을 살펴보면 역사성, 현실성, 이상성 등이 함께 고려되는 것이다.

상태에서 문화의 기본 정신인 삶의 질을 높이는 것은 이미 더 이상 문화환경의 문제가 아니라 변화나 혁신의 이데올로기에 젖어 있는 사람의 정신 속에 생명현상에 입각한 올바른 시간(역사)의식을 심어 주는 것이다.[10]

물론 여기서 또 다른 문제가 제기된다. 과연 문화환경의 급변에 정신적 주체의식의 변화가 보조를 마칠 수 있는가 이다. 외적 환경이 주체로 정립되는 것을 내화라는 용어로 정의하자. 의식의 변화는 외적 환경의 변화보다 훨씬 어렵다. 내화가 얼만큼 어려운가? 예를 들면 독일 통일 시 서독 정부는 15년 이내에 동서독이 완전한 통일을 할 것이라고 낙관적 견해를 발표했다, 그러나 5년 후에 수정되어 30년이라는 시간이 걸릴 것이라고 회의적인 발표를 했다. 동독의외적 인프라를 서독의 수준으로 끌어 올리는 데 예상 소요기간이 15년이었었는데 동서독간 의식의 내적 통일은 30년이 걸린다는 수정발표였다. 10년 후 다시 60년이라는 기간으로 수정되었는데 동독 시절 초등학교를 다닌 학생이 대학을 입학하면서 이들과 서독 학생들의 의식구조를 비교한 결과 동독 시절의 의식구조가 변하여 서독의 정치, 문화, 경제적 환경을 의식적으로 내화하는 것에 실패했다는 조사결과였다. 우리는 이렇게 어려운 내화의 변화과정을 문화환경 속에서 체험하지 못한다면 주체가 형성되지 않은 상태에서 이미 문화환경은 급변하고 있다.

1. 한번 내화된 주체의식은 변화하기가 어렵다.
2. 문화환경에 대한 의식의 내화 체험을 하지도 않은 채 문화환경은

---

10) 변화이데올로기나 강박관념에 의한 변화 외에도 지나친 개인주의가 가져오는 문화환경의 무분별한 변화도 심각한 문제다. 그 외에 문화산업체에 의해 기획되어진 문화의 급변은 단순하게 경제적 파급효과 때문에 조작되어지고 있다. 특히 문화산업체 사이에 경쟁으로 인하여 획일화된 문화의 경쟁은 한편으로 다양한 자연발생적 문화환경을 파괴하고 다른 한편 변화를 위한 변화를 더욱 조장하고 있다. 이 급변의 소용돌이 속에서 문화가 주체 속에 정립되어 주체와 주체가 의사소통을 하는 것은 더욱 어려운 문제로 등장한다.

급변한다.

3. 의식은 새로운 문화환경을 내화하지 않은 상태이어서 이에 대해
   공허하다. 이 공허함은 자아부재와 자존심 상실로 인하여 삶의 방향
   을 잃게 하고 심지어는 윤리, 도덕, 인성까지도 상실하게 된다.
4. 다른 한 편 변화를 위한 변화라는 강박관념이 무엇을 위함인지를
   상실하고 의식을 장악한다.
5. 강박관념은 삶의 질과 관계없는 새로운 문화환경을 강요한다.
6. 인문학은 내화되지 않는 문화환경의 급변, 의식의 공허함, 무엇이라
   는 이상을 상실한 불안감, 강박관념의 문화환경급변강요 등 이렇게
   걷잡을 수 없는 소용돌이 속으로 휘말린다.

우리 시대의 인문학은 문화환경이 이렇게 의식에 내화되지 않은 상태에
서 급변을 위한 급변이라는 강박관념에 사로 잡혀 있지는 않은지 인식하고
성찰하고 비판해야 할 것이다.

V

문화환경과 인간정신의 의식사이에 생기는 갈등으로 인한 문제를 살펴
보았다. 그러나 문화환경급변, 내화부재, 의식공허, 강박관념만이 인문학
위기의 원인은 아니다. 영상문화를 통하여 정신은 점점 감각적으로 변하
고, 이에 따라 문화환경 자체가 감각적으로 변한다. 점점 인문학의 기초로
서의 언어는 체계를 잃고 감각적 언어행동으로 넘어가게 된다. 감각적
행동은 우발적이고 파편적이며 의식부재로 귀결되어 의사소통의 길을 좁
힌다. 좁혀진 의사소통가능성으로 인해 인간은 사고력을 상실하고 결국은
감각적 자연의 상태로 넘어간다. 이러한 의식적 언어의 결여와 무절재한
감각적 문화환경으로 인하여 의사소통이 어려워지고 있는 징조는 곳곳에

서 발견된다.

애기를 좀더 극화시켜 보면 우리는 지금 언어를 의사소통의 도구로 사용하지만 언어는 점점 그 빛이 바래 가고 있다. 영상매체의 발전을 통하여 시각적 문화로 넘어 가고 이는 감각적 문화로 이어지고 언어의 쇠퇴성과 파편적 언어의 혼돈은 극에 달하게 된다. 언어는 앞으로 계속 의사소통의 수단으로서의 기능을 감각적 이미지에게 넘겨주게 된다. 감각적 이미지의 지배는-구태여 포스트모던적 현상이라는 언어를 사용하지 않더라도- 단편성, 다양성, 감각의 흐름을 고정하려는 것에 반대하는 반체계성과 반획일성[11], 급변강박관념의 원인이 되는 단명성, 의식적으로 정립된 전통적 문화, 정치, 경제체제 등에 의해 형성된 가치관과 의미체계의 해체와 파편화, 기형적으로 일어나는 파편들의 감각적 재구성, 통일적 주체중심으로부터 탈중심화로 인한 주체의 다양화와 의사소통의 위기, 사태중심의 대화부재와 묻지마 식의 감각중심, 대학의 위기, 자아판단을 상실하게 하는 지나친 미디어의 영향과 맹신 등을 수반한다. 만약에 이렇게 감각적 이미지가 언어를 대신하여 보다 효과적 의사소통의 수단이 된다면 의식적으로 정립된 문화장르는 감각 속에서 이미지 전달을 위한 부가적이며 종속적 위치를 갖게 된다.[12] 이에 따라 언어는 감각적 문화현상 속에 녹아서 의미를 상실

---

11) 의식적 획일성에 반대하는 감각적 흐름은 오히려 더 위험한 무분별적 획일성 열광, 광란, 쾌락적 감각주의 등 을 조장하는 경우가 많다. 이것은 경제적으로 타인이 소유했기 때문에 아무런 반성과 성찰 없이 나도 소유한다. 타인이 하기 때문에 파괴적이던 창조(創造)적이던 나도 한다. 타인이 사용하는 언어이기 때문에 의미가 있던 무의미하던- 나도 사용한다 등 각 분야에서 무분별한 감각적 획일성을 조장하거나 의미가 있고 소중해도 감각적 유행으로 흘려버려 진지성을 상실하기가 쉽다. 다른 예로 의상의 다양성을 애기하지만 이것은 외적 현상이고 의상의 생산자들이 의도적으로 감각적 유행에 숨어 있는 획일성의 위험을 피하기 위해 상업적 조작의 다양성일 뿐이다. 소비자의 다양한 개성이 아니라 다양한 선택의 폭으로 인하여 소비자는 더 이상 다양한 개성을 필요로 하지 않고 개성의 다양성을 발휘할 능력조차도 박탈당했다. 개성은 개인의 창조성에 있는 것이 아니라 소여성에서 선택하면 되는 것으로 개성의 본질을 상실한다.

하거나 이미지를 위한 기호의 역할 밖에는 할 수 없게 된다.[13] 이 상태가 지속된다면 인간의 정신능력은 지금의 초능력으로 생각되는 텔레파시를 스스로 개발하지 않으면 의사소통의 수단인 언어가 쇠퇴하여 의사소통의 가능성이 점점 제한될 것이다.

이렇게 감각 속에서 흘러가는 문화현상 전반에 관하여 기존의 의식 속으로 정립된 문화장르와 새롭게 형성되는 감각적 문화장르 사이를 중재하는 의식적 현실이 결여되어 있기 때문에 언어를 통한 의사소통의 가능성이 희박하다. 이런 상황 속에서는 장르 사이에 경계마저 무너지고, 심지어는 같은 장르라고 할지라도 감각적 문화의 경우는 의사소통이 어려워진다. 영상매체로 인한 문화의 감각화를 통한 언어위기는 바로 인문학의 위기이다. 위기를 극복하는 길은 기성문화의식은 새로운 문화를 감각적으로 받아들여 언어를 통한 정립을 시도해야 비로소 의사소통의 가능성이 열린다. 물론 이것은 모든 감각적 문화예술환경과 미디어의 감각적 영상매체를 자신의 문화대상으로 수용하고 이에 대한 비판, 비평, 감상 등 언어창조를 통해 이들 대상의 자아정립과 동시에 인문학 자신의 자아정립을 위해 노력해야 한다. 이미 언급한데로 물론 인문학은 끊임없는 노력이지 완성된 형식이나 의식주체는 없다. 마치 마법주문처럼 현실문제를 해결하는 인문학의 완성된 형식이나 완성된 인문학의 의식주체는 거짓예언이며

---

12) 연극이나 영화 및 기타 예술에서의 감상, 비판, 비평, 예술역사 언어사고를 통해 주체화하는 작업 등이 차지하는 위치가 점점 쇠퇴한다. 예술의 창조활동과 마찬가지로 감상, 비판, 비평, 예술역사 등의 활동도 인간정신의 또 다른 언어적 창조 활동이라는 것을 감각적 예술행위는 이념적 의식행위라는 이름하에 거절한다. 이는 예술의 자기정체성 정립의 거부이며 예술에 대한 인간의 대화와 의사소통가능성을 어렵게 한다. 예술은 고귀한 예술주체성의 위치를 상실함으로 자아를 상실하고 단순한 기술로 전락하고 만다. 물론 토끼가 뛰듯이 급변하는 현대의 문화예술활동을 거북이 같은 의식적 비판, 비평, 감상 행위가 따라 갈 수 없는 것도 하나의 문제이다.

13) 언어를 통해 정립된 사고행위는 해석학적 설명의 수단이 되거나 생명 속으로 녹아 새로운 판단이 가능하도록 한다.

오진된 처방이다. 인문학의 주체는 인문학의 본질에 따라 노력 속에서 스스로 형성되는 것이지 어떤 것이 완성된 주체라고 할 수 없다. 오히려 이 노력하는 과정 자체를 완성된 인문학이라고 정의할 수 있다. 이렇게 활동과정 속에 있는 인문학, 그렇기 때문에 생명활동의 자아정립이라고 인문학이 정의되고 문화활동이 열려 있는 인문학 속에서 자아를 정립하고, 인문학은 문화활동 속에서 자아를 실현하고 이렇게 문화활동의 자아정립과 인문학의 언어적 자아정립이 유기체적 일치를 하는데 생명현상이 활력을 되찾고, 인문학은 문화환경과 인문학의 끊임없는 불일치 사이에서 유기체적 일치를 찾아내는 생명현상의 노력이요 과정이다. 따라서 완성된 논리적 또는 사상적 체계로 자신을 주장하는 인문학은 결국 자신의 언어사고적 체계의 침대 속으로 문화환경의 팔과 다리를 잘라서 눕히는 행동을 하게 될 것이다.

이런 모든 인문학이 범할 수 있는 오류의 위험에도 불구하고 감각 속에서 태동하고 있는 수없이 다양한 문화환경을 인문학은 내화시키고 주체화시켜야 한다. 이를 위해 무한히 다양한 문화현상을 자아 속에 정립해야 하는 정신의 끊임없는 노력만이 인문학을 통하여 다양한 생명활동과 의식주체창조의 가능성을 열어 준다.

VI

인문학의 위기는 또 다른 측면에서 관찰되어 질 수 있다. 우리 시대의 문화환경은 전문가를 필요로 한다. 한 분야의 전문가가 되면 자기 분야의 지배층이 되며 신화적 존재로서 우상시 된다. 사회는 전문가적 인간상을 강조하며 점차로 전체로서의 인간상을 상실하게 되고 부분적 인간상이 즉 한 전문 분야에서 탁월하면 사회적 입장에서 지도적 인간상이 된다.

그리하여 인간을 전체적 (종합적, 통일적) 인간으로 볼 때 성립되는 인문학은 점점 설 자리를 잃게 된다. 한편 지배계층이 된 전문가는 전문 지식만으로는 지배계층이 될 수 없음을 깨닫는다.

인간은 전문능력을 부분으로 포함한 전체적 유기체이다. 부분적 인간상을 발견한 전문가는 전인상을 찾아 주는 역할을 하려 하거나 부분적 인간상을 전인상으로 만들게 될 것이다. 이것은 마치 온전한 원 전체를 십분의 일 원주에 집어넣으려는 시도처럼 대부분 전체적 인간상을 부분적 인간상에 집어넣는 양상으로 되기가 쉽다. 그러나 이것마저 제대로 되고 있지 않은 상태를 우리 시대의 인간성 상실이라든가 인성교육의 부재라는 말을 통하여 적절히 표현되고 있다. 인성부재, 인간성 상실은 대부분 부분적 인간에 전체적 인간을 가두는 행위의 결과이다.[14]

따라서 인문학이 전문영역을 받아 들여 상실되어서는 안되는 인간 본성으로서의 통일적, 종합적, 전체적 인간상 자체가 부분 속에 갇히지 않도록 새로운 전문분야를 포함한 새로운 전인상을 제시하여야 할 것이다. 이를 위해 인문학은 전문분야를 탐구하고 받아들여 이를 위한 새로운 전인상을 창조하고 교육해야 할 것이다. 그러나 전문지식을 포용하지 못하는 인문학은 위기를 맞게 될 것이다. 인문학은 모든 전문지식이 초전문분야적 대화를 나누는 유기체적 상호관계를 형성할 수 있도록 스스로 모든 전문영역의 종합적 유기체가 되어야 한다. 이러한 조건을 충족하지 못할 경우 전문가의 시대가 가져오는 인문학의 위기를 피할 수 없다.

---

14) 전체적 인간상 속에서는 권위적 주체로서의 자아나 도덕적 주체로서의 자아는 상호동등한 위치에서 견제를 할 수 있을 것이다. 그러나 인간은 작은 권위의 주체가 되면 전체적 인간상을 상실하고 자신을 권위 속에 가두고 욕망에 따라 도덕적 인간상을 파괴한다. 따라서 선생은 점수부여의 권위를, 노조위원장은 파업의 권위를 취업알선에 악용하고 물론 제일의 권력주체인 정치인에 대해서는 언급을 할 필요가 없을 것이다.

VII

모든 전문 영역에서 인문학의 기능이 정립되어야 하는 과정을 논할 수는 없지만 일단 여기서 일반적으로 자연과학, 예술, 도덕 등의 각 분야에서 인문학이 차지하는 위치정립을 시도 한다. 인문학은 자연법칙 속에 숨어 있는 논리성, 자연형태 속에 숨어 있는 아름다움, 자연의 절제 속에 숨어 있는 선을 언어를 통하여 들어 나게 한다. 물론 인문학이 자연과학, 예술, 도덕 전반을 결정짓는 요소는 아니다. 이것은 인문학이 이 전문분야에서 해당되는 언어적 기능에 국한된 부분들이다. 인문학은 자연과학, 예술, 도덕 등의 분야에서 언어창조와 정립을 통하여

a) 자연과학에게 과학적 논리의 한계성을 넘어 자유로운 상상력을 부여함으로 경직된 자연과학에게 역동성과 호기심을 제공한다.

b) 예술적 상상력의 무절제성에 대해 논리적 근거를 창조함으로 유약한 예술에게 정체성과 분석력을 부여한다.

c) 도덕적 실천의 굴종성에 대해 자발적 양심을 창조함으로 타의적 윤리에게 자의성과 판단력을 부여한다.

인문학은 이렇게 자연과학, 예술, 도덕을 움직이는 힘의 원천이면서 동시에 자연과학의 상상력, 예술의 정체성, 도덕의 자의성 등을 상호 유기체적으로 일치시켜나가는 생명현상의 정신적 자아규정이다. 인문학에서는 자연과학의 법칙이 도덕성을 회복하고 아름답게 변하며, 도덕의 선함이 법칙으로 정립되고 아름다워지며, 예술의 아름다움이 논리를 찾고 도덕성을 회복 한다. 예술적 아름다움이 살아 있어야만 인간은 자연과학적 질서나 윤리적 선의 아름다움을 느끼며, 도덕적 선이 실존해야지만 인간은 예술적 미나 자연과학적 법칙의 도덕성을 배우며, 자연과학의 논리적 사고가 정초돼야만 예술적 미나 도덕적 선을 논리적으로 확신할 수 있다.

VIII

　기성물리학자들은 양자역학이 처음 생길 때 젊은 아이들의 물리학이라고 혹평했다. 기존의 물리학적 언어나 기호 또는 수학의 사고체계 속에 있는 그들의 물리학적 주체로는 이해 내지는 공감할 수 없었다. 양자역학을 위해서는 전혀 새로운 사고체계나 직관이 필요했기 때문이다. 이 새로운 사고체계는 아직 의식 속에 수식(공식)화되지 않았고 새로운 직관을 대상으로 하지만 아직 물리학자의 언어사고 속에 주체화되지 않았다.

　하이젠베르크[15)]의 말을 빌리면 미래의 과학자는 어떤 예술가보다도 풍부한 상상력이 필요하기 때문이다. 즉 그들은 새로운 물리학으로서의 양자역학을 이해하기 위해 새로운 대상을 수용하는 자세도 필요했지만 창조적 상상력을 통한 새로운 이론의 언어적 정립을 통하여 새로운 대상과 대화를 하고 유기체적 일치성을 형성할 수 있는 주체가 정립되어 있어야만 했었다. "자연과학은 자연의 본질이 어떤지를 단순하게 그렇다고 기술하고 설명하는 것이 아니다. 자연과학은 오히려 우리의 주체와 자연과의 상호작용의 한 부분이다. 자연과학은 우리가 질문하는 것과 제공하는 방법에 의존하여 자연을 기술할 뿐이다."[16)] 불확실성원리를 발견한 하이젠베르크의 목적은 플라톤의 세계직관과 물질에 관한 자연철학적 상상력의 언어사고체계를 주체로 형성하고 현대의 자연과학과 대화의 장을 열어 유기체적 일치성을 정립하고 현대의 올바른 세계관을 형성하기 위해 간단한 기하학적 형식을 기초로 비선분적 회전공간론을 정립하여 미립자세계의 기초이

---

15) 1901년 12월 5일 독일 뷔르즈부르그에서 태어나서 1976년 2월 1일 뮌헨에서 죽었다. 그는 아인슈타인이 한 이론이 관찰할 수 있는 대상에만 국한된다는 것에 반대하는 철학이론을 근거로 활용한 것으로부터 그의 방법론을 배웠다. 따라서 우리가 관찰할 수 있는 대상이 이론을 결정짓는 것이 아니라 역으로 언어사고적 이론이 우리가 관찰할 수 있는 대상을 결정할 수 있다고 확신했다. 언어가 갖고 있는 상상력을 강조했다. 철학인명사전, pp.372-373, 독일 Metzler 출판사, 슈투트가르트, 바이마르 1995.

16) 베르너 하이젠베르크 "물리학과 철학" pp.60-61, Ulstein 출판사, 독일 프랑크푸르트 1984.

론을 창조하는데 있었다.

a) 하이젠베르크가 플라톤의 자연철학적언어체계의 상상력을 통해 동시대의 자연과학적 세계관의 경계를 뛰어 넘었듯이 언어가 자연과학 속으로 들어가 움직일 때 이렇게 기존하는 제한된 자연과학적 사고의 경계를 뛰어 넘을 수 있는 언어적 상상력과 호기심을 제공한다. 자연과학의 이런 언어적 상상력이 제한되어 있는데 자연과학적 상상력과 창의력이 생겨 날 수는 없다.

b) 그러나 인문학은 또한 언어화되지 않은 자연과학의 대상을 언어창조를 통하여 주체화 한다. 대상의 언어주체화는 이미 언급한 데로 이중적 기능을 띄고 나타난다. 자연과학대상이 언어화되어 자연과학적 언어주체가 되어야 하고 언어주체 자체가 또한 과학화되어야 한다. 즉 언어 자체가 과학화되어 있지 않은 데 과학적 사고를 하는 것은 불가능하다. 인문학은 자연과학적 언어를 창조하고 언어를 자연과학화하여 자연과학적 사고를 가능하게 한다. 한국에서 과학적 사고가 부족하다는 것은 서양에서 들어온 과학의 대상이 우리 언어로 정립되어 있지 않기 때문에 생겨난 말이다. 서양에서는 그들의 자연과학적 대상이 그들의 언어로 정립되고 이 주체적 언어와 대상과의 대화가 바로 자연과학이며 자연과학은 그들의 사고방식 속에서는 끊임없는 역사적 과정이지 완성된 체계가 아니다. 우리도 우선 그들의 자연과학적 대상을 우리 언어로 정립하여 자연대상과 주체적 언어의 대화의 장을 열어야 비로소 우리 언어로 자연과학적 사고가 가능할 것이다.

c) 인문학은 자연과학자가 언어행위를 통해 자연과학 속에서 인간이 무엇인지 그리고 인간 속에서의 자연과학이 무엇인지를 사고하도록 한다.

d) 유기체적 일치성으로서의 인문학은 자연과학에게 자연에 내재하는 아름다움을 체험하게 하고 도덕적 절제성을 들어 나게 한다. 이것은물론 생명현상에 자연과학과 함께 내재하는 예술과 도덕을 통하여 유기체적 일치성이 형성되고 인문학은 이를 언어로 정립한다. 유전인자 공학이

도덕적 한계를 정하는 것이나 자연 속질서의 아름다움을 논하거나 자연의 아름다움 때문에 환경보호의 자연적 한계를 미적 기준에 의해 정하는 것도 이런 맥락에서 이해되어야 한다.

자연과학에서의 논리적 사고, 창조적 상상력, 자아정립, 윤리적 책임, 미적 체험 등은 인간정신이 언어정립을 통하여 생명현상 속에서 자연과학의 주체가 되어질 때에만 가능하다. 물론 여기서 자세한 언급은 안되지만 인문학은 그 자체가 예술적 창조활동, 감상, 비판활동, 비평활동과 윤리적 실천과 이론의 문제를 담고 있기 때문에 자연과학에서만이 아니라 예술과 윤리 전반에서도 주체적 기능을 한다.[17] 예술은 자연과학적 논리와 도덕적 판단력을 자신의 미적 창조력의 기준으로 삼고, 윤리는 예술의 아름다움과 자연과학의 논리성을 자신의 도덕적 판단원칙으로 삼음으로 생명현상의 유기체적 일치성이 인문학을 통하여 자아규정을 한다. 생명현상의 유기체적 일치성은 생명의 순간성을 통하여 정립된다. 생명의 순간성은 시간의 과거, 현재, 미래의 세가지 양태를 유기체적으로 통일시켜 마치 인체의 각 지체 들이 통일적 유기체로서의 온전한 인간을 가능하게 하듯이- 모든 시간을 포함한 온전한 유기체적 생명의 순간을 가능하게 한다. 이것은 마치 과학자, 예술가, 사상가의 과학적, 예술적, 사상적 영감의 순간들이 그들의 과거의 노력, 현재의 정렬, 미래의 희망이 유기체적으로 작용하여 나타나는 것과 같다. 여기서 a) 과거, 현재, 미래 b) 대상(환경), 주체, 이

---

17) 인문학은 예술과의 관계 속에서a) 예술적 상상력이 언어정립을 통하여 예술의 의사소통 가능성을 제공b) 예술이 무절제한 상상력으로 인하여 병약하여지고 현실을 떠날 때 언어적 자아반성과 성찰을 통하여 절제할 근거를 정립 c) 인문학은 예술에게 감상, 비판, 비평등을 통하여 자기분석능력 제공 d) 인문학은 예술 속에서의 인간상 정립과 인간 속에서의 예술관 정립 등등을 한다. 인문학은 윤리와의 관계 속에서도 a) 도덕의 계율성 보다는 자율적 판단, b) 법의 물리적 강제성 보다는 윤리적 양심, c) 실천의 습관성 보다는 도덕적 진실성, d) 도덕 속에서의 인간상과 인간 속에서의 도덕관 등등을 규정한다.

둘의 조화 등이 생명의 무차별적 통일성 속에서 새롭게 생명현상으로 자아를 창조하는 행위를 우리는 즉흥성이라는 개념을 통하여 표현한다. 즉흥성의 가장 대표적인 예로 현대의 free music을 들 수 있다. 이것은 물론 과거의 음악가들이 자신의 작곡세계에서 사용한 개념이지만 오늘 날은 다양한 연주자들이 세계 각국에서 모여 악보나 사전 연습 없이 무대에서 바로 맞나 집단적으로 각자의 음악을 연주하는 것이다. 이런 즉흥성은 창의성을 위한 훈련으로 교육적으로 도입되어 질 수 있다. 연극에서 즉흥극, 무용에서의 즉흥무용, 음악에서의 즉흥연주나 작곡, 대화나 언어훈련으로서의 즉흥 강연이나 연설 등 수없이 많은 예를 들 수 있다. 모든 것을 용해시키는 절대적 생명의 무차별적 통일성이 전제되어 있지 않다면 새롭게 생명현상이 자아를 창조하는 것은 불가능하고 따라서 즉흥성도 이미 차별성을 띤 어떤 개념에 의해 조정된 행위 밖에 안 될 것이다. 인문학도 새로운 주체창조를 위해 자신의 기존하는 주체를 생명의 무차별적 통일성까지 겸손하게 낮추어야 한다. 새로운 지식이나 지혜는 겸손을 통해서 만이 가능하다는 철학적, 종교적 이론의 겸손은 바로 이런 맥락에서 이해된다.

IX

잘못된 부분을 부정한다고 긍정적 해결책이 나오는 것이 아니다. 인문학 위기의 원인을 부정한다고 극복되는 것은 아니다. 부분적 전문지식이 지나치게 강조된다는 것을 비판한다고 생명의 유기체적 인문학이 생겨나는 것은 결코 아니다.

인문학은 생명이 스스로 자기규정을 창조할 때만 인문학으로서 존재한다. 이 창조는 시간을 무시하는 것이 아니라 시간을 존중한다. 인문학은 시간(역사)을 창조하면서 기성질서에 대한 존중심과 전통을 간직한다. 동

시에 과거에 묶인 약한 삶이 아니라 미래를 향한 강한 삶의 창조적 운동이
며 문화환경의 변화를 언어와 이미지 창조를 통하여 정신 속으로 주체화시
켜야 그 본래의 유기체적 생명성을 유지할 수 있다. 노인들은 힘이 약해지
며 과거에 집착하게 되고, 젊은 사람은 미래를 향한 힘찬 발걸음을 내딛는
것이다. 급변하는 현실에 따라 과거는 점점 둔한시 되고 미래는 점차로
강해지고 있다. 대학은 시간과 연령에 상관없이 젊은이들의 모임이다.
　지식학적으로도 과거 이천년의 지식이 앞으로 닦아 오는 이년의 지식합
계보다 적어진다는 계산이 있다. 이렇게 기하급수적으로 늘어나는 미래적
힘의 도래를 인문학이 과거의 미약한 힘으로 막으려 한다면 이는 진정한
인문학의 위기라 아니 할 수 없다. 정신적 위기, 윤리와 도덕의 위기, 인성
교육의 위기 등은 바로 인문학의 몸체 역할을 하는 생명현상이며 인문학의
위기로 수반되는 현상임을 인지하고 인문학은 긍정적 해결책을 창조해야
할 것이다. 따라서 인문학은 한 시대에 제한되어진 인문학이아니라 그리스
의 시가 갖고 있는 의미처럼 시대의 생명활동에 맞는 인간정신의 주체를
창조하는 과정이자 과제이다.

사이버 문화* 환경과 현대시의 방향

김 기 중**

Ⅰ. 들어가는 말

오늘날 현대사회는 21세기로의 전환 과정에서 과학기술의 혁명적 진보에 따른 후기 산업 사회, 정보화 사회로 진입하고 있으며 그에 따른 새로운 사회질서와 의식을 구축해가고 있다. 이정춘은 이러한 정보화가 전산화-연계화-유연화의 세 단계로 진행되면서 사회적 자유도를 지속적으로 증대시켜간다고 지적한다.[1] 전산화란 전산정보기기를 통해 단순 반복적 활동을 자동화함으로써 인력과 시간을 절감하고 업무의 정확도를 높이는 등 정보화가 주로 노동의 효율화라는 도구적 목표와 직결된 것이라고 할 수 있다. 연계화 단계는 전산기술과 원격통신기술의 결합으로 보다 높은 수준의 합리화가 추구됨으로써 노동 비노동 영역 모두에서의 사회적 재구

---

* 여기서의 사이버 문화란 사이버 공간의 팽창에 따라 발달하고 변화하는 물적, 지적, 테크닉, 실천, 태도 사유방식의 총체를 지칭한다. 그리고 사이버 공간이란 컴퓨터를 통해 세계적으로 긴밀하게 연결됨으로써 형성되는 커뮤니케이션의 새로운 공간을 말한다. 피에르 레비, 김동윤, 조준형 옮김, 『사이버 문화』, 문예출판사, 2000, p.32 참조.
** 순천향대학교 인문과학대학 어문학부 국어국문학전공 교수
1) 이정춘, 『미디어사회학』, 이진출판사, 2000, p.29.

조화가 촉발되는 단계이다. 끝으로 유연화 단계란 사회구조적 경직성뿐만 아니라 인간의 사고방식이나 행위양식도 이완됨으로써 특정 세력이나 가치의 지배력이 약화되고 단위들 간의 경계가 해소되는 상태를 의미한다. 이처럼 정보화는 단계적으로 진행되면서 사회적 개방성의 지표로 간주되는 사회적 자유도를 지속적으로 증대시켜 나간다.[2]

　이러한 정보화 과정의 절정은 컴퓨터와 인터넷, 멀티미디어 기술의 융합의 결과로서 출현하는 '사이버스페이스'의 등장이다. 이러한 사이버화는 제 2의 정보화라고 불릴만한 것으로 이는 우리가 지난날 경험하지 못했던 신세계를 제시하고 있다. 주지하는 바와 같이 인터넷이 제공하는 사이버스페이스란 장소와 물질에 기반을 둔 현실세계와 달리 컴퓨터 네트워크 속에 존재하는 공간으로 정의된다.

　사이버스페이스는 경계가 없는 무한한 공간으로서 현실계의 다양한 규제나 제약을 벗어난 초월성을 지닌다. 뿐만 아니라 사이버스페이스는 참여하는 사람들이 ID만 가지고 접속할 수 있다는 점에서 익명의 접촉 장소요, 교류되는 정보의 내용을 임의로 수정, 삭제, 창조할 수 있다는 점에서 고도의 편집성, 구성성을 지닌다. 또한 그것은 하이퍼링크에 의해 다선적으로 연결되는 복합적 중층적 구조를 가진다. 이에 더해 사이버스페이스는 모든 정보를 실시간으로 환원시킨다는 점에서 신속성 즉시성을 지니며 물리적 거리와는 무관하다는 점에서 탈공간적이다. 이러한 사이버스페이스는 실물이 없되 보고 느낄 수 있는 허구적 세계이지만 현실보다 더욱 현실감을

---

2) 이러한 개방사회의 성원들은 생활환경의 변화에 상응하는 다원적 가치를 지향한다. 다원적 가치체계 하에서는 어떠한 관념이나 행위도 이단의 이름으로 배제되지 않고 소정의 존재가치가 용인된다. 동의보다 이의를 중시하는 이 같은 개방적 사고 경향은 궁극적으로 이질적 요소들간의 결합을 조장하는 조합적 사고경향을 야기하게 되며 편견적 시간관을 초월한 공시적 사고틀을 지니게 만든다. 그리고 이러한 공시적 사고방식이 사회 각층에 널리 전파됨으로써 '비동시적인 것의 동시적 혼재'는 더 이상 병리적 현상이 아닌 정상적 사회질서의 일환으로 널리 용인될 수 있게 된다.
　이정춘, 위의책 p.31 참조.

주는 초현실성의 세계이기도 하다.

이처럼 오늘날의 현실 속에서 정보화는 돌이킬 수 없는 대세를 이루고 있고 그 가운데서 컴퓨터와 인터넷, 디지털 멀티미디어 기술이 결합하여 창조해낸 사이버스페이스는 새로운 현실의 중심을 이루고 있다. 그러면 이처럼 변화된 환경 속에서 문학 특히 현대시는 어떠한 위상을 가지고 있으며 어떠한 방향을 선택해야 할 것인가.

산업사회에서 정보화 사회로, 현실공간에서 사이버스페이스로 급변하는 21세기의 문화 환경 속에서 기존의 인문학과 문학이 커다란 위기에 처해 있다고 하는 것은 수많은 논자들에 의해 지적되어 왔다. 문학이 갖는 가치가 호라티우스의 말처럼 쾌락과 교훈에 있다고 한다면 활자매체에 의존하는 문학의 즐거움이란 이미 다양한 영상매체와 전자매체에 의해 주어지는 즐거움과 사이버스페이스의 환상적 쾌락에 대적할 상대가 되지 못하고 있다. 뿐만 아니라 문학이 주는 과거의 교훈이나 가치관이라는 것도 급격하게 새로 변화하고 있는 문화 환경에 있어서 의미 있는 나침반의 구실을 하기가 쉽지 않다. 그러면 앞으로 문학은 이러한 사회의 변화 속에서 어떻게 자신의 모습을 만들어 나갈 것인가. 공룡처럼 환경의 변화에 적응하지 못하고 절멸한 것인가. 아니면 새롭게 자신의 모습을 바꾸어 나가면서 나름의 존재의의를 앞으로도 실현시켜 나갈 것인가. 이에 대한 답변을 구하기 위해서는 먼저 오늘날의 문화 환경 속에서 문학이 처한 위상을 보다 분명히 이해할 필요가 있다.

II. 디지털 시대의 개막과 문학의 위기

오늘날 문학의 위상은 디지털 시대의 도래와 무관하게 논의되기 어렵다. 주지하는 바와 같이 디지털 기술의 발전으로 우리 사회에는 엄청난 변화가 일어나고 있다. 그 가운데 하나가 정보 축적과 전달의 패러다임 전환이다. 디지털 기술의 발전으로 말미암아 수백 년 동안 정보 축적과 전달의 핵심 매체로 기능하던 활자와 종이 미디어가 급격히 쇠퇴하고 그것들이 영상과 전자미디어로 대체되고 있다. 디지털 시대란 곧 인터넷과 다매체의 시대이며, 쌍방향 소통의 시대이다. 문자나 소리 영상 등, 각종 정보들이 서로 독자적인 영역을 고수하던 아날로그의 시대가 막을 내리고 소리와 영상, 문자가 디지털이란 공통분모를 통해 하나로 융합되며, 이들 디지털 정보가 일방적으로 전달되는 것이 아니라 인터넷을 통해 상호 소통되는 쌍방향 소통의 시대가 열린 것이다.

이러한 디지털 사회로의 변화가 문학의 미래에 어떠한 영향을 끼칠 것인가. 이에 대해 논하기 전에 우리는 먼저 디지털 혁명이 우리 사회에 초래할 변화에 대해 먼저 생각해 볼 필요가 있다. 디지털 기술혁신은 우리 사회를 과연 어떻게 변화시킬 것인가. 이런 물음에 대해서는 디지털 기술이 21세기의 인간에게 엄청난 물질적 혜택과 문화적 풍요의 가능성을 가져다주면서 문자 그대로 '디지털 유토피아'를 열 것이라고 하는 매우 희망적인 관측과 그것이 즉각적이고 감각적인 문화를 더욱 확산시키면서 인간의 정신적 영역을 더욱 황폐화 시킬 것이라고 하는 비관적인 관측의 양자가 제시되어 있다.

디지털을 중심으로 한 정보기술사회에 대한 긍정적인 예측은 얼핏 마르크스가 주장한 노동해방의 유토피아를 연상시킨다. 마르크스는 혁명의 목적이 이미 거의 성취된 노동계급의 해방이 아니라, 노동으로부터 인간의 해방이어야 한다고 주장했다. 이러한 관점에서 노동으로부터의 해방은 궁극적으로는 소비로부터의 해방, 즉 인간 삶의 조건인 자연과 신진대사로부터의 해방이다. 그러나 이처럼 마르크스를 고무시켰던 노동해방의 희망, 즉 여가는 인간을 필연성으로부터 해방시키고 노동의 동물을 생산적이게 할 것이라는 희망은 한나 아렌트에 따르면 기계론적 철학의 허구에 의존하고 있다.3) 이 철학은 노동력이 다른 모든 에너지처럼 결코 상실될 수 없으며, 그래서 삶의 노역에 소비되어 고갈되지 않는다면 자동적으로 '보다 높은' 다른 활동을 장려할 것이라고 생각한다.

그러나 오늘날 우리는 이러한 추리가 오류라는 것을 안다. 노동하는 동물의 여가시간은 오로지 소비에만 소모되며 그에게 남겨진 시간이 많으면 많을수록 그의 탐욕은 더 커지고 더욱 강해진다. 아렌트에 따르면 이들 욕구가 보다 정교해짐에 따라 소비가 더 이상 필수품에만 한정되지 않고 주로 사치품에 집중된다는 점은 이 사회의 성격을 변화시키기보다 오히려 이 사회의 심각한 위험을 은폐한다. 그 위험은, 종국에는 세상의 모든 대상이 소비와 소비를 통한 무화로부터 안전할 수 없을 것이라는 사실이다.

이와 같이 디지털 사회가 인간을 노동의 고역으로부터 해방시키고 인간에게 보다 많은 여가와 안락을 부여하는 원동력이 된다고 하더라도 그것이 궁극적으로 소비사회의 이데올로기에서 벗어나지 못한다고 하면 궁극적으로 디지털 기술이 인간 삶의 본질적인 행복에 도움이 되기는 어렵다. 그것은 호모 파베르로서의 근대적 인간이 갖는 외적인 편안함의 증대에 따른 내적인 불안감의 팽창이라고 하는 구조적 모순을 해결하지는 못할 것이기 때문이다.

이처럼 새롭게 도래하는 디지털 사회가 소비사회의 이데올로기에서 벗어나지 못한다고 하는 것은 문학의 위상에 심각한 결과를 초래할 수 있다. 왜냐하면 지금까지 정보와 오락의 기능을 독점하던 종이책이나 문학 작품이, 그보다 더 빠르고 더 효과적으로 오락과 정보를 제공하는 컴퓨터, 인터넷, MP3, 전자오락기 등 각종 디지털 기기에 밀려나 이제는 극히 제한된 역할만을 맡게 되었기 때문이다.

또한 이러한 디지털 기기와 텔레비전, 영화 등 영상매체에 익숙한 젊은

---

3) 한나 아렌트, 이진우 태정호 옮김, 『인간의 조건』, 한길사, 1996, p.190.

세대들은 더 이상 활자매체의 의존하여 정보와 오락을 얻으려 하지 않는다. 활자매체는 이제 지식정보의 중심매체가 아니라 수많은 매체 가운데 하나로서 다른 매체들과 힘겹게 경쟁하지 않으면 안 되는 처지가 되었고 이러한 것들이 곧 넓게는 인문학 그리고 좁게는 문학에 어려운 환경을 제공하고 있는 것이다.

김성곤은 문학이 처한 이러한 상황을 위기라고 진단하면서 문학의 위기는 무엇보다도 문학이 재미를 상실한 데서 시작된 것으로 보았다.[4] 텔레비전 드라마와 영화, 컴퓨터와 인터넷은 소설보다도 더 재미있고 문학보다도 더 많은 정보를 제공해주기 시작했다. 그래서 문학은 이제 재미보다는 교양의 대명사가 되었는데 이처럼 재미가 빠진 문학은 반쪽 문학일 뿐이고 그 결과 사람들은 점점 문학에서 멀어지게 된 것이다.

그런데 교양을 내세운 문학은 스스로를 대중문화와 차별화하기 위해 점점 난해해지고 순수화되어 갔다. 그에 따라 문학작품은 상아탑 속에서 작가들이나 비평가들끼리 돌려 읽는 전문적인 분야로 축소되었고 대중의 호응을 상실하게 되었다. 교양 또한 굳이 책이나 문학을 통해서만 얻을 수 있는 것은 아니어서, 사람들은 텔레비전이나 영화나 인터넷 등 다양한 매체를 통해서 필요한 정보와 교양을 얻기 시작했다. 이렇게 독자들을 빼앗긴 문학은 위기의식을 느끼게 되었고 점차 고립되기 시작한 것이다.[5]

이러한 문학의 위기에 결정적인 동인으로 작용한 것은 주지하는 바와 같이 컴퓨터와 인터넷의 등장이다. 20세기에 이미 시, 소설, 희곡과 같은

---

4) 김성곤, 「21세기 문학의 위기와 미래」, 『문화연구와 인문학의 미래』, 서울대학교 출판부, 2003, p.119.
5) 김성곤에 따르면 이러한 문학의 고립과 위기는 독자의 감소 현상에서뿐만 아니라 문학을 연구하고 강의하는 대학의 어문학과에서도 일어나고 있다. 문학을 전공하려는 학생들은 해마다 줄어들고 있고 대학의 경영자들은 어문학과의 축소나 통폐합을 구조조정의 필수조건으로 보고 있기 때문이다.
김성곤, 앞의 책, p.203 참조.

근대문학의 주류 장르들은 영화와 텔레비전 드라마, 애니메이션 등의 인접 장르에 의해 밀려나면서 독자들의 관심에서 점점 멀어지기 시작했다. 그런데 컴퓨터와 함께 등장한 컴퓨터 게임은 문학은 물론 영화와 텔레비전 드라마와 같은 20세기의 새로운 장르들마저 위협하기 시작했다. 이러한 컴퓨터 게임과 함께 개인용 컴퓨터가 통신망에 연결되어 생겨나는 인터넷의 사이버스페이스 또한 문학 내부의 위기를 초래하는 중요한 계기가 되었다. 인터넷의 사이버스페이스는 기본적으로 활자와 종이책의 제약으로부터 자유로운 디지털 공간이다. 이곳은 누구에게나 열린 공간이기 때문에 프로와 아마추어의 구분을 하지 않는다. 오랫동안 문학의 장을 장악해 온 작가와 평론가, 출판사의 집단적 취향에 구속되지 않으며, 기존의 대중문학과 굳이 취향을 나누려 하지도 않는다. 이러한 사이버스페스의 특징과 그로 인한 사이버문화의 융성은 기존의 문학 입장에서는 위기로 인식되지 않을 수 없게 된 것이다.

Ⅲ. 멀티포엠과 하이퍼시의 모색

디지털 멀티미디어와 사이버스페이스의 등장이 현실적으로 기존의 문학에 위기의 요인으로 등장한 것이 사실이지만 그 변화의 내용을 잘 살피고 이에 적절히 응전한다면 위기를 오히려 기회로 살려낼 수 있다고 보는 시각이 있다. 멀티포엠의 가능성을 타진하는 장경기의 주장은 그 가운데 하나이다.

그에 따르면 인간은 지속적으로 스스로를 표현해낼 수 있는 매체들을 확보해 왔다. 20세기에 들어서만도 사진, 동영상, 녹음기. 디지털, 컴퓨터 등 다양한 매체들을 확보하게 되었고 현재도 가속적으로 개발하고 있으며, 이들 매체들을 결합시킴으로서 보다 종합적이고 통감각적인 다층적인 매체를 정보전달 수단으로 일구어내고 있다. 그런데 이와 같은 멀티 매체의 발달과 함께 현대인에게 중요한 특징으로 나타난 것이 바로 다중 감각의 체질화이다. 컴퓨터로 대표되는 멀티미디어는 동시에 보고 듣고 읽고 쓰는 혹은 그 이상의 감각 등을 동시에 동원하게 되는 소위 다중 감각의 체질화를 현대인에게 가져오게 한 것이다. 그 결과 주로 책을 대하면서 문자를 통해서 지식을 넓히고 이를 통해 인식 능력을 넓혀간 세대들에 비해서, 신세대들은 영화, 텔레비전, 인터넷, 뮤직비디오, 애니메이션 등 다양한 형태의 매체와 다양한 형태의 장르, 시각, 청각, 문자 등 다양한 형태의 감각과 인식방법, 곧 통감각적인 표현, 전달, 인식방법에 익숙해져 있다.

사정이 이러하다고 볼 때 시가 문자 영역에서 문자의 정수로 꽃으로서의 역할을 하면서 인간의 인식 지평을 넓혀왔듯이 멀티시대에도 멀티매체의 정수로 꽃으로서의 역할을 다하려면 통감각적인 세대에 맞는 멀티적인 표현방법을 활용해야 한다는 것이다.[6]

이러한 논리에 따른 모색으로 나타나는 것이 멀티포엠이다. 멀티포엠이란 멀티미디어를 창작매체로 하여 창작하는 시이다. 기존의 문자시가 순수 개인 창작만으로 완성되는 작품인데 반해 멀티포엠은 개인작업이 아닌, 촬영, 편집, 녹음 등 다양한 제작진들이 참여하는 공동작업 형태를 지니게 되며 창작매체 역시 문자, 영상, 음, 기타 요소들이 동등한 관계 속에서 간섭하고 융화되면서 하나의 목표를 향해서 구체화되어 간다.[7]

사실 지금까지는 문화 전반에서 일어나는 현상을 총체적으로 분석하고 정리하려 할 때 주로 창작 도구에 의한 구별 방법을 활용해 왔다. 붓을

---

[6] 장경기, 「토탈 콘텐츠, 토탈 엔터테인먼트 속의 시」, 『사이버문학론』, 월인, 2001, p.61 참조. 이하 멀티포엠에 관한 논의는 이 글이 갖는 내용과 논지에 따른다.
[7] 장경기의 주장에 따르면 시는 기존의 문자시와 여기서 말하는 멀티포엠에 한정되지 않고 극장용 영화, DVD, 3D입체영화, 캐릭터, 만화, 게임 등 토탈 콘텐츠로 변형 확산될 수 있다. 그러나 본고에서는 논의의 초점을 사이버시에 두고 있는 만큼 논지를 기존의 문자시와 멀티포엠에 관한 논의로만 한정한다.

가지고 도화지나 캔버스에 그리는 작업, 칼을 가지고 조각하는 작업 등을 미술로 분류해 왔으며 소리를 활용하는 장르를 음악으로, 문자를 활용하는 장르를 문학으로, 정지 영상 카메라를 활용해서 만든 작품을 사진으로, 동영상 카메라를 활용해서 촬영하고 영상을 제작하는 장르를 영화로 분류해 왔다.

그런데 멀티미디어를 예술 창작도구로 적극적으로 활용하게 되고 미디어들 사이에 미디어믹스 현상이 가속화되면서 이러한 구분 방법들은 문화 전반을 총체적으로 정리하는 데 있어서 더 이상 설득력을 가질 수 없게 되었다.

미술의 연장선상에 있는 비디오아트, 음악의 연장선상에 있는 뮤직비디오, 영화의 연장선상에 있는 애니메이션, 기존 장르의 연장선상에 있지 않은 웹아트 등은 모두 멀티매체를 창작도구로 활용한다. 어느 분야의 문화 예술가든 종합 매체를 창작 도구로 활용하는 시대가 온 것이다. 문학의 연장선상에 있는 멀티포엠도 맥락을 같이 한다. 멀티포엠은 멀티미디어 시대의 문화예술로서 다른 모든 예술 장르들과 마찬가지로 창작도구와 감상 매체 등을 공유하는 것이다.[8]

이처럼 다양한 매체를 이용한 시 창작으로서의 멀티포엠과 함께 새로운 시대의 시적 모색으로 주목되는 것이 바로 쌍방향 소통의 시이다. 쌍방향 소통의 시는 작품 창작과 발표의 공간이 인터넷과 연결된 컴퓨터의 사이버 공간에 옮겨짐으로써 가능해지는 새로운 시적 양식이다. 소설에서의 쌍방향 소통 창작을 일컫는 하이퍼픽션에 견주어 시에서 쌍방향 소통의 시창작은 하이퍼시라고 부를 수 있을 것이다. 하이퍼시는 인터넷이 지닌 쌍방향 소통의 특징으로부터 자연스럽게 생겨난다. 인터넷에 작품을 올리는 순간, 동시에 많은 독자들과 교감할 수 있고 그들의 반응에 따라서 작품을 소리

---

8) 장경기, 앞의 글, 앞의 책, p.60.

와 영상, 문자 등을 자유롭게 이용하여 변형시키는 등의 작업이 자유로울 뿐 아니라 감상자와 함께 창작을 해나갈 수도 있는 것이 이러한 쌍방향 소통의 시 곧, 하이퍼시의 탄생을 가능케 한다. 이러한 쌍방향성은 더 이상 작가를 자신만의 세계 속에 놓아두지 않게 만든다. 하이퍼시는 작자가 다른 사람들과의 소통과 교감 속에서 탄생시키는 시인 것이다.

우리나라에서 이러한 하이퍼시의 대규모적인 실험은 2000년도 문예진흥원에 의해 '언어의 새벽'이란 이름으로 행해진 바 있다. 이 작업은 김수영의 <풀>을 기본텍스트로 하고 있다. 최초의 씨앗 글인 이 시의 한 단어나 한 구절을 클릭하면 이어서 새로운 시를 접목시킬 수 있다. 그런데 여기에는 제한적 규정이 있다. 즉 적어도 김수영의 시 <풀>의 중심단어인 '풀'이나 '눕는다' 등 몇 가지를 반드시 몇 군데 반드시 집어넣어야 한다. 글의 분량은 400자 이내로 제한된다. 그리고 이렇게 해서 만들어진 시는 또 하나의 씨앗 글이 되는데 이 글에 접속한 사람은 새로운 시를 거기 덧붙여낼 수 있다. 이렇게 해서 '언어의 숲'을 만들어낸다는 것이다. 이 실험의 기본적인 의도는 하이퍼텍스트를 순수한 문자언어로만 구성하여 감각적 반응시간을 가능한 지연시키고 그 사이에 사유와 상상이 개입될 여백을 열어놓음으로써, 문자 언어 특히 문학의 고유한 본성인 반성적 활동을 하이퍼텍스트에 심어보고자 한 것이었다.[9]

멀티미디어의 시대, 사이버스페이스의 시대를 맞아 이에 대한 시적 대응의 방식으로 지금까지 제시된 멀티포엠과 하이퍼시는 지금까지는 이론적인 모색이었을 뿐 그 구체적인 성과를 보였다고는 말하기 어렵다. 멀티포엠으로서의 작품은 아직까지는 창작되지 않았고 하이퍼시로서의 <언어의 새벽>은 한번 시도되기는 했지만 어디까지나 시도에 그쳤을 뿐 그 성과

---

9) 신범순, 「사이버 시대 시의 유령적 초상과 창조적 고민의 소멸」, 『사이버문학론』, 월인, 2001, p.22 참조.

를 반영한 이후의 지속적인 창작으로 이어지지는 못했기 때문이다. 그럼에도 불구하고 다매체시대의 새로운 문화적 환경에 보다 적극적으로 대처하기 위한 시적 노력으로서 이러한 멀티포엠과 하이퍼시의 모색과 시도는 나름대로 일정한 의의를 갖는 것으로 판단된다.

Ⅳ. 시적 순수주의의 지향과 그 의미

사이버스페이스의 등장이 우리의 삶과 의식에 지대한 영향을 끼치고 있고 앞으로 그러한 영향력은 더욱 증대될 것이 사실이지만 사정이 그러할수록 문학 특히 시는 자신의 본령을 굳건히 지킴으로써 시대적인 사명을 온전히 수행할 수 있다고 보는 견해도 적지 않다. 이른바 시적 순수주의라고 불릴 수 있는 이러한 견해는 먼저 사이버리즘의 문제점에 착목한다.

사이버 문학에 대한 비판적인 입장에 서있는 논자들 가운데 하나인 신범순에 따르면 오늘날 우리에게는 아직 진정한 하이퍼텍스트나 사이버 시는 없다. 컴퓨터 작업 속에 뛰어든 문학적 글쓰기들은 여전히 종이 위의 글쓰기와 크게 다르지 않다. 그러나 이러한 사이버시의 부재에 대한 확언이 사이버 매체가 우리에게 가져다 준 충격을 부인하는 것은 아니다.

그는 사이버매체가 우리의 삶과 의식에 적지 않은 충격을 주었음을 인정한다. 그가 볼 때 문학과 관련하여 사이버매체가 주는 충격은 언어의 흐름을 정보의 속도 속에서 조절하는 데 있다. 사이버매체의 영향력 속에서 하나의 언어 속에 깊이 머무르지 않게 되는 현상들이 보편적인 언어상태로 나타난다는 것이다. 옛날 정지용 같은 시인은 어떤 이미지나 언어에 망각의 깊이를 집어넣었다. 그것이 시의 언어가 되기 위해서는 오랜 기다림의 시간이 필요했다. 그러나 오늘날 사이버리즘의 충격 속에서 그러한 언어의 금욕주의는 사라졌다. 상상과 논증, 체험, 의미의 이해를 위해 필요했던 시간들이 욕망의 재빠른 달성을 위한 속도 앞에 무너진 것이다.

그는 이러한 상황 속에서 우리가 서둘러서 찾아내고 되돌아가야 할 곳은 오히려 '신성한 중심'에 있다고 본다. 그것만이 이 숨가쁜 혼돈과 혼란의 물결들을 가라앉힐 수 있으며 인간과 자연의 진정한 관계를 회복시킬 수 있기 때문이다. 그 중심을 되찾는 일은 자연의 신화를 파괴한 근대적 주체를 거꾸로 넘어서서 그 이전의 신화적 세계로 되돌아가는 길이다. 그는 지금이야말로 컴퓨터의 세계가 이상향을 가져다준다고 섣불리 예언하는 자들에 대해 우리가 어떻게 비판해야 할지 진지하게 모색해 보아야 할 때이며 우리의 미래가 전혀 다른 방향으로 전진할 수 없는지 생각해보아야 할 때라고 주장한다.[10]

신범순의 이러한 논지와 유사한 맥락으로 성민엽은 문학이 앞으로 대중성과 상업성을 운명적 속성으로 삼는 뉴 미디어 문화의 반문화성에 대한 강력한 항체가 되어야 한다고 주장한다. 뉴 미디어 문화에는 압도적인 반문화적 위험성과 취약하나마 문화적 가능성이 함께 들어있는데 그 반문화적 위험성에 대한 강력한 항체가 되며 그 문화적 가능성에 대한 촉진제가 되는 것은 이제 주변화 되어가는 문학이 중심에 대해 갖는 새로운 기능이라는 것이다.

성민엽은 문학의 위기니 소멸이니 하는 방식의 논의는 쓸모없는 것이라고 단언한다. 왜냐하면 그것은 기존 문학에 대한 완고한 집착과 무반성 이외의 다른 것이 아니기 때문이다. 그는 문학이 꼭 문화의 중심이 되어야 할 당위는 없으며 문학의 주변화가 역사적 운명이라면 그 주변화로 인해 가능해지는 문학의 기능이 있음을 주목해야 된다고 주장한다.

그는 이 새로운 시대의 문학에서 중심이 되는 장르는 시가 될 것이라고 예측한다. 동아시아 전통 문화의 경우 선진 시대의 시경 초사에서부터

---

10) 신범순, 위의 글, 위의 책, p.29.

오늘에 이르기까지 시는 언제나 독립적인 범주를 구성하고 있었다. 그러나 근대에 들면서 생겨난 문학의 범주에서 중심이 된 것은 시가 아니라 소설이다. 그런데 이 소설은 근래에 들어 더 이상 지배 담론을 전복하고 해체하는 자가 아니라 지배 담론을 생산하고 유포하는 자로 전신하고 있다. 이에 반해 시는 문학적 주변화라는 뚜렷한 현상을 보이면서 오히려 기술자본 시대에 '귀족성' 혹은 '식물성'의 문학의 중심으로 서게 되며, 뉴 미디어 문화의 반문화성에 대한, 그리고 시장중심주의에 대한 강력한 항체로서 기능하게 된다는 것이다.[11]

이처럼 시대의 변화가 급격할수록 오히려 문학이 자신의 본령을 지키고 시대의 반문화적 요소에 대한 항체로서의 역할을 수행해야한다는 주장은 그 나름대로 일리를 가지고 있는 것으로 보인다. 그러나 문학, 특히 시가 시대의 변화를 외면하고 자신의 성에 갇혀 있다고 할 때 결과적으로 이러한 시에 대한 수요가 급격히 줄어들고 극소수의 전문가를 제외한 대다수의 새로운 세대들이 시를 외면하게 될 때 과연 어떻게 시가 시대에 대한 항체로서의 역할을 수행할 수 있는지 의문이 아닐 수 없다. 시가 시대의 항체로서의 역할을 제대로 수행하기 위해서라도 변화하는 시대에 상응하는 변화의 모색을 도모하지 않을 수 없을 것으로 판단된다. 그러면 오늘날 현대시가 시대의 변화를 적극 수용하면서도 그것이 지니는 문학적 기능을 온전히 발휘할 수 있는 길은 과연 찾을 수 없을 것인가.

V. 새로운 시의 방향

사이버문화의 시대가 갑작스레 우리 앞에 현실로 열리고 그 충격이 우리

---

11) 성민엽, 「기술자본시대의 문화와 문학, 그리고 시」, 『변하는 것과 변하지 않는 것』, 문학과지성, 2004, pp.156-157.

의 삶과 의식 곳곳에 적지 않게 미치고 있는 상황과 비례하여 그에 대한 시적 대응 또한 앞서 살펴본 대로 멀티포엠과 하이퍼시와 같은 적극적인 긍정과 문학적 항체론 같은 일방적인 부정이라고 하는 양극단으로 엇갈리고 있다. 그러나 현실성이 결여된 채 이상주의에 치우친 긍정이나 실체적 진실을 충분히 고려하지 않고 대상에 대한 단편적인 이해에 입각하여 수행되는 일방적 부정은 당면한 문학적 현실을 올바로 타개해 나가는 데 있어 도움이 되지 않는다. 그렇다면 중요한 것은 우리 앞에 닥친 사이버문화의 실체적 진실을 보다 올바로 이해하고 그에 대한 시적 대응을 해나가는 일이 아닐 수 없다. 이러한 관점과 관련하여 피에르 레비의 사이버 문화에 대한 포괄적이고 합리적인 설명은 귀담아 들을 가치가 있다. 레비는 사이버 공간의 발전이 기적적으로 삶을 변화시키거나 오늘날의 경제적, 사회적 문제를 해결해 주지는 못함을 분명히 인정한다. 그러나 그 발전은 다음과 같은 부분에 있어서 새로운 존재의 차원을 열어줄 것이라고 예측하고 있다. 먼저 관계 방식에 있어서 집단적으로 그리로 지속적으로 재구축되는 정보 공간 내에서 만인이 만인과 함께 하는 공동의 쌍방향 의사소통이 이루어질 것이다. 둘째로 지식과 학습 사고의 방식에 있어서 시뮬레이션, 열린 정보 공간들 안에서의 횡적 항해, 공동의 지적자산을 축적하는 일이 가능해질 것이다. 끝으로 문학과 예술 장르에 있어서 하이퍼 문서, 대화형 작품, 가상환경, 집단적 분담형 창작 등이 이루어지게 될 것이다.[12]

그는 이어서 사이버 문화의 커뮤니케이션 기제, 지식 방식, 특징적 장르는 그저 단순히 예전의 방식과 장르들을 대체하지는 않을 것이라고 주장한다. 사이버 문화가 21세기 문화적 우주의 중심이 될 것이지만 가상이 현실을 대체한다든가 그 둘 사이의 구분이 없어지리라는 주장은, 가상성이라는 개념이 함축하고 있는 거의 모든 의미내용을 알지 못하는 말장난에 지나지

---

12) 피에르 레비, 앞의 책, p.288.

않는다는 것이다. 레비는 만약 가상이 철학적인 의미를 지니게 된다면, 가상은 현상이나 현재화와 짝을 이루게 되며, 그 자체는 특별히 풍요로운 현실의 한 표현 방식이 될 것이라고 예측한다.[13)]

레비의 이러한 주장을 받아들인다면 새롭게 등장하는 사이버공간의 문화를 지나치게 비판적으로 바라보면서 문학 특히 시를 전통적인 순수주의의 성에 가두어두려고 하는 시도는 재고할 필요가 있는 것으로 보인다. 그의 말처럼 획일적 전체성을 해체하면서도 보편성을 유지하는 사이버 문화가 전통의 모티프를 해체하는 것이 아니라 45도 각도로 전통을 기울게 하여 사이버 공간의 이상적인 공시성 안에 전통을 재배치하는 것[14)]이라고 할 때 시는 그처럼 기울어진 각도만큼의 자기수정을 감행함으로써 새로운 변화에 적응해 나아갈 수 있을 것이기 때문이다. 그러면 시의 그러한 적극적인 자기수정은 어떠한 방식으로 이루어질 것인가.

이와 관련하여 검토하지 않으면 안 되는 것이 바로 시적 대중성의 문제이다. 사실 오늘날까지 근대의 문학 특히 시는 그 존재 근거인 독자대중과 일정한 거리를 둠으로써 엘리트주의를 유지해 왔다. 그런데 이러한 문학의 엘리트주의는 박철화에 따르면 두 가지 차원에서 위협을 받고 있다. 하나는 창작 주체에 이동 현상이 일어나면서 창작자와 대중의 서열체계가 뒤바뀌는 것이고 다른 하나는 예술의 장르에 변화가 생기는 것이다. 사이버 문화와 관련하여 창작주체의 이동은 인터넷이란 매체가 갖는 속성에 의해 가속화되고 있다. 인터넷의 글쓰기 공간은 기존의 문예 제도 바깥에 있는 대중에게 자기표현의 공간을 제공하고 있다. 쌍방향 소통이

---

13) 사이버 공간을 통한 의사소통의 증대가 직접적인 접촉을 대신하게 되리라고 하는, 소위 대체 개념에 대한 비판을 하면서 레비는 많은 실례를 들고 있다. 문자가 발명되었다고 해서 인류가 말을 적게 한 것은 아닌 것처럼 사진의 발명이 그림을, 영화가 연극을, 텔레비전이 영화를 대체하지 않았으며, 가상박물관이 실제 박물관을 대체하지 않았다는 것이다. 피에르 레비, 위의 책, pp.291-299 참조.
14) 피에르 레비, 같은 책, p.345.

가능한 인터넷의 통신 메커니즘 또한 대중의 자기표현 욕구에 동기를 부여하고 있다. 문학의 민주주의가 첨단 기술과 결합하면서 일으키고 있는 이러한 급격한 변화는 갈수록 심화될 것이다. 뿐만 아니라 만화와 영화 같은 대중화된 예술의 하위 장르가 급격히 부상하고 드라마 대본이나 영화 시나리오 등에 대한 관심이 높아지고 있는 것도 문학 엘리트주의의 붕괴를 촉진하고 있다.

이러한 상황 속에서 시만이 기존의 엘리트주의를 고수한다면 그것은 스스로 고립과 자멸에 이르는 길을 선택하는 결과가 될 것이다. 박철화는 대중의 취향이 몰개성의 단순한 자기표현을 넘어서 다른 너와 내가 소통하는 관계로, 그럼으로써 전체로의 함몰이 아닌 전체에 대한 통찰에 이를 수 있는 길을 찾아야 한다고 주장한다. 그럴 때 대중성의 순수화, 순수성의 대중화를 통해 스스로 생산하고, 향유하며, 성찰하는 데까지 나아갈 수 있고, 표현과 소통과 즐김이 어우러지는 지점에서 자기 존재와 세계에 대해 질문을 던지는 새로운 문학예술이 나타날 수 있다는 것이다.[15] 이러한 맥락에서 본다면 종래와 같이 특정한 시인과 대중 독자가 일방적인 관계로 존재하는 것이 아니라 상호 소통 속에서 시창작의 대중화가 이루어지고 그것이 자유롭게 소통되고 향유되면서 시의 새로운 가능성이 발견되는 것은 새롭게 열리는 사이버 문화의 시대에 시가 지니는 희망이 될 수 있을 것이다.

사이버 문화 시대를 맞아 시의 대중성과 함께 고려되어야 할 것은 현실의 다차원성이다. 앞에서 지적된 바와 같이 뮤직비디오, 비디오아트 등은 각각 음악과 미술의 새로운 차원을 열어 주었다. 그렇다면 사이버 문화 시대를 맞아 문학의 새로운 차원은 어떻게 열릴 수 있을 것인가. 이는 물론 앞에서 언급한 멀티포엠이나 하이퍼시와 같은 형태로 모색될 수도

---

15) 박철화, 「순수와 대중을 넘어」, 『문학적 지성』, 이룸, 2004, pp.75-76.

있다. 그러나 그보다 앞서서 고려되어야 할 것은 새롭게 등장한 사이버 문화가 우리에게 과연 어떠한 다차원의 현실을 가져다주었는가 하는 점을 면밀하게 검토하는 일일 것이다. 그러한 현실인식을 철저하게 가지게 될 때 현실의 표현형태로서의 새로운 시적 대응에 대한 고려도 자연스럽게 뒤따를 것이기 때문이다.

　이러한 점과 관련하여 이정우의 '네 세계' 개념은 우리에게 시사하는 바가 적지 않다. 그는 먼저 우리가 살고 세계를, 일상과 상식의 세계이며 개별적 실재들과 물질적 바탕 그리고 인간이 만든 문화적 산물들로 구성되는 현실세계로 규정한다. 이러한 현실세계의 인식론적 가능 조건은 지각 그리고 지각에 바탕해 만들어진 일정 언어에 있다. 현실세계는 일정하게 덩어리진 실체들/명사들과 성질들/형용사들로 구성되는 세계이다. 그리고 이들의 변화를 통해서 운동들/동사들이 성립한다. 이러한 현실 세계를 초월하는 다른 세계가 초월계이다. 그것은 가변적이고 지리멸렬한 현실세계 너머에서 보다 참된 존재를 찾으려는 지적 호기심에서, 또는 현실 세계에서는 해결하기 힘든 실존적인 문제를 풀기 위해서 또는 현실 세계 내에서의 권력을 초월적 차원에서 정초하기 위해 추구되었다. 이러한 초월세계가 전통사회와 관련된다면 과학기술에 기반을 둔 미시세계는 근대가 발견한 세계이다.

　얼마 전까지 세계는 이러한 현실세계와 초월세계, 그리고 미시세계뿐이었지만 사이버 공간의 새로운 등장과 더불어 네 번째 세계인 가상세계가 생겨났다. 가상세계는 인터넷으로 인한 전방위 정보교환체계의 구축과 가상현실 기술에 의한 환각적 지각 상황의 창출의 단계에 도달했을 때 현실적인 무엇으로 등장했다. 현실세계의 불가능 또는 잠재성을 현실적인 것으로 만드는 장치가 가상세계인데, 이 세계에서 이미지들은 끝없이 연속적으로 변이되기도 하고 빠른 속도로 흘러가기도 하고 마구 뒤섞이기도 한다. 초월세계가 영원한 관조의 세계라면 가상세계는 순간적 현혹의 세계인 것이다.

현실세계를 절대화할 때 우리에게 미래는 언제나 두렵고 불안한 것으로 다가온다. 초월세계를 절대화할 때 매일을 살아가는 우리는 그림자로 전락한다. 미시세계를 절대화할 때 우리의 모든 의미와 가치 목적 등은 환상으로 둔갑한다. 가상세계를 절대화할 때 우리는 기술자와 자본가들이 만들어 놓은 전자 회로 속으로 무주체적으로 빨려 들어가게 된다. 여러 세계를 산다는 것, 그것은 세계에 어떤 금을 긋고 스스로를 어느 한 국부에 고착된 주체로 화석화하기를 거부하는 것이다. 현실의 역사에 발을 디디되 여러 세계를 균형 있게 가로지르며 살아갈 때, 그리고 어느 한 세계를 고착화하려는 권력에 저항하며 살아갈 때 삶이란 우리에게 더 밝고 아름다운 것으로 다가올 것이라고 그는 주장하고 있다.[16)

이러한 네 세계의 개념과 현실에 확고하게 발을 디딘 채 다른 세계들을 균형 있게 '가로지르'며 살아가는 삶의 태도는 비록 가상현실에 대한 이정우의 시각이 다소 지나치게 비판적인 데로 흐른 경향이 없지는 않지만 현실에 대한 보다 심층적인 인식과 그의 시적 형상화 방향에 있어서 시사하는 바가 적지 않다. 사이버문화의 등장이라고 하는 새로운 현실을 맞아 현대시는 새롭게 등장한 가상세계를 포함한 다차원의 현실을 현실 세계의 바탕 위에서 균형 있게 형상화해 나감으로써 새로운 활로를 열 수 있을 것으로 기대되기 때문이다.

---

16) 이정우, 「여러 세계 속에서 살아가기」, 『철학의 21세기』, 소명출판, 2002, pp.11-139 참조.

VI. 나가는 말

본고의 논의는 새로운 시대의 변화와 그에 따른 문학의 위기에 대한 관심에서 시작되었다. 실상 많은 논자들에 의해 지적된 바와 같이 역사의 전환기 때마다 문학의 위기는 언제나 있어 왔으며 그것은 항상 문학 자체의 위기가 아니라 기존의 문학이 위기를 맞이한데 지나지 않는 것인지도 모른다. 실상 우리나라의 근대문학 전환기에 있어서도 한시의 경우가 그러한 것처럼 기존의 문학은 커다란 위기를 맞았지만 그것이 문학 자체의 위기는 아니었던 것이다.

이렇게 볼 때 문학은 과거에 그랬던 바와 같이 그 위기를 통하여 새롭게 변모하며 새로운 시대에 부응하는 모습으로 바뀌어 나아갈 것이다. 문학이 이처럼 시대환경의 변화에 발맞추어 어떻게 구체적으로 변해 나갈지에 대해서는 아직은 추상적인 논의 수준에서 설왕설래가 있을 뿐 뚜렷한 조류를 형성하고 있지는 못한 것으로 보인다. 그러나 분명한 것은 변화하는 문화 환경의 모습이 기존의 잣대로 볼 때 바람직스럽지 못하다고 하여 수구적인 태도를 취하는 것은 바람직하지 못한 것으로 판단된다는 점이다. 이미 앞에서도 살펴본 바와 같이 멀티포엠이나 하이퍼시와 같은 새로운 시적 양식의 모색은 아직은 걸음마 단계이거나 이론적 수준에 머물러 있기는 하지만 그 시도나 모색이 갖는 가치는 충분히 평가될 수 있을 것으로 평가된다.

시의 대중성 문제는 작자층의 변화와 문학예술 환경의 변화로 볼 때 거스를 수 없는 추세인 바 이러한 추세가 시적 개성을 훼손하지 않는 방향으로 나아갈 수 있도록 하는 방법론의 모색이 필요한 것으로 보인다. 아울러 다차원의 현실에 대한 분명한 이해를 통해 개인적 진실과 오늘날의 현실적 상황이 긴밀하게 맞물리는 다차원의 시를 추구해 나아가는 것도 새로운 시의 창작을 위해 긴요할 것으로 판단된다. 이처럼 변하는 것과 변하지 않는 것이 상호 조화를 이루면서 시 창작의 원동력을 이룰 때 우리 시의 미래는 더욱 밝아지며 한층 풍요한 결실을 기약할 수 있을 것이다.

21세기 문화적 환경과 고전문학연구

전 성 운[*]

I. 머리말

  문학과 문학 연구의 존립 기반은 문화와의 지속적 수응(酬應) 관계에서 이루어진다. 그렇기 때문에 문학 연구 방법은 현재의 문화 상황을 반영하며 변화하기 마련이다. 이것은 고전문학 역시 예외일 수 없다. 고전문학 연구가 동시대적 문화 상황과 동떨어진 채 고답적 청담(淸談)만을 일삼는 것이거나, 영원한 학문적 소도(蘇塗)일 수는 없다. 그 연구 방법이 시대나 문화적 상황에 능동적으로 대처(對處)하는가, 그렇지 않으면 수동적으로 이끌리게 되는가 하는 점이 다를 뿐, 시대적 요구나 문화 상황과 필연적으로 연관되어야 한다. 요컨대 고전문학 연구는 문화 상황에 맞는 연구 방법을 개발하여 시대적 요구에 부응(符應)해야 한다. 나아가 고전문학 연구가 동시대의 문화적 경향성을 장악하고 시대 정신을 선도하는 데까지 이를 수 있어야 한다.

  그런데 고전문학 연구의 당연한 전제를 새삼 들춰내는 까닭은 무엇인가. 그것은 급변하는 문화 환경에 기인한다. 문화 환경의 급속한 변화로 인하

* 순천향대학교 인문과학대학 어문학부 국어국문학전공 조교수

여, 현재까지의 고전문학 연구 방법을 반성하고 새로운 고전문학 연구 방법을 모색할 필요성이 발생하게 되었다. 한마디로 현재 우리가 맞닥뜨리고 있는 문화 상황의 급격한 변화는 고전문학 연구 방법의 개발을 다그치고 있다. 특정 문화가 자기 정체성을 유지하면서도 끊임없이 변화·발전해야 하는 것처럼, 고전문학 연구도 문화적 변화에 수응하며 새로운 연구 방법을 찾아내야 하는 결절점(結節點)에 다다랐다.

본고는 문화 환경의 변화에 따라 고전문학이 나아가야 할 방향과 그 역할에 대해 살피고자 한다. 이를 위해 먼저 문화 환경의 변화에 따른 인문학의 위기라는 현 상황에 대한 진단과 고전문학과의 상관성을 살피도록 하겠다. 물론 인문학 위기의 원인이 반드시 고전문학의 위기와 일치한다고 단언할 수는 없으며, 고전문학이 변화해야 하는 이유가 된다고 말할 수도 없다. 하지만 분명한 것은 고전문학 역시 인문학의 한 영역이며, 고전문학이 새로운 변화를 하지 않으면 도태될 상황에 처해 있다는 사실이다.

문학, 철학, 역사로 대표되는 인문학의 위기가 고전문학의 위기를 의미하는 것은 다음과 같은 점에 근거한다. 서구에서 고전 연구는 인문학의 가장 중요한 영역이었다. 특히 원전을 복구하고 비판적으로 분석함으로써 문학 연구의 기틀을 다지는 것은 인문학자의 중요한 책무였다. 모든 학문의 기초가 되는 의식이나 세계관이 문학을 중심으로 한 고전 학습을 통해 형성된다는 믿음은 서구 인문학자로 하여금 고전 연구에 매진케 했다. 따라서 인문학의 위기는 필연적으로 고전 연구의 위기와 관련되며, 인문학의 위기에 효과적으로 대처할 방법을 강구하는 것은 곧 고전문학 연구의 위기를 극복하는 방법이 된다. 본고에서 인문학의 위기를 진단하고, 이를 토대로 고전문학 연구의 방향을 모색해보도록 하려는 것도 이런 이유 때문이다. 요컨대 본고는 인문학이 위기에 처한 21세기 문화 환경 하에서 고전문학 연구 방법은 어떠해야 하는가 하는 점을 주로 살피도록 하겠다.

II. 인문학의 위기 진단과 고전문학

인문학이 위기에 처했다는 인식은 인문학의 성격과 존재 방식에 대한 논의가 활발하게 진행되도록 했다. 이런 상황은 인문학의 위상 내지는 방향 정립에 대한 문제가 다각적인 측면에서 반성적으로 검토되고 있는 데서도 드러난다. 인문학의 위기가 태생적 불안에서 비롯되었다는 인식에서부터 기능주의적 사고가 지배하는 정보화 사회에서 인문학이 위기에 처하게 되었다는 분석에 이르기까지,[1] 실로 다양한 인식과 진단이 존재한다. 그러나 이와 같은 인문학에 대한 관심의 증대와 위기 진단이 그리 긍정적이지만은 않다. 인문학이 위기에 처했다는 상황 인식이 존재하지 않았다면, 시도되지 않았을 성찰이었기 때문이다. 다만 인문학에 대해 체계적이고 반성적으로 고찰하고 새로운 모색을 한다는 점에서 안위할 수 있을 따름이다.

1. 인문학 위기 진단의 세 방향

여기에서 인문학의 위기에 대한 기왕의 성찰들을 잠깐 살펴 볼 필요가 있다. 고전문학과 관련된 인문학의 위기 진단이 곧 새로운 연구 방법 모색의 가늠자 역할을 할 것이기 때문이다. 이와 같은 위기 진단은 주로 다음의 세 방향에서 이루어지고 있다.

먼저 인문학의 위기를 발생론적 한계의 측면에서 찾는 경우가 있다. 이는 인문학은 그 대상이 광범위할 뿐만 아니라 자연과학에 비해 방법론적 혹은 가치관적 합의가 상대적으로 어렵다. 때문에 자기 회의(懷疑)의 원죄(原罪)로부터 자유로울 수 없다는 인식을 가지게 된다. 요컨대 인문학은 특히 탐구 대상을 수단이자 매개로 해야 한다는 존재론적 불안을 가지며,

---

1) 소광호 외, 현대의 학문 체계, 민음사, 1994. ; 전국대학 인문학연구소협의회, 현대사회 인문학의 위기와 전망, 민속원, 1998 참조.

이것은 현재와 같이 기능주의적 사고와 경영학 정신이 팽배한 풍토에서 위기의식으로 표출되기 마련이다. 뿐만 아니라 인문학이 지향하는 진리 탐구 역시 이런 존재론적 불안을 부추긴다. 객관과 주관, 사실과 허구 사이의 경계를 부정하는 포스트모더니즘의 지적 유행 속에서는 진리의 실체를 확신할 수 없다. 필연적이고 영속적인 것에 대한 올바른 인식의 가능성 자체가 부정적으로 한정되어 있음을 알게 된다.[2] 그러므로 기능주의적 사고가 팽배한 현실에서 인문학이 지니게 되는 존재론적 불안과 객관적 진리에 대한 회의는 인문학의 존립 기반을 뿌리째 뒤흔들며, 이것이 당면한 인문학의 위기의 실체라는 인식이다.

이와 같은 지적은 인문학이 위기를 맞은 가장 근원적인 이유를 밝힌 것이다. 한마디로 인문학의 영역에 드는 모든 학문 분야에 고루 적용될 수 있는 진단인 셈이다. 그러나 이러한 시각은 그것이 지닌 근원성(根源性)과 보편성(普遍性)으로 인하여, 우리 고전문학 연구라는 구체적이고 특수한 영역의 위기 원인으로 진단하기에는 지나치게 추상적이고 일반적이다. 뿐만 아니라, 새롭고 실체적 연구 방안을 찾아내는데도 그리 도움이 될 것으로 보이지 않는다. 한마디로 말해, 인문학적 위기의 시원(始原)을 존재론적 불안에서 찾은 만큼 그 위기를 극복하는 방안을 마련하는 것도, 구체적 실체를 들어 해결책으로 제시하는 것도 쉽지 않다고 하겠다. 존재론적 불안은 인문학을 폐기하거나 현재의 기능주의적 사고를 버리기 전에는 결코 사라지지 않을 것이다. 때문에 그 해결 방안을 찾는 것은 사실상 불가능에 가깝다. 따라서 인문학의 위기에 대한 이와 같은 진단은 그 정확성만큼 해결 방법의 부재를 자명(自明)케 하는 모순적 진단인 셈이다. 결국 이와 같은 진단은 고전문학 연구의 새로운 방향성을 모색하기 위한 것으로

---

2) 유종호, 서양의 인문학-단초에 대한 고찰, 현대사회 인문학의 위기와 전망, 1998, 11-12쪽 참조.

는 그리 적절한 것이라 할 수 없다.

둘째, 서구 인문학에서 중시해 온 이성이 과도하게 성장한 결과로 인문학의 위기가 발생했다는 입장이 있다. 인문학은 인간의 정체성과 본질을 탐구하는 학문으로, 인간을 다른 무엇보다도 숭고하고 존엄하며 가치를 지닌 존재로 규정한다. 인문학은 특히 인간의 이성을 높이 평가하였다. 그러나 계몽시대를 거치며 인문학의 인간 중심주의는 기술적 이성에 대한 맹신(盲信)으로 흘렀고, 그 결과 개인의 생존과 번영을 정하는 척도가 더 이상 인문적 가치가 아니라 시장성(市場性)으로 귀착(歸着)하게 되었으며, 그 결과 인문학의 위기가 발생하게 되었다. 인문학의 위기 진단과 관련한 이와 같은 시각은, 인간 이성의 중시에서 출발한 기술주의의 폐해가 본래의 인간 존중이라는 인문적 가치를 훼손하게 되었다는 진단이다.

이와 같은 진단은 오늘날의 한국 사회와 대학이 직면한 인문학의 위기를 설명하는데도 유효하게 사용된다. 한국 대학은 시장성을 중시하는 자본주의 경쟁 원리에 자극 받아 학부제 등의 경제 원리에 입각한 새로운 교육 제도를 도입하게 되었고, 이것이 인문학의 위기를 촉발했다는 것이다. 이 관점에서 보면 한국의 현재 상황은 인문적 가치가 말살(抹殺)된 반인간적 상황이며, 현재의 문화 역시 인문 정신으로서의 문화가 아닌, 인간을 상업 문화의 소비자로서만 파악하는 반인간적 문화 형태를 지닌 것이 된다.

이러한 진단은 역사적으로나 현상적으로 매우 합리적이며 설득력 있는 것으로 보인다. 특히 인문학의 위기감이 인간 정신의 실종으로 그려진다는 점에서 매우 자극적이고 호소력 있는 진단이라 할 수 있다. 인간성 회복이야말로 가장 매력적인 구호임에 분명하기 때문이다. 그러나 고전문학의 위기와 그 대처 방안을 모색하는데 있어서 이 진단이 얼마나 적절한가라고 묻는 경우에는 그리 유효하지 않은 대답이라고 말 할 수밖에 없다. 그것은 무엇보다, 우리의 고전문학 연구가 인간 이성이나 기술적 이성에 대한 맹신에서 출발하지 않았기 때문이다.

우리의 고전문학 연구는 안확, 최남선, 정인보와 같은 민족주의자나 김태준, 조윤제와 같은 경성제국대학의 과학적 실증주의자들에게서 시작되었다고 할 수 있다.[3] 물론 이들의 성향을 천편일률적으로 민족주의 혹은 실증주의로 규정할 수는 없다. 그러나 이들은 인간의 존엄성과 숭고함을 밝히려는 의도로 고전문학을 연구하지 않았던 것만은 분명하다. 오히려 민족정기를 바로 세우기 위한 방안으로 혹은 고전문학 연구를 과학적 학문 연구 대상으로 인식하여 연구를 시작하였다. 그렇기 때문에 인간 이성의 중시에서 출발하여 기술적 이성의 전횡(專橫)으로 나아가며 고전문학의 위기가 발생하게 되었다고 진단하는 것은 현실과 맞지 않는 과장된 추리, 선정적 구호에 불과한 것이라고 하겠다. 더욱이 우리 고전문학 연구는 상업적 이익이나 시장성과 관계를 맺어본 경험이 전혀 없다. 오히려 고전문학 연구는 상업적 이익이나 시장성과는 무관하게 진행되어 왔다. 시장성과 무관하게 진행된 고전문학 연구의 위기가 시장성의 강조와 추구로 발생하였다고 진단하는 것은 어불성설(語不成說)이다.

그러므로 우리 인문학의 위기, 고전문학의 위기는 다음과 같은 방향에서 찾는 것이 타당할 수 있다. 그것은 인문학이 그 본질인 인간 정신 과정과 인간학적 가치의 문제를 제대로 탐구하지 못했기 때문에 위기가 발생했다는 시각이다. 인문학은 인간의 존엄성과 숭고함을 밝히려는 데에 그 존재 가치가 있다. 그러나 결국 인간 정신의 과정을 추상적인 관념의 세계로 규정하고 내재적 유기성을 구명(究明)하는데 게을리 하였거나, 유클리드 수학이나 뉴튼의 중력 개념을 잘못 전제함으로써, 인문학은 전체론적인 성격을 지닌 생명 과정, 정신 과정의 특수성에 깊이 천착하지 못하고 요소

---

3) 이와 관련해서는 송희복의 논의를 참고할 수 있다. 송희복, 한국문학사론연구, 문예출판사, 1995.

론적인 분과 학문주의로 매몰됨으로써 인문학의 위기가 발생하게 되었다는 진단이다.

요컨대 인문학은 19세기 이후 인간 본질의 탐구는 방기(放棄)한 채, 실증주의나 인자론적(因子論的) 환원주의, 선형론적인 인식을 극단으로 밀고 나감으로써 위기에 직면하게 되었다는 것이다. 한마디로 인문학자들은 복잡한 체계의 전체가 단지 각 부분의 기능의 총합(總合)이 아니라, 각 부분을 결정하는 통일체임을 인식하지 못했던 것이다. 뿐만 아니라 세계를 열린 비평형계(非平衡界)가 아닌 닫힌 평형계(平衡界)로 받아들임으로써 세계의 존재의 메커니즘과 유연성을 발견하지 못하고 결정론적 인식의 고착화에만 집착하는 결과를 낳게 되었다. 이는 궁극적으로 인문학 자체의 고유한 가치를 발전시키지 못한 채 기능주의, 기술주의, 분과 학문주의로 나아갔음을 뜻한다. 인문학의 위기는 학문적 기능주의, 분파주의에 매몰됨으로써 발생한 것이다.

2. 인문학 위기의 실체와 고전문학

사실 우리 고전문학의 위기 역시 이와 무관하지 않다. 고전문학 연구는 그 시작 단계에서부터 이와 같은 처지에 놓여 있었다. 1920-30년대의 고전문학 연구는 민족주의와 실증주의의 양 극단에서 연구가 시작되었다. 우리 고전문학 연구는 인문학의 본령이라 할 인간의 존엄성과 숭고성을 탐색하기보다 학문적 실증성에 집착하여 기능주의로 전락할 가능성을 지닌 채 연구를 시작하였거나 민족정신의 고양이란 추상적 민족주의에 의한 분파주의의 방향으로만 진행될 가능성을 태생적으로 지니고 있었다.

이를 좀 더 구체적으로 살피자. 대표적인 민족주의 연구자인 안확은 한 국문학사의 시원을 단군(檀君)과 그 상고 시대에 두고 과학적 해명이나 텍스트의 비판이 거의 불가능한 경전(經典)이나 신가(神歌)를 그 근거로 적극 제시하였다. 그는 3·1운동 이후 피폐해진 정신적 좌절감을 극복하고 민족정기를 세우고자 이와 같은 추상적 개념을 내세웠다. 한마디로 그는 민족의 역량을 강화하고 주체적인 각성을 이루기 위해서 단군 이데올로기를 활용한 것이다. 그에게 있어 고전문학 연구의 궁극적인 목표는 민족적 역량의 강화와 주체적 각성에 있었다.

당시 이와 같은 현상은 드물지 않게 산견(散見)된다. 여러 민족주의자들은 실질적 추구는 같으면서도 구체적 내용은 다른 형태의 연구 결과를 제출하였다. 예를 들어, 박은식의 '민족혼(民族魂)', 신채호의 '낭도(郞道)', 최남선의 '불함문화론(不咸文化論)', 안자산의 '종(倧)사상'과 정인보의 '얼' 등이 모두 그러한 종류에 해당한다고 하겠다. 이와 같은 쇼비니즘적 민족주의는 문화동방기원설(文化東方起源說)이나 '한'사상론 등과 같은 형태로 고전문학 연구의 주변에 여전히 남아 있다. 이와 같은 연구 태도는 맹목적이고 국수적인 문화 우월의 태도로, 당면한 민족적 현실 문제를 진지하게 고민했다는 측면에서만 의미를 지닐 뿐이다.

고전문학 연구가 진정한 의미의 인문학으로 인식되지 못한 것은 민족주의의 대척적(對蹠的) 위치에 서 있던 성대파(城大派; 경성제국대학출신의 고전문학연구자들) 중심의 실증주의자들 역시 마찬가지다. 이들은 국학파로 총칭되는 민족주의자들의 학문을 구학(舊學)으로 매도하면서 자신들의 학문을 신학(新學)으로 규정하였다. 그리고 고전문학 연구에 있어서 보편 타당한 과학적 체계를 갖추고 실증 가능한 참된 지식을 추구해야 한다고 주장하였다. 이 시기의 대표적 실증주의자인 김태준은 고전문학 연구가 '3+2=5'로 입증되는 대수학의 공리(公理)와 같이 과학적 엄밀성을 지녀야 한다고[4] 했다. 그는 고전문학 연구가 과학적 세계관을 가진 사람의 분업적 연구가 아니면 안 된다는[5] 입장을 견지하였다. 이 같은 인식이야말로 과거

---

[4] 김태준, 정인보론, 조선중앙일보 1936, 5월 17일.

문학 유산을 구체적 현재성이 결핍된 자료의 더미로 대상화하여 문학 진화의 과정과 성쇠 변천의 인과를 살피려는[6] 실증주의적 환원주의와 분파학문주의의 경향을 보이는 연구 태도라 할 수 있다.

결국 우리 고전문학이 위기에 처하게 된 원인(遠因)은 그 연구의 출발이 민족주의와 실증주의라는 양 극단에 존재했기 때문임을 부정할 수 없다. 일제 강점하의 미약해진 민족적 현실에 대한 주목과 이에 따른 민족정신을 고양하는 방안으로 고전문학 연구를 가속화한 경우나 실증주의와 과학주의에 근거를 둔 서구적 학문 연구 방법을 도입·활용함으로써 근대화를 이뤄야한다는 생각에서 고전문학 연구를 진행한 경우 모두 그러하다. 이처럼 고전문학 연구는 민족주의와 실증주의라는 인문학 본래의 목적과는 다른 방향으로 나가게 되었고, 이에 따라 인간 정신에 대한 탐구를 방기했던 것이다.

그렇다고 고전문학의 위기가 온통 여기서 비롯되었다고 몰아붙일 수는 없다. 고전문학의 위기는 과거가 아닌 현재의 문제이다. 위기의 시원(始原)이 연구의 출발 지점에 있다면, 그 결과는 현재의 문화적 상황에 기인하였음을 인식해야 한다. 인문학은 인간의 우주적 주체성과 역능(力能)에 대한 확신과 이를 토대로 한 의미화의 양식 및 지적 자산을 주된 연구의 대상으로 한다. 현재 인문학 연구의 대상인 지식의 생산 양식이 변화하고[7] 있으며, 이와 맞물려 인간의 역능에 대한 인식 또한 전지구적(全地球的) 차원에서 변화하고 있다.[8] 이에 따라 인문학도 필연적으로 변화할 수밖에 없다. 한 마디로 지구방화(Globalization)와 정보화로 인한 시공간(時空間)의 압축

---

5) 김태준, 사학 연구의 회고, 전망, 비판, 조선중앙일보, 1936, 1월 11일.
6) 김태준, 조선한문학사, 한성도서, 1931, 3쪽.
7) 가장 비근한 예가 사회 각 분야에서 진행되는 정보화 현상이라 할 수 있다.
8) 이는 이성의 권능에 대한 회의에서 출발하여 근대에 대한 회의 나아가 인간의 주체적 역능에 대한 회의로 이어지는 일련의 과정을 가리킨다고 하겠다. 특히 이런 변화가 전지구적 차원에서 진행되기 때문에 이를 지구방화 혹은 지구촌화로 명명하기도 한다.

이 오늘날의 문화를 질적으로 변화시키고 있으며, 인문학의 연구 대상과 방법이 변화하고 있는 것이다.

더욱이 정보화와 지구방화의 과정을 통한 시공간의 압축은 신석기적 시공간에서 탄생한 인체의 생리 구조와도 어긋나게 된다. 생리적 신체 구조와 새로운 시공간의 전개 사이에 존재하는 간극(間隙)과 부조화는 과학 기술에 의하여 메워지거나 균형이 맞춰지게 된다. 엄밀히 말하면 간극과 부조화는 과학기술의 발달로 발생한 것이며, 인간은 궁극적으로 과학 기술에 의존하여 간극과 부조화를 극복할 수밖에 없는 것이 된다. 어떤 방향으로든 인간은 생존 과정의 필연적 결과로 인한 진화에 따라 과학 기술에 의존적이거나 이에 친밀한 개체가 될 수밖에 없었다.

이는 인간의 총체적 삶의 방식으로서의 문화에서 기계 과학이 차지하는 비중이 매우 높아졌음을 의미한다. 동시에 과거 그토록 강조하던 인간의 절대적 우위의 상실, 이것은 새로운 의미의 인간 정신의 실종을 초래하게 된다. 인류가 발달해온 이래 지금까지와는 전혀 다른 새로운 경험 세계가 출현하게 된 것이다. 비근한 예로, 현재의 기계 과학 중심의 문화는 과거의 인간 중심적 문화 상황과는 판이하다. 과거는 소수의 개별 주체를 중심으로 고도화된 정신적 육체적 능력의 발현이 주가 되는 사회였다. 그러나 기계 과학 중심의 문화는 집합적 기술에 의한 능력의 형성 자체가 포괄적으로 관리, 복제, 조작되는 차원에서 이해되고 수용된다. 이는 문화의 개념, 제도, 생산과 소비의 양식 전반이 대대적으로 변화된다는9) 것을 의미한다.

현재적 문화 상황에서 인문학의 위기는 바로 전대 문화와의 이와 같은 괴리에서 발생한 것이라고 하겠다. 요컨대 인문학의 위기는 변화하는 현실에 적응하지 못하는 데서 발생한 셈이다. 이와 같은 기계 과학의 급속한

---

9) 심광현, 21세기 인문학의 발전 방향, 현대사회 인문학의 위기와 전망, 민속원, 1998, 133쪽.

변화는 현저한 변화를 발견할 수 없는 인문학 분야의 붕괴를 필연적으로 예고한다. 물론 이런 변화는 실체적 위기가 아닐 수도 있다. 새로운 변화가 인간 주체에 미칠 미지의 위험에 대해 무방비한 상태가 되어 있다는 것에 대한 염려의 반영일 수도 있으며, 기계 과학에 적응하지 못하는 기성세대의 불안과 공포를 반영한 것일 수도 있다. 결국 인문학이 변화하는 현실에 적응하기 위해서, 그리고 변화하는 현실에 비판적 기능을 활성화함으로써 염려, 불안, 공포를 불식시키기 위해서 인문학의 새로운 방법론과 방향을 모색해야 함은 자명하다. 여기서 우리는 자연스럽게, 고전문학의 위기와 그 극복 방법 역시 이와 관계되어 있음을 알 수 있다.

이상으로 우리 고전문학이 직면한 위기의 실체가 무엇인가 하는 점을 인문학의 위기 진단이란 측면에서 살폈다. 그 결과는 다음과 같다. 우리 고전문학의 위기는 인문학에 내포해 있는 객관적 진리에 대한 회의에서 비롯된 것이라거나 이성의 중시에서 출발한 기술주의의 폐해가 인문적 가치를 훼손하여 발생한 것으로 볼 수 없다. 오히려 고전문학이 민족주의와 실증주의에서 출발했다는 데에 위기의 원인(遠因)이 존재한다. 우리 고전문학은 애초부터 인간 본성에 대한 탐구에 관심을 두지 못했다. 인문학으로서의 본래적 역할을 수행하지 못하며 현재에 이른 것이다. 또 한편으로는 새로운 문화 환경에 기인한다고 할 수 있다. 새로운 문화 환경에 적응하지 못하는 인문학의 현실과 변화에 대한 두려움이 고전문학의 위기를 촉발한 것이다.

Ⅲ. 고전문학 연구의 방향

그렇다면 고전문학 연구의 방향은 어떻게 변화해야 하는가. 앞서 진단한 위기의 실체에 따라 대응 방법도 달라지기 마련이다. 이에 본고는 고전문학이 설정해야 하는 새로운 방향을 다음 세 가지 측면에서 살피고자 한다. 이는 출발점에서부터 어긋나버린 고전문학의 위상을 재정립한다는 거시적 측면, 현재적 문화 현상에서 타자화(他者化)된 고전문학의 새로운 가능성이란 측면, 그리고 세계문학 속에서의 고전문학 연구란 측면을 고찰하도록 하겠다. 물론 여기서 제시한 세 측면만이 고전문학이 설정해야 하는 새로운 연구 방향의 전부라고 할 수는 없다. 다만 이를 통하여 인문학으로서 고전문학의 위상을 재정립하고 고전문학의 현재적 기능을 회복하며 새로운 문화 현상 속에서 고전문학이 수행해야 할 기능과 역할을 수립하고자 할 따름이다.

1. 고전문학 연구의 학제적 재편

현 상황에서 시행해야 할 고전문학 연구 방향의 변화는 어떠해야 하는가. 먼저 민족 문학과의 분리를 통한 고전문학의 재편이란 측면을 보고자 한다. 이는 인간의 존엄성을 위한 학문이란 인문학 본래의 자리에서 벗어나 있던 고전문학의 존재 의의를 새로이 확립하고자 하는 시도라 할 수 있다. 이를 위해 서구 인문학과 우리 고전문학 연구의 태동이란 측면에서부터 접근해보고자 한다.

유럽에서 인문학과 민족주의의 결합 현상은 프랑스 대혁명 이후 본격화된다. 특히 시대의 이념과 원리를 중시하는 독일의 역사주의가 프랑스의 계몽사상과 경쟁하면서 인간과 세계의 보편성에 대한 주목을 회의적으로 바라보게 되었다. 여기서 나아가 문헌학(文獻學)과 원전 비평을 통한 개별 민족의 우수성을 드러내려는 독일의 낭만주의 운동은 민족주의와 직결된다. 즉 개별 민족의 문화유산에 대한 연구가 민족적 정체성을 확인하고, 민족정신을 확립하는 작업으로 진행되었던 것이다. 여기에 역사 실증주의자들의 민족 문학에 대한 연구를 통해 민족적 · 인종적 독자성을 확인할 수 있다는 신념이 더해짐으로써 독일에서 문학의 민족주의적 성향은 더욱 강화된다.

여기에 유럽의 개별 민족 간 경쟁은 정치적 목적으로 인하여 민족주의의 융성을 부채질하게 된다. 예컨대 영국에서는 영국학 또는 영문학이 제1차 세계 대전과 그 직후에 크게 융성하게 된다. 이것은 독일과의 정치적 적대 관계가 문화적 적대 관계로 확대된 것이다. 특히 영국은 민족주의로 무장한 독일에 맞서기 위해서라도 민족주의를 강화할 수밖에 없었던 형편에 놓여 있었다.

유럽에서의 이 같은 변화는 결국 고전문학의 중심이 민족정신의 고양이란 방향으로 이동되었음을 의미한다. 고전과 고대의 보편성의 이념은 적어도 근대 인문학 연구에서 상대적으로 약화된 것이다. 이것은 문학뿐만 아니라 역사학도 마찬가지 형편이었다. 역사학은 국가적 신화, 의식, 정치에서 분리되지 못한 채 주체성의 확인과 강조라는 정치적 목적의 일부를 담당하였다. 문학과 역사의 이데올로기적 오용(誤用)으로 인하여 인문학이 인간 존엄성이란 본래적·고전적 가치에 대한 지향을 고수할 수 없게 된 것이다.

이것은 우리 고전문학 연구가 민족주의와 결부되어 발전한 것과도 유사하다. 고전문학 성립 초기의 상황은 외세의 침탈에 대한 저항과 극복이 중심 문제였다. 식민지적 위압(危壓) 상황을 벗어나기 위해서라도 민족의 주체성이 강조되어야 했다. 외세와 대척적 위치에 있는 '진정한 나' 혹은 '우리'의 확인과 확립이 절실했다. 과학적 실증주의를 연구 방법으로 채택한 성대파(城大派)의 목표 또한 이와 크게 다를 수는 없었다. 이들은 과학적 학문 연구를 통해 일종의 세계적 보편성이나 객관성을 획득하고, 이로써 식민지의 억압을 극복할 수 있다고 여겼다. 과학적 실증주의라는 동일한 노선을 택했던 김태준과[10] 조윤제의[11] 다른 행보를 보면 이 점이 더욱 분명해진다. 김태준은 민족문학의 특수성은 세계사적 보편성(=사회주의 문학)의 일환으로 인식할 때 극복할 수 있다고 믿었기 때문에 사회주의자가 되었고, 조윤제는 실증주의적 태도를 해방 후 민족정신의 발현을 강조하는 신민족주의자로 방향을 전환하였다.

이후에도 고전문학은 민족의 정체성과 뗄 수 없는 관계 속에서 발전한다. 고전문학은 일정 부분 주체성(Identity)을 강조하는 정치 논리에 봉사하였다. 정권의 정통성 확보를 위한 수단 혹은 정권에 도전하는 세력들을 배척하고 내부적 결속을 다지기 위한 수단으로 고전문학 연구를 활용했던 것이다. 물론 고전문학 연구 전체를 두고 이렇게 비판적 시각으로 저평가할 수만은 없다. 그러나 정권의 정통성이 취약할수록 민족정신에 대한 강조와 고전문학에 대한 강조가 비례적으로 이루어진 것은 사실이다.[12] 내재적 발전론에 대한 지속적 탐구가 이루어진 것도 이와 무관치 않다. 고전문학 연구의 목표는 민족적 역량이 근대를 달성해 가는 도정(道程)이었음을 밝히는 데 집중되었던 것이다. 이것은 그간 고전문학 연구가 인간 존엄성이란 본래적 가치를 지향하며 진행되지 못했음을 의미한다.

그러므로 현재 고전문학이 직면한 위기를 극복하기 위해서는 쇼비니즘적 민족주의와의 분리가 무엇보다 선행되어야 한다. 이는 민족어와 민족문학에 대한 연구가 무의미하다는 것을 뜻하지 않는다. 다만 고전문학이 근대를 볼모로 한 민족의 개념에 붙들려 있어서는 안 됨을 뜻한다. 또한 인간에 대한 진지한 탐구를 위한 문학의 본래적 기능을 회복하기 위해서는 문학과 어학의 연구 영역을 분리할 필요가 있다. 고전문학을 민족의 개념

---

10) 전성운, 김태준-문학의 과학화와 사회주의 문학 사관, 우리어문연구 제24집, 2004, 129-152쪽 참조.
11) 한창훈, 조윤제 초기 시가 연구의 특징과 그 성격, 우리어문연구 제24집, 2004, 153-168쪽 참조.
12) 박정희 정권 하에서 "한국정신문화연구원"이 세워진 것이나 전두환 집권 초기에 "국풍 80"이란 정치적 행사가 있었던 것을 상기하면 쉽게 이해될 수 있다.

에서 분리하기 위해서는 인문학 연구를 담당하고 있는 대학에서 문학과 어학을 분리해서 인식하고 연구해야 한다. 국어국문학, 중어중문학, 영어영문학 등과 같은 학제 구성은 개별 민족어와 민족문학에 대한 연구에 다름 아니다. 이는 문학과 어학이라는 본래적 연구 영역에 초점을 맞춘 학제 구성이 아니다. 민족을 우선적 가치 영역에 두고 문학과 어학을 결합시킨 학제 구성 방식이다. 즉 민족의 언어와 문학을 연구하기 위한 학제 구성인 셈이다.

고전문학은 어학과 분리되어 인접 민족의 혹은 국가의 고전문학과 함께 대조와 비교의 과정을 통해 연구해야 한다. 또한 인접 학문으로서 언어와 예술 분야와의 협력도 이루어져야 한다. 즉 문학의 하위에 아시아문학, 유럽문학, 아프리카문학 등의 하위 학문 체계를 수립해야 하며, 이와 대등한 학제로 역사, 철학, 언어, 음악, 미술 등을 인접 학문 분야가 상호 협력할 수 있는 학군으로 묶어두어야 한다. 이를 통한 인간의 본래적 가치와 상상력, 세계 표현의 정신 과정을 탐구할 수 있는 토대를 구축하도록 해야한다.

요약하자면, 고전문학의 위기가 본래적 가치를 탐구하지 못한 데서 출발했다면, 그 본래적 가치를 확립하는 것으로 연구가 진행되어야 함이 마땅하다. 이를 위해서는 연구 영역을 새로 설정할 필요가 있음을 뜻한다. 즉 대학에서의 기본적 학제를 어학과 문학의 분리란 측면에서 새로 구성해야 한다. 학제는 학문 연구의 기본적 목표에 따라 짠 틀이다. 그러므로 이를 새로 재편하는 것은 학문 연구의 목표를 새롭게 설정하는 것이 된다. 결국 고전문학 연구는 민족과 근대 중심의 개념 연구를 지양하고 문화적 토대 위해서 인간이 언어적으로 쌓아올린 정신 과정에 대한 탐구라는 본래적 가치로 환원되어야 한다. 이를 위해서 대학에서의 학제 개편이 필요하다고 하겠다.

2. 입체적 재생을 통한 타자화의 극복

앞서 학제의 변화를 통한 민족의 개념이나 어학과 고전문학을 분리할 것을 제안하였다. 다음으로 현재적 문화 현상에서 타자화된 고전문학의 새로운 가능성이란 측면을 살피도록 하자. 이를 위해서는 고전문학 연구가 입체적 재생을 중심으로 하는 문화 연구가 자리 잡도록 해야 한다. 고전문학 개별 작품이 성립된 시대의 문화적 상황은 현재의 문화적 상황과 연속적인 위치에 있다. 그럼에도 불구하고 고전문학의 작품 세계는 언어적으로나 문화적 변화의 정도가 우리가 지닌 이해의 폭을 넘어섰다. 고전문학의 작품 세계는 현재의 문화적 감각으로 해석하거나 이해할 수 있는 대상이 아닌 것이 되어 버렸다. 고전문학은 점점 화석화(化石化)의 길에 접어들고 있다.

이와 같은 상황에서 개별 고전 작품에 대한 개념적 해석과 평가는 더 이상 문화적 연속성의 의미를 가지지 못한다. 고전문학 연구는 그 실체를 파악할 수 없는 상황과의 상상적인 독백(獨白)이 되었을 뿐이다. 더욱이 과거의 문화 전달 및 향유 방식이 상징적 기호인 문자언어의 생산과 독해가 중심이 되었다면 상징적 기호를 대체할 입체화된 혹은 시각적 이미지 중심의 도상적(圖象的)·지표적(指標的) 기호의 생산과 독해의 문제가 세계와 주체 혹은 주체와 주체 사이의 소통의 문제로 등장하게 되었다.[13] 고전문학이 산생되던 시대와 현재와의 거리는 단순히 작품 세계의 상이함만을 의미하지 않는다. 이는 지식 생산 및 저장, 향유 방법의 변화는 물론이고 지식 생산자 및 향유자의 성향도 현격히 변화하였음을 뜻한다.

이는 고전문학 연구가 입체적 재생을 위주로 진행되어야 함을 의미한다. 현 상황에서 입체적 재생이 가능하겠는가 하는 의문이 제기될 수도 있다.

---

13) 심광현, 21세기 인문학의 발전 방향, 현대사회 인문학의 위기와 전망, 민속원, 1998, 140쪽.

그러나 모의적(模擬的) 형태라고 하더라도 최대한 작품의 존재를 입체적으로 조망할 수 있는 연구 시각을 확보해야 한다. 고전문학의 사적(史的) 발전이라는 거시적 연구 시각에 의거한 해석과 평가 위주의 연구가 아니라, 입체화된 대상으로 고전 작품을 이해할 수 있어야 한다. 현재적 가치 기준과 사전적(辭典的) 개념 정의에 의한 도면화된 평면적 접근이나 이해는 고전 작품을 현실과 더 멀어지게 한다. 문자 언어는 영상 이미지로 재생되어야 하며, 상징적 기호는 도상적·지표적 기호에 의한 대화로 전화되어야 한다. 상징적 기호화에 의존하는 과거의 고급 문화를 끊임없이 도상적·지표적 대중 문화로 활성화해야 하는 것이다.

고전 작품이 존재하던 세계는 그 실체성과는 관계없이 단일한 세계로 표상되어 왔다. 고전의 세계를 매끈한 정수(正數) 차원의 세계, 명암이 존재하지 않는 단일 색채의 세계로만 파악해서는 안 된다. 마찬가지로 개별 고전 작품이 민족적 역량의 발현을 통한 근대화로 진행하는 계단으로 인식해서도 안 된다. 고전 작품의 존재는 계단처럼 일정한 높이와 넓이를 가진 개체의 단계적 축적이 아니다. 고전 작품은 분수적(分數的) 차원의 복잡성(複雜性)과 연속성(連續性)이 존재하는 세계로 인식해야 한다. 고전 작품은 그 태생부터 평면적 도면으로 혹은 단계적 계단으로 인식할 수 있는 것은 아니었음을 분명히 인식해야 한다.

우리는 인식의 편의(便宜)를 위해 실재적·연속적 세계를 불연속적으로 파악하며, 1.5차원 혹은 1.8차원의 분수 세계를 1이나 2와 같은 정수 세계로 인식한다. 고전 작품의 세계에 대한 기존 연구자의 태도 역시 이와 다를 바 없었다. 고전 작품은 다차원의 세계 혹은 분수 차원의 세계로 존재한다. 그것을 민족과 근대를 중심으로 한 개념 위주의 가치 평가를 통해서 재단(裁斷)하고 정수 차원으로 이해하는 것이 기존의 고전문학 연구 방법이었다. 과거 연역(演繹)과 귀납(歸納)에 의한 선형적인 위계 논리가 고전문학

연구를 지배해왔다면, 앞으로의 고전문학 연구는 비선형적이고 비위계적인 열린 시각에 근거해야 한다. 고전 작품의 세계는 현재적 관점에서의 가정(假定)과 가치 판단에 근거하는 닫힌 평형계(平衡界)가 아닌 열린 비평형계(非平衡界)로 인식되어야 한다. 다만 여기서 분명히 지적할 것은 복잡성의 인정을 무정부주의적인 상대주의로 받아들여서는 안 된다는 사실이다. 무정부주의적 상대주의는 가치의 혼란을 야기한다. 열린 비평형계는 가치의 혼란을 유도하기 위한 것이 아닌 입체적 상황에 대한 실체적 파악을 위한 것일 뿐이다.

이와 같은 다차원적, 분수 차원적인 연구 시각은 사회적 공간 속에서 인간의 정신과 육체를 통합적으로 파악하는 계기가 될 것이며, 세계와 인간을 교류와 순환의 상생적(相生的) 전체로 파악하게 할 것이다. 고전의 세계를 그 자체적 자연스러움과 아름다움으로 그리고 입체적 복잡함으로 파악하게 할 것이다.

요컨대 고전문학 연구의 궁극적 목표는 주관적 해석과 평가가 아닌 입체적 재생이 되어야 한다. 입체적 재생은 민족이나 근대와 단일한 개념 위주의 가치 중심적 연구 시각으로는 불가능하다. 오히려 세계를 복잡하고 연속적이며 비선형적인 열린 세계로 파악하는 연구 시각을 견지할 때 가능하다. 인간과 인간 혹은 인간과 세계의 순환과 교류를 조감(鳥瞰)하는 방식으로 고전문학을 대해야 하는 것이다.

3. 세계 문학적 보편성의 확보

앞서 살핀 두 요건 외에, 고전문학이 세계 문학의 보편성을 확보해야 한다는 측면에서 비교문학적 연구의 진행을 제안하고자 한다. 이는 민족의 혹은 개별 국가의 고전문학을 비교 연구해야 함을 의미한다. 지구방화와 정보화는 민족문화, 개별문화의 균열을 확산하고 있다. 과거 시공간의 속에서는 지리적 분리(分離)에 의해 어느 정도 특수한 개별 문화가 존재할 수 있었고, 이에 따라 개별 문화의 독자성이 오랫동안 유지될 수 있었다. 그러나 현재의 문화는 빠른 속도로 융합, 변화하고 있다. 물론 이런 현상을 두고 모든 개별 문화의 통합 현상이라고 속단할 수 없다. 오히려 모자이크식 개별 문화의 발전을 예측할 수도 있고, 헤게모니를 장악한 특정한 문화-특히 미국문화와 같은 거대문화-에의 종속적 획일화 현상이라고 진단할 수도 있다. 이와 같은 상황에서, 비교문학 연구를 통해 자국문학으로서의 고전문학에 대한 적절한 이해의 도모는 필수적이다. 자국 문학으로서의 고전문학에 대한 인식이 필요하다.

대상의 위치와 속성에 대한 규정은 그 내재적 속성에 대한 탐구만으로 이루어지지 않으며, 내재적 속성에 대한 탐구를 통해 외계에 존재하는 여타 사물과 대비할 근거를 확보할 때 비로소 가능해진다. 복합 문화화 혹은 문화 제국주의에 종속되는 문화화 현상 속에서[14] 민족문화 혹은 지역 문화의 생존은 그 문화를 타문화와 변별하려는 노력으로 이루어질 수 있다. 그러나 이것이 우리 고전문학의 문화적 역량을 과장하려는 의도와 결합하거나 문학적인 측면에서의 쇼비니즘(chauvinism)으로 흐르는 것은 경계해야 한다. 우리 고전문학에 대한 과장적 태도와 민족 문화적 쇼비니즘은 자국문화의 가능성을 협애화(狹隘化)할 뿐만 아니라 폐쇄적 연구 시각에 빠져들게 할 것이다. 우리 고전문학의 문화적 특수성을 인식하고 보전하면서 동시에 전지구적 차원에서 진행되는 개별 문화와의 교류, 전지구적 차원에서 문화적 다양성을 유지하는 것이 필요하다.

고전문학의 비교문학적 연구가 필요한 것도 바로 이와 같은 측면에서다.

---

14) 이것은 문학 또한 마찬가지다. 여기서 굳이 문학이라고 한정적으로 언급하지 않고 문학이 포함되는 삶의 총체인 문화를 언급하는 것은 현대 문화의 일반적 속성을 설명하기 위함일 뿐이다. 그러므로 이를 문화로 치환하여 읽는다고 해도 오류가 발생하지는 않는다.

즉 고전문학을 비교문학적 측면에서 다룸으로써 문화적 보편성과 개별성에 대한 동시적 이해를 진행해야 한다. 이것은 독일 문학의 세계성(世界性)을 드러내기 위하여 세계문학이란 용어를 만들어 냈고,[15] 프랑스 문학의 보편성을 드러내기 위해서 방띠겜이 일반문학이란[16] 개념을 고안해냈던 것에서도 알 수 있다. 물론 비교문학의 시원이 민족적 이해와 연관되며, 우리 고전문학의 비교문학적 연구가 민족적 가치와 상관된다고 해서 현재적 상황에서 이와 같은 본래적이고 근원적인 가치만을 고집하는 것은 어리석다.

고전문학의 비교문학적 연구는 개별 문화로서의 고전문학이 지닌 가치를 부정하거나 폄하(貶下)하겠다거나 문화적 특수성이 지닌 의미를 축소하려는 것이 아니다. 비교문학 연구를 통해 문화적 현상의 실체에 객관적으로 접근할 필요성과, 이를 통해 문화적 보편성에 기반한 특수성을 유지하려는 것일 뿐이다. 이것은 또한 비교문학 연구에 특정 국가의 문학적 역량을 과장하여 이해하는 것도 불합리하며, 전체 문화 현상이란 거시적 차원에서만 개별 국가의 문학을 이해하려 들어서도 안 됨을 뜻한다. 예컨대, 과거 문화적 공동체로 동북아 전체를 보는 연구 시각에 있어 특정 국가의 문학에 견인되어 여타 국가의 문학을 이해하려 들어서는 안 됨을 의미한다. 비교문학 연구에서는 항상 전체와 부분에 대한 균등한 이해의 시각이 필요하다고 하겠다.

의미 없는 부분이 합쳐져서 유의미한 전체를 이루는 것은 아니며, 부분이 전체에 종속된 것도 아니다. 부분의 독자성과 가치는 전체의 의미에 묻혀 있지 않다. 부분은 충분히 창발적(創發的) 개체 단위이며 전체는 부분에 기대지 않고 존재할 수 없다. 마찬가지로 전체는 부분을 합쳐서 이루어

---

15) 윤호병, 비교문학, 민음사, 1994.
16) 방띠겜, 김동욱 역, 비교문학, 계영사, 1979.

낼 수 있는 것이 아니며, 특정 부분이 전체를 대변할 수 있는 것도 아니다. 부분의 역할과 중요도는 전체를 이루며 끊임없이 변화하기 마련이다. 특정 시기나 국면, 특정 좌표의 움직임은 전체의 속성을 바꿀 수 있다. 그렇기 때문에 특정 시기나 특정 국면에만 주목한다면 전체를 입체적으로 이해할 수 없다. 특정한 시공점(時空點)에서는 항상 특정 부분의 역할이 돋보이기 마련이다. 그러나 이렇게 돋보인다고 해도 그 부분이 전체를 다 말해 줄 수 있는 것은 아니며, 또한 전체일 수도 없다.

결국 문화적 공동체 내부에서 각 부분은 견제하고 협조하면서 균형을 이룬다. 그리고 그런 견제와 균형을 위해서는 타자에 대한 이해를 필요로 한다. 고전문학의 비교문학적 연구도 이와 같은 인식을 근거로 삼아야 한다. 즉 문화 공동체 내부의 현상으로 부분과 전체를 통합적으로 이해하면서도 부분의 독자성과 개별성을 인정하는 것, 그리고 이를 통해 공동체적 발전을 이루는 토대를 구축하는 것이 비교문학 연구 방법의 개발에 고려되어야 한다. 비교문학 연구에서 쇼비니즘과 우월주의(優越主義), 패권주의(覇權主義)는 동일한 의미이며 극복되어야 할 대상들이다.

요컨대 고전문학의 비교문학적 연구는 작품의 형성을 내재적 발전 시각에만 의존해서 파악하지 않음을 뜻한다. 또한 특정 작품 향유자의 정신적 발로(發露)로만 이해하지도 않는다. 오히려 고전문학을 삼차원의(三次元) 좌표 상에서 파악하고, 이와 대등한 각 좌표들의 움직임이나 이들과의 교류의 흔적을 찾는 것이 필요하다. 이를 통해서 고전문학의 형성 동력과 존재 배경을 이해하게 되고 그 특수성을 유지할 힘을 얻게 될 것이다.

이상으로 고전문학 연구 방법의 변화 방향을 민족 문학과의 분리를 통한 고전문학의 재편, 타자화된 고전문학의 입체적 재생, 그리고 고전문학의 세계 문학적 보편성 확보란 측면에서 살폈다. 이와 같은 연구 방향은 우리 고전문학 연구의 특수성을 전제로 한 것으로, 21세기 문화 환경에서 고전문학 연구가 살아남기 위한 것이기도 하다.

IV. 맺는말

본고는 새로운 문화 환경 하에서 고전문학이 가져야 할 위상과 역할에 대해 고찰하였다. 이와 같은 목표를 달성하기 위해 먼저 고전문학이라는 특수한 영역을 중심으로 인문학의 위기를 진단하였다. 그리고 그러한 진단을 토대로 고전문학 연구의 방향을 모색해보았다. 이와 같은 내용을 요약하면 다음과 같다.

우리 고전문학의 위기는 인문학에 내포해 있는 객관적 진리에 대한 회의에서 비롯된 것이라거나 이성의 중시에서 출발한 기술주의의 폐해가 인문적 가치를 훼손하여 발생한 것으로 볼 수 없다. 오히려 고전문학이 민족주의와 실증주의에서 출발했다는 데에 위기의 원인(遠因)이 존재한다. 우리 고전문학은 애초부터 인간 본성에 대한 탐구에 관심을 두지 못했다. 인문학으로서의 본래적 역할을 수행하지 못하며 현재에 이른 것이다. 여기서 고전문학 연구의 위기가 발생하였다. 그리고 또 한편으로는 새로운 문화 환경에 기인한다고 할 수 있다. 새로운 문화 환경에 적응하지 못하는 인문학의 현실과 변화에 대한 두려움이 고전문학의 위기를 촉발한 것이다.

이와 같은 위기 상황을 극복하기 위한 고전문학 연구의 새로운 방향은 다음과 같은 측면에서 설정되어야 한다. 먼저 고전문학의 위기가 본래적 가치를 탐구하지 못한 데서 출발했다면, 그 본래적 가치를 확립하는 것으로 연구가 진행되어야 함이 마땅하다. 이를 위한 기본적 학제를 재구성하는 것이 필요하다. 고전문학 연구가 민족의 개념과 분리하여 본래적 가치를 탐구할 수 있도록 문학과 어학을 분리하고 인접한 고전문학군과 대비가 이루어질 수 있도록 아시아문학, 유럽문학 등의 학제를 이룰 수 있도록 구성되어야 한다. 요컨대 고전문학 연구는 민족과 근대 중심의 개념 연구를 지양하고 문화적 토대 위해서 인간이 언어적으로 쌓아올린 정신 과정에 대한 탐구라는 본래적 가치로 환원되기 위하여 대학에서의 학제 개편이 요구된다.

다음으로 고전문학 연구의 궁극적 목표는 주관적 해석과 평가가 아닌 입체적 재생이 되어야 한다. 입체적 재생은 민족이나 근대와 단일한 개념 위주의 가치 중심적 연구 시각으로는 불가능하다. 오히려 세계를 복잡하고 연속적이며 비선형적인 열린 세계로 파악하는 연구 시각을 견지할 때 가능하다. 인간과 인간 혹은 인간과 세계의 순환과 교류를 조감할 수 있도록 해야 한다. 고전 작품은 연속적이고 복잡계(複雜界)에 자리하는 살아있는 생명체와 다를 바 없다. 그러므로 그 실체를 왜곡하지 않고, 본래 그대로의 모습을 연구 대상으로 해야 한다. 이것이 진정한 의미의 문화 연구로서 고전문학 연구가 될 터이다.

마지막으로 고전문학의 비교문학적 연구를 진행해야 한다. 이는 작품의 형성을 내재적 발전 시각에만 의존해서 단계적으로 이해하지 않음을 뜻한다. 또한 특정 작품 향유자의 정신적 발로로만 이해하지도 않는다. 오히려 고전문학 삼차원적 좌표를 파악하고, 이와 대등한 각 좌표들의 움직임이나 이들과의 교류의 흔적을 찾으려는 시도의 반영이다. 이와 같은 연구 시각을 견지함으로써 고전문학의 형성 동력과 존재 배경을 이해하게 되고 그 특수성을 유지할 힘을 얻게 될 것이다.

이상으로 인문학으로서의 고전문학이 직면한 위기와 그 원인을 고찰하고, 이를 토대로 고전문학의 연구 방향을 새롭게 설정하였다. 다만 이런 논의는 우리 고전문학 연구의 특수성을 전제로 한 것이라 일정한 한계를 지닌다고 할 것이다. 21세기 문화 환경에서 고전문학 연구가 나가야 할 새로운 방향 설정이 유익하기를 바랄 뿐이다.

참고문헌

김명호, 조윤제의 민족사관에 대한 신고찰, 한국학보 10집, 일지사, 1978.

김태준, 김태준전집, 보고사, 1990.

김태준, 사학 연구의 회고, 전망, 비판, 조선중앙일보, 1936, 1월 11일.

김태준, 정인보론, 조선중앙일보 1936, 5월 17일.

김태준, 조선한문학사, 한성도서, 1931.

류준필, 형성기 국문학연구의 전개 양상과 특징, 서울대 박사학위논문,
        1998.

박희병, 천태산인의 국문학 연구(상), 민족문학사연구 3, 민족문학사연구
        소, 1993.

박희병, 천태산인의 국문학 연구(하), 민족문학사연구 4, 민족문학사연구
        소, 1993.

방띠겜, 김동욱 역, 비교문학, 계영사, 1979.

소광호 외, 현대비평과 이론 4권 2호(통권 8), 한신문화사, 1994년 가을,
        겨울.

소광호 외, 현대의 학문 체계, 민음사, 1994.

송희복, 한국문학사론연구, 문예출판사, 1995.

심광현, 21세기 인문학의 발전방향, 현대사회 인문학의 위기와 전망, 민속
        원, 1998.

유종호, 서양의 인문학-단초에 대한 고찰, 현대사회 인문학의 위기와 전망,
        민속원, 1998.

윤호병, 비교문학, 민음사, 1994.

이준식, 일제 강점기의 대학 제도와 학문체계-경성제대의 조선어문학과를

중심으로, 사회와 역사, 61집, 문학과 지성사, 2002.

전성운, 김태준-문학의 과학화와 사회주의 문학 사관, 우리어문연구 제24집, 2004.

전성운, 한·중 소설 대비의 지평, 보고사, 2005.

조동일, 동아시아문학사비교론, 서울대출판부, 1993.

한창훈, 조윤제 초기 시가 연구의 특징과 그 성격, 우리어문연구 제24집, 2004.

애니메이션에서의 리얼리티의 문제

이 재 규*

I. 영화의 탄생 : 리얼리티적 한계에 대한 고민

20세기 초 새로운 텍스트로 등장한 영화는 누가 보든지 사진의 적자였다. 사진의 등장으로, 19세기 유럽 시적 낭만주의에 대한 안티테제의 모습을 보이며 신뢰할 수 있는 기록성의 지위를 차지했던 르포르타쥬는 그 문화적 정점에서 급속한 조락을 보이고 만다. 새롭게 등장한 사진이란 매체는 완벽한 기록성과 진실성의 모든 자질을 갖추고 있었다. 그렇기 때문에 문학과 미술, 연극 등 원래 기록을 위해 탄생했던 그 어떠한 고안들과도 차별성을 띠면서 리얼리티(현실성, 사실성 또는 진실성) 속에서 자신의 위치를 확고히 할 수 있었다. 이로써 사진은 20세기 초 문화 텍스트들의 모든 장르 가운데에서도 가장 막강한 기록성과 신뢰성을 가진 텍스트로서의 지위를 확실하게 차지하는데 성공했다.

뒤이어 등장한 영화는 다른 무엇이 아닌 그저 움직이는 사진이었을 뿐이었다. 움직임을 그대로 표현할 수 있는 가능성은 사진이 열어놓았던 기록성과 신뢰성을 더 증대시켜 주었다. 움직임이 없는 사진으로부터 움직이는

* 순천향대학교 인문과학대학 예술학부 애니메이션전공 강사

영화로의 이행은 마치 그림에 원근법을 도입한 듯한 놀라운 효과를 가져다 주었다. 삶을 그대로 재현하는데 있어 그 정확성은 거의 극한에 달한 것처럼 보였다.

어쩌면 사진의 기록성과 신뢰성이 영화의 태생에서부터 이처럼 큰 이점을 부여해주었기 때문에, 다른 종류의 예술 창작물들보다 훨씬 더 많은 리얼리티를 보장받을 수 있었고, 결과적으로 영화가 사진이 물려준 기술적 이점을 통해 쉽게 문화 지형 속에 자리를 잡아갔다는 결론에 도달할 수도 있겠다. 하지만 그렇게 단순한 문제가 아니었다.

영화는 차츰 예술로 발전해갔다. 이러한 예술로의 발전과정에서 영화의 사실적 특성들은 동맹자임이 분명했지만 또 그것은 동시에 장애물이기도 했다. 사진 매체가 갖는 것과 같은 신뢰성은 영화를 '정보'가 담긴 예술로 만들었으며 다수의 관객을 확보해주었다. 그렇지만 다른 면에서는 이 구경거리의 리얼리티에 대한 느낌이야말로 초기 영화관객들이 가졌던 저급한 정서에 정확히 부합되고 또 그 정서를 자극하는 것이기도 했다.

그것은 화재나 홍수 같은 재난이나 교통사고를 먼발치에서 구경하는 사람들 특유의 정서이기도 하며, 로마시대 원형경기장 관객들이 가졌던 의사(擬似) 미학적, 의사 스포츠적 정서이기도 하며 오늘날 복싱이나 이종 격투기를 즐기는 관객들에게서 볼 수 있는 것과 같은 종류의 정서이기도 하다.

다분히 상업적인 목적으로 내보내는 것이 분명해 보이는 전투장면의 생생한 보도나 실생활에서 벌어지는 선정적인 유혈극에 관한 보도, 인기를 끌고 있는 TV의 리얼리티 쇼처럼, 자신들이 보고 있는 것은 '진짜' 피이고 '실제'의 재난이라는 사실을 관객이 알고 있는데서 생겨나는 이런 저급한 구경 심리, 관음적인 충동을 채워주는 역할을 초기 영화가 담당해야만 했다.

20세기 초의 짧은 필름들은 비치는 옷을 입은 무희의 춤이나 기형적인 신체, 서커스 등과 같은 선정적인 그림들로 채워졌고, 영화 매체가 갖는 리얼리티적 특성에 기반을 둔 이런 필름들이 관음증으로 가득 찬 관객들의 눈을 만족시키는 사이, 영화가 보여줄 수 있는 진기한 대상들은 점점 소진되어 갔다. 그와 함께 원형경기장에 홀로 던져진 어린아이 같던 영화는 무엇인가 진기한 것을 보여주기를 바라는 관객들에게 둘러싸여 자신을 현재의 위치에 올려 놓아준 리얼리티 때문에 죽어가고 있었다.

하지만 역설적으로 영화가 가야할 길은 바로 그 관음적 환타지를 리얼하게 보여주는 바로 그 곳에 있었다.

죠르쥬 멜리에스와 같은 초기 영화 실험가들은 영화 필름이 주는 리얼리티의 한계를 거꾸로 이용해보려는 노력을 했다. 그것은 예술적인 의도라기보다는 영화가 기록할 수 있는 진기한 대상이 소진해 감에 따라 자연적으로 발생한 대안적 의미에 가까웠다. 스크린에 그려지는 사진들이 완전한 리얼리티라고 믿고 있는 사람들에게 멜리에스의 다중촬영을 통한 환영은 가히 충격적인 것이 아닐 수 없었다.

멜리에스가 행한 이러한 실험의 성공은 영화가 단순한 리얼리티의 반영이라는 제한성을 벗어날 수 있도록 해주었다. 매체 자체가 가지고 있는 리얼리티적 요소를 적극적으로 도입하되 그것을 오히려 역으로 이용해 판타지를 창조할 수 있는 가능성을 열어놓은 것이다. 일단 환상성을 도입하기로 결정하면서 영화는 그 가능성이 무궁무진하게 열리기 시작했다.

가짜의 주인공이 가짜의 삶을 살면서 가짜의 사건과 이야기를 만들어 나가더라도 영화 매체 자체가 갖고 있는 리얼리티적 속성 때문에 관객들은 다른 어느 예술 장르보다도 쉽게 자신들의 주변에서 일어나는 이야기인 것처럼 받아들였다.

물론 여기엔 관객들이 영화적 환상을 그대로 받아들일 수 있도록 만들기 위한 영화적 리얼리즘을 위한 장치들이 사용되었다. 이런 장치들은 내러티브 구조의 도움을 받아 환영에 대한 관념을 제거하고 현실효과를 만들어내는데 기여했다. 카메라 워크나 조명, 컬러, 사운드, 편집 어느 것도 "현실효과"의 환영주의적 본성을 깨고 드러나지 않도록 설계되었다. 이러한 노력의 목적은 물론 관객을 환영 속에 통합시키는 것, 즉 영화라는 현실을 안전하게 유지하는 것이었다.

어떻게 보면 예술로서의 영화의 전 역사는 예술적 추구의 대상이 되는 모든 요소들로부터 리얼리티가 낳는 즉각적인 연상을 축출하기 위한 발견들의 연속이었다.[1] 이를 통해 눈앞에 펼쳐지는 리얼리티의 세계는 영화의 내용이 갖고 있는 판타지들을 모두 문제삼지 않을 만큼 흥미진진하고 손에 땀을 쥐게 하는 것이었다.

영화는 움직이는 사진을 리얼리티의 적극적인 인식수단으로 만듦으로써 그것을 극복했다. 영화는 실제세계가 갖고 있는 자연스러운 유사성과 싸우면서도, 그리고 영화 관람을 통한 감정을 현실의 사건을 볼 때 겪는 느낌과 언제든지 동일시할 준비가 되어있는 관객의 소박한 믿음을 파괴하면서도 동시에 영화는 진짜다움에 대한 소박한 신뢰를 보존하기 위해 노력하고 있다.[2]

---

1) 유리 로트만 저, 박현섭 역, "영화기호학", 민음사, 1994, p.38.
2) 영화와 관련해서는 두가지 유형의 리얼리즘이 논의된다. 하나는 이음매 없는 리얼리즘이라 할 수 있는데 이것의 이데올로기적인 기능은 리얼리즘의 환영을 은폐하는 것이다. 여기에서 다루려는 리얼리즘에 대한 논의는 주로 이에 대한 것이다. 이와는 달리 또 다른 리얼리즘에 대한 논의는 미학적으로 동기부여된 리얼리즘이라고 할 수 있는데 이는 카메라를 비조작적으로 사용하려 하며 리얼리즘의 목적이 현실에 대한 하나 혹은 여러개의 해독을 제공하는 데 있다고 본다. 참고적으로 이 리얼리즘에 대한 논의를 살펴보자. 1930년대 프랑스의 영화작가들에 의해 창도되었고 나중에 앙드레 바쟁에 의해 결정적으로 지지를 받게 되는 리얼리즘적 미학은 리얼리즘적 담론이 어떤 진실을 억압하는 것뿐만 아니라 다른 어떤 진실을 생산하기도 한다는 것을 애초부터 인식하고 있었다. 그리하여 리얼리즘 영화를 만들 때 상당한 주의가 필요하지만 이 리얼리즘의 다중성은 한 영화가 그것이 보여주는 것만을 의미하는 것으로-이음매 없는 리얼리즘의 경우처럼-고정될 수 없다는 것을 뜻한다. 리얼리즘 미학도 영화적 매개를 통해 생산되는

II. 애니메이션의 태동기 : 환상의 창조

흔히 만화 영화3)라고 불리는 애니메이션은 만화와는 그다지 공통점을 갖고 있지 못하다. 만화와 애니메이션에 대한 공통분모를 찾아내려는 노력들은 애니메이션 장르의 일부를 구성하면서 초기부터 내려오는 코믹스 형식에 대한 편향적 사고에서 비롯된다.

오히려 영화와 애니메이션4)은 여러 가지 면에서 닮아있다. 카메라라는 도구를 통해 필름에 이미지를 기록하고 환등기의 원리를 이용해 보인다는 점에서도 그렇지만 태생까지 거의 같은 역사를 공유해왔다. 이 때문에

현실효과를 인식한다. 그러나 영화자체에 대해 주의를 끌게 하지 않더라도 관객들이 스스로 텍스트를 해석할 수 있는 공간을 제공하는 방식으로 영화기술을 사용하려고 노력한다. 다른 말로 하면 여기서 기술은 약호화된 선호된 해독을 제공하지 않는 방식으로 기능해야 한다. 오히려 가능한 한 객관적인 방식으로 리얼리즘의 형식을 제시하려 한다. 따라서 이러한 양식의 리얼리즘은 야외촬영과 자연조명을 많이 사용한다. 대다수의 배역은 비전문 배우가 맡는다. 또 이미지의 해독을 미리 규정되지 않도록 하기 위해 딥포커스를 이용한 롱샷을 많이 사용하고 편집의 통제적 효과를 방지하기 위해 롱테이크를 사용하며 또 눈높이에 맞추기 때문에 가장 객관적으로 보이는 90도 각도의 샷을 많이 사용한다. 제2차 세계대전 이후 이탈리아에서는 경제적 곤궁과 비조작적인 리얼리즘에 대한 열망이 결합해 이른바 이탈리아 네오리얼리즘이 등장하는데 이는 1930년대 프랑스와 이탈리아 영화의 리얼리즘을 이어받은 것이다. : 수잔 헤이워드 저, 이영기 역, "영화사전", 한나래, 1997 참조.
3) 만화 영화라는 용어는 일본 최대의 애니메이션 회사인 도에이가 1950년대 본격적으로 상업 애니메이션 영화제작에 돌입하면서 캐치프레이즈로 사용한 용어였으며 1970년대에 들어 본격 애니메이션 세대의 등장과 함께 아니메란 용어로 대체되면서 만화의 의미가 많이 탈색되었다. 만화 영화와 비슷한 용어로 미국에서는 카툰이라는 용어를 사용했다. 카툰이란 용어 역시 헐리우드 메이저 영화사들이 1930년대 무렵 대량 생산되는 애니메이션들을 일괄적으로 부르기 위해 편의상 붙인 용어였다. 그러나 만화영화와는 달리 영화라는 매체의 특성을 조금도 살리지 못한 카툰이라는 용어는 1970년대 이후 애니메이티드 필름이란 용어로 대체되었다. 오늘날 카툰은 순수하게 만화만을 가리킬 뿐이고, 특정 작품의 만화적 맥락을 부각시키기 위해 카툰 애니메이션이란 용어를 사용하기는 하나 애니메이션 작가들 사이에서도 자신들의 작품이 카툰이라 불리는 것에 부정적인 입장이다. : 김준양 저, "애니메이션, 이미지의 연금술", 한나래, 2001, p.17.
4) 엄밀히 말하면 애니메이션도 영화의 한 장르라고 볼 수 있다. 그러나 편의상 여기에서 영화는 넓은 의미의 영화와 구분지어 애니메이션을 제외한 실사영화만을 뜻한다.

영화와 애니메이션이 서로 비슷한 길을 걸어왔다고 생각하기 쉽지만 애니메이션은 태생적인 특징 때문에 전술한 영화와는 다른, 정확히 말하면 정반대의 산업적인 고민을 안고 출발했다.

영화가 움직이는 이미지를 그대로 담아 투영하는 움직이는 그림의 예술이라면 애니메이션은 그려진 이미지를 움직이게 만드는 예술이다[5]. 애니메이션은 프레임 자체보다는 프레임 사이에서 일어나는 환상에 초점을 맞춘다. 많은 애니메이션 제작자들은 움직이지 않는 이미지나 물체를 움직이는 듯한 환각을 만들어내는 이 마술과 같은 능력을 애니메이션의 가장 고유한 특징으로 보았다.

구 유고슬라비아의 자그레브 스쿨에선 애니메이션 작업을 복제를 통해서가 아니라 리얼리티의 변형을 통해서 디자인에 생명과 영혼을 불어넣는 작업으로 정의한다. 애니메이션이라는 말이 담고 있는 의미 그대로 이들은 자신들의 작품을 통해 생명이 없는 사물에 생명을 불어넣는 작업의 창조적인 측면을 구체화했다. 이들은 애니메이션을 비사실주의(non-realism)적인 변형으로 표현하려 했으며 전복적인 형식을 통해 애니메이션 자체를 이해했다.

존 할라스 같은 애니메이터들은 "만약 물리적인 리얼리티를 제공하는 것이 실사영화의 역할이라면 애니메이션은 사물들이 어떻게 보이는가가 아니라 그것이 무슨 의미를 지니는가와 같은 형이상학적인 리얼리티에 관심을 가진다"는 관점을 지향한다.

얀 스반크마이어는 "나는 내 작품에서 많은 물체들을 움직이고, 그를 통해 사람들은 매일 익숙하게 만나는 사물들이 새로운 차원을 획득하고 리얼리티

---

5) 노먼 맥라렌은 다음과 같이 말하고 있다, "애니메이션은 움직이는 그림의 예술이 아니라 그려진 움직임의 예술이다. 각 프레임사이에 무엇이 발생했는가가 각각의 프레임상에 무엇이 존재하는가보다 중요하다" : 모린 퍼니스 저, 한창완 외 역, "움직임의 미학", 한울, 2001에서 재인용.

에 대한 의심을 버리게 된다"라고 주장하면서 애니메이션을 사물에게 마술적인 힘을 부여해주는 도구 즉 의미의 재생산수단으로 정의 내린다.

이러한 애니메이션 형식의 발전은 구체적으로 움직이는 이미지를 창조하는 초기의 실험들과 관계가 있다.

애니메이션은 잔상이론을 기반으로 그 형식을 발전시켜왔다. 피터 로젯이 발표한 잔상이론은 물체가 사라졌어도 망막에 물체의 상이 잠시 남아있는 현상을 말하는 것이다. 잔상은 약 1/10초 쯤 지워지지 않은 채로 머리속에 남아 그대로 보고 있는 것처럼 느껴진다. 이 말은 정지된 화면을 빠르게 연속적으로 보여주면 하나의 화면으로 융합된다는 의미가 된다. 그 정지된 그림들이 동작의 진행을 단계적으로 묘사한 것인 경우, 우리는 동작이 계속되는 것과 같은 착각을 일으킨다는 것이다. 이러한 잔상이론을 바탕으로 태어난 페나키토스코프에서 조트로프, 키네마토스코프, 프락시노스코프에 이르기까지 애니메이션 형식의 발전은 본질적으로 마술적인 것, 즉 정지된 이미지를 조작함으로써 생기는 흥미롭고 놀라운 움직임에 대한 관념이었다.

영화는 사진의 리얼리티에 의해 환상성이 제거되었지만 초기 애니메이션은 영화상의 트릭과 비슷한 형식과 수단을 통해 지속되었다. 코믹스가 애니메이션에 유입되기 전에 애니메이션 그 자체는 여전히 트릭을 만드는 실험자들 손에 있었다.

영화가 리얼리티를 적극적으로 추구하는 방향으로 환상성을 합리화시켰다면 이 지점에서 애니메이션은 실사영화와 결별을 이루게 된다. 이때부터 애니메이션은 대중영화 장르를 구성하기 시작한 여타의 영화들과 본질적으로 다른 장르로 인식되기 시작한다.

초기의 애니메이션 제작자들은 겉으로는 관련성이 없어 보이면서도 내적 일관성을 추구하는 자유로운 이미지의 흐름을 보여주었다. 이러한 작품들은 이후의 작품들에 기존 이미지의 흐름을 다르게 변형시키는 능력이 애니메이션의 고유한 요소라는 확고한 정의를 내려주었다. 이러한 변형은 구성과 파괴, 안정과 진화, 변형 가능성과 집중 등의 이미지 기제로 작동하게 된다.

이러한 이미지들은 전통적인 문학적 내러티브를 구성하는 것은 아니었지만 애니메이터들은 심리적이고 감정적인 이미지를 선택적으로 관련지어 개인적인 영상언어로 발현시킨다. 오스카 피싱거와 발터 루트만과 같은 영화제작자의 작품은 그래픽과 순수미술의 실험적인 전통으로부터 발전했고 그것은 필수적으로 애니메이션의 아방가르드적 관념을 대표하게 되었다.

피싱거는 애니메이션을 유동적이고 원초적인 사고와 느낌의 표현을 조화시킬 수 있는 형식으로 인식했다. 음악과 움직임을 동조시키고자 했던 그의 열망은 무엇보다도 사운드의 추상화를 추구하는 작가적 관점에서 추진되었으며, 전적으로 시각적인 조건에 의해 성취될 수 있다는 것을 느끼게 해주었다. 형태와 형식은 무엇인가를 재현할 필요 없이, 그것을 수용하는 관객들의 다양한 반응을 불러일으킬 수 있었다.

이후에도 노먼 맥라렌이나 얀 스반크마이어 같은 작가들은 오브제 애니메이션 기법이나 픽실레이션 기법을 이용, 현실에 존재하는 사물과 사람에 이질적인 운동감을 부여해 현실에서는 찾아볼 수 없는 환상성을 제공함으로써 애니메이션이 초기에 꿈꾸었던 재현 불가능한 환상성에 대한 믿음을 충실하게 계승해왔다.

Ⅲ. 애니메이션의 발전기 : 리얼리티의 도입

코믹스의 기법을 애니메이션에 도입했던 초기의 애니메이터들조차 자신의 애니메이션에서 리얼리티의 재현의 한계를 끊임없이 극복하려고 노력했고, 판타지의 영역을 애니메이션 형식을 위한 가장 적절한 표현 양식이자 즐거움과 환상을 창조하기 위한 가장 기능성 높은 모델, 삶의 상황에서 발생하는 복잡성에 대해 끊임없이 질문하기 위한 표현적인 언어양식의 요소라고 믿고 있었다.

그러나 그들의 코믹스는 피조물에 인간의 속성, 능력, 성질을 부여함으로써 "의인화"의 기법을 완성해 캐릭터 애니메이션의 발전에 기여하게 된다.(1910년대 애니메이션의 지배적 양식은, 일관된 캐릭터가 짧지만 일관된 내러티브로 극을 끌어가는 코믹스를 원작으로 한 시나리오의 각색이었다.) 이 퍼스낼러티를 갖춘 캐릭터에 의해 일관된 내러티브를 이끌어가는 방식은 다분히 코믹스의 형식에서 차용된 것이 분명했지만 애니메이션의 형식과 관련해서 아무런 의심 없이 받아들여졌다. 이는 초기 애니메이션 작가들이 코믹스 작가 출신이었던 점과 무관하지 않을 것이다.

여기에 애니메이션제작과정에서는 얼허드의 셀 애니메이션 방식과 라울 바레의 분업제작 시스템이 애니메이션 산업화를 이끌었지만 창조적인 관점에서는 형식 그 자체의 발전을 저해하는 중대한 결과를 낳게 되었다.[6] 산업적 애니메이션의 형식은 컴퓨터를 이용한 애니메이션이 등장하기까지 오랜 기간동안 셀 애니메이션으로 고정되었고 애니메이터의 개개인적 특성은 원화와 동화로 나누어진 분업 시스템 속에 개성 없이 흡수되어 버렸다.

이로써 애니메이션이 가진 여러 형식적 가능성은 집합적인 생산 시스템에 의해 희생되고 만다. 이런 방식은 모든 애니메이터들이 쉽게 이해할

---

6) 애니메이션 산업의 초창기에 셀방식이 미국 애니메이션 산업을 지배한 가장 큰 이유는 이러한 기술들이 조립라인 생산방식인 테일러리즘의 주요한 요소를 흡수했기 때문이다. 셀 애니메이션은 촬영할 수많은 이미지를 채색하고 그리는 작업을 할 때 많은 인력을 필요로 할 뿐만 아니라 가장 많은 노동력이 투입된다. 원화작업이후의 과정을 배분함으로써 핵심적이고 창의적인 애니메이터는 프로젝트의 초기 디자인만을 한 후 다른 프로젝트로 이동하는 것이 가능해졌다. 나머지 과정은 저임 저숙련 노동자들의 단순 반복작업을 통해 이뤄졌다. 애니메이션은 노동 집약적인 산업이기 때문에 비용절감과 상품 생산시간의 단축이 없이는 경쟁적인 시장환경에서 성장할 수 없었다. 따라서 조립라인 상품 생산 방식은 확실한 해결책이었다.

수 있는 대규모 애니메이션 생산 방식과 코믹스트립의 독특한 표현방식을 결합하는 것으로 완성된 것이다.

이렇게 애니메이션의 산업적인 완성을 이룬 것은 월트 디즈니였다. 디즈니는 1923년 래프-오-그램을 만들면서 월트 디즈니 프로덕션을 설립한다. 이 당시 헐리우드는 음향을 입히는 토키 방식이 폭풍처럼 휘감고 있을 때였기 때문에 미키 마우스가 등장한 "증기선 윌리"라는 작품이 음향적 요소를 전면에 내세운 것은 놀라운 일이 아니었다. 그렇지만 음향의 관점을 제외하면 증기선 윌리는 과거의 작품에서 많은 것을 차용하고 있었다.

1925년도 초기 디즈니는 이전의 작품을 리메이크 하거나 이전의 개그를 되풀이하고 있었다. 디즈니는 조크 혹은 틀에 박힌 코믹함이 성공적이라는 것을 발견했고 그것에 매달렸다. 매달 만화영화 한 편을 제작할 때마다 그는 계속 그것을 되풀이했다. 증기선 윌리는 이런 점에서 전체적으로 새로운 개념에 의해 만들어졌다기 보다는 음악적 사건에 초점을 맞춘 시나리오를 활용하던 디즈니의 미학공식의 연장선에 있다고 볼 수 있다.

또한 초창기 디즈니 스튜디오는 버스터 키튼과 같은 영화와 영화배우들에게서 영감을 많이 받았다. 디즈니는 헐리우드의 영화에서 사용되고 있는 실사영화적 관습을 적용하고 흡수하려고 노력해왔다. 실사영화의 영향력은 복잡한 각색, 사용된 수많은 쇼트, 편집방식, 다양한 카메라 움직임의 증가, 캐릭터의 다양한 동작의 확대 등 여러 요소에서 볼 수 있다. 이에 따라 미키마우스 시리즈는 선형적인 이야기 구조의 형태로 발전해갔다. 이러한 내러티브의 강화는 디즈니의 의지이기도 했지만 무성애니메이션의 시대가 끝나가면서 동시에 몸으로 웃기는 슬랩스틱식 유머의 인기가 점점 사라지고 있었기 때문이기도 했다.

디즈니의 지속적인 내러티브에 대한 관심은 그의 경쟁자들과 차별적인 면모를 낳기 시작한다. 미키마우스가 나오는 단편들의 내러티브는 몇몇 새로운 주요 캐릭터를 추가하는 정도로까지 발전되었다. 새로운 캐릭터들의 도입과 함께 다양한 사건들을 묘사할 수 있었기 때문에 다양한 플롯의 구성이 가능했다.

디즈니가 추상적, 비사실주의적 형식의 것들을 다루었다 하더라도 그는 그의 캐릭터, 맥락, 내러티브의 개연성을 고집했다. 그는 애니메이션의 인물들이 실제처럼 움직이기를 원했고 그럴듯한 동기부여에 의해 행동하고 변화하고 이야기를 전개해 나아가기를 원했다.

내러티브 중심의 애니메이션을 촉진시키는 장치에 대한 디즈니의 집중적인 실험은 결국 애니메이션 자체의 독특한 측면을 손상시키는 결과를 낳기도 했다. 에이젠슈타인은 디즈니의 영화가 자유로운 선과 표면의 비물질적인 의지적 유희로서 행동하기 위한 자족적이면서도 객관적인 재현형식을 강화하기 위해 노력하는 모습을 보여주었기 때문에 디즈니를 존경했지만 각 분야의 기술적인 발전과 함께 디즈니는 "실리 심포니(1932)"시리즈가 가진 유동성으로부터 점점 더 멀어져갔고 애니메이션 형식에 리얼리즘적 관습을 강제했다.

디즈니의 스튜디오가 성장함에 따라 그는 가장 야심찬 프로젝트, 즉 가장 새로운 장편 애니메이션 제작에 착수했다. 1933년 "아기 돼지 삼형제"가 큰 히트를 쳤음에도 불구하고 제작비에 비해 이윤이 낮자 디즈니는 고가의 상영료를 요구할 수 있는 장편영화로 눈을 돌리게 된다. 당시 극장주들은 애니메이션이 제작비용이 많이 드는 기술임에도 불구하고 단편 애니메이션에는 돈을 더 지불하기를 꺼려했다. 이러한 이유로 디즈니 스튜디오는 역사적으로 가장 유명하고 기술적 성취도가 뛰어난 애니메이션을 기획하게 되었는데 그것은 셀 애니메이션으로 제작된 최초의 장편 애니메이션 "백설공주와 일곱 난쟁이"였다.

백설공주를 제작하면서 디즈니 스튜디오는 여러 가지 변화를 겪게 되었다. 영화를 완성하기 위해서는 많은 인원이 필요했다. 대규모의 제작시스템을 구축하기 위한 인력의 충원을 위해 디즈니 스튜디오는 공식적인 훈련과정을 만들어낸다.

이 과정에서 디즈니 애니메이터들은 어떻게 캐릭터를 등장시키고 존재하게 할 것인지를 모르고 있으며, 감정을 전달하기 위해 액션을 변화시키는데 약점이 있다는 것이 드러났다. 이런 느낌을 보완하기 위해 디즈니에서 연기분석을 담당하던 돈 그레이엄은 애니메이션화된 동작뿐만 아니라 실사영화의 움직임까지 주의깊게 볼 것을 제안했다. 이는 어떻게 액션이 실제세계에서 발생하는가 하는 문제와 애니메이터들이 어떻게 움직임을 묘사하는지를 관찰하기 위해서였다. 애니메이터들은 만화캐릭터 같은 일곱명의 난쟁이의 성격을 애니메이션화해야 했을 뿐 아니라, 상대적으로 실제 현실의 사람 같은 몇몇 캐릭터를 그려야만 했다. 디즈니의 애니메이터들은 리얼리즘에 대한 가장 위대한 사상을 향한 부단한 전진 속에서 순수미술의 솜씨와 기술에 대한 훈련 프로그램을 수료했다.

동물들은 진짜 동물처럼 움직여야했고 이러한 경향은 대상을 그리는 예술가의 능력에 의해 완벽하게 구현되어 반드시 눈치 챌 수 없는 것이어야 했다. 동시에 그래픽적이면서 고정되지 않은 내러티브들을 보여주는 애니메이션의 이데올로기적인 자유는 사실주의적인 시나리오에 자리를 양보했다. 판타지아를 제작하면서 오스카 피싱거가 시도했던 음악과 영상의 결합을 배제하려고 했던 것은 디즈니의 입장에서는 당연했다.

디즈니는 만화영화와 실사영화제작에서 비롯한 모델을 취한 장편 애니메이션에 대한 어떤 특정한 언어를 선호했다. 그러나 그렇게 함에 있어서 디즈니를 애니메이션과 동의어로 설정했고 이것은 애니메이션을 한정된 방식으로 이해하게 만들었다. 이것은 형식의 가능성을 확장하고 다른 종류의 영화의 제작을 가능하게 하는 애니메이션의 혁신에, 그리고 스타일이

다른 양식에 어두운 그림자를 드리웠다.

결과적으로 매체에 대한 디즈니의 지배는 리얼리즘의 문제를 애니메이션에 관한 어떤 논의에서도 중심에 위치지었다. 디즈니는 장편영화가 단편 애니메이션의 특징인 개그 시퀀스의 한정된 전제에 의해 유지될 수 없고 실사 장편영화의 조건들을 답습함으로써 가능하다고 스스로 합리화시켰다.

폴 웰스[7]는 영화와 마찬가지로 리얼리즘에 대한 논의가 애니메이션을 분류하고 규정짓는 도구로 사용될 수 있을 것이라면서 디즈니의 애니메이션은 하이퍼 리얼리티[8]를 지향하는 애니메이션의 전형을 보여준다고 주장한다. 즉 디즈니 작품의 하이퍼 리얼리티가 다른 종류의 애니메이션을 리얼리즘의 정도로서 상대적으로 평가하는 척도로 유용하다는 것이다. 디즈니 애니메이션을 하이퍼 리얼리티적인 스타일이라고 보는 것은 이러한 종류의 비교가 일어나는 것을 가능하게 하는 중요한 코드와 관습들 때문이다. 이것들은

　－하이퍼 리얼리티 애니메이션의 디자인, 맥락, 그리고 액션은 실사영화의 리얼리티 재현속의 디자인, 맥락, 그리고 액션에 근접하거나 상응한다.
　－하이퍼 리얼리티 애니메이션의 캐릭터, 대상, 그리고 환경은 실제세계의 관습적인 물리적 법칙에 지배된다.
　－하이퍼 리얼리티 애니메이션에서 사용되는 사운드는 그것이 만들어낸(예를 들어 사람, 대상, 또는 장소는 그것이 실제로 만드는 발화의 순간

---

7) 폴 웰스 저, 한창완, 김세훈 역, "애니마톨로지", 한울아카데미, 2001, p.54.
8) 디즈니의 테마파크에 대해 에코가 말한 것과 같이 실제처럼 내포하기를 원하는 무엇에 대해 말하기 위해서는 이러한 것들이 반드시 실제처럼 보여야 한다. 완벽한 실제는 완벽한 가짜와 동일시된다. 완전한 비실제는 실제 존재처럼 제공된다. 여러 가지 의미를 살펴볼 때 이러한 시각은 일반적인 애니메이션의 정의를 의미한다. 이것은 에코의 용어를 사용하자면 하이퍼리얼리즘이다.

과 적당한 크기에 의해 재현되어야 한다) 맥락에 모방적인 적합성과 직접
적인 상응성을 보여줄 것이다.
　―하이퍼 리얼리티 애니메이션의 신체에 대한 구성, 움직임, 그리고
행동의 경향은 실제세계의 인류와 생물들의 전통적인 물리적 측면들과
상응할 것이다.

이러한 관습들은 명백하게 영화와 스타일, 그리고 영화를 만드는 데 사
용하는 테크닉의 주관적인 문제를 초월한다. 그것들은 개연성을 획득하는
코드이다.

바꿔 말해서 애니메이션 언어의 비전형이라고 했던 밤비와 같은 장편에
존재하는, 하지만 디즈니 작품들이 즐겨 사용했던 리얼리티의 모델로부터
많이 이탈할수록 비사실주의적 또는 추상적 애니메이션이라고 정의할 수
있을 것이다.

애니메이션은 실사영화와 동일한 방법과 접근을 공유하지 않는다. 차라
리 그것은 재현양식으로서 리얼리즘에 저항하고 근본적으로 리얼리즘에
반하는 수많은 스타일들을 창조하는 다양한 테크닉의 사용을 우선시한다.

하지만 디즈니는 (비록 산업적인 선택의 결과이기는 했지만) 오히려 실
사영화가 갖는 리얼리티를 애니메이션의 영역으로 적극적으로 수용함으
로써 초기 애니메이션이 꿈꾸어왔던 환상성을 극도로 제한하는 결과를
가져왔고 애니메이션의 다양한 형식을 제거하는 효과를 낳았다.

IV. 컴퓨터 애니메이션 : 시뮬라크르의 세계

최근 제작중인 모든 실사영화는 대부분 디지털 이펙트나 컴퓨터 애니메
이션을 포함하고 있다. 전체 극장용 애니메이션과 텔레비젼 시리즈도 이제

는 상당부분 컴퓨터의 도움으로 만들어지고 있다. 의심할 여지없이 컴퓨터를 중심으로 한 새로운 테크놀로지는 엔터테인먼트의 핵심이 되어가고 있다.

10년전만 하더라도 컴퓨터 하드웨어와 소프트웨어는 오늘날처럼 사람들에게 친숙하지 못했기 때문에 대부분의 애니메이터들은 기존의 방법인 셀 애니메이션을 고수해왔다. 동유럽 출신의 몇 몇 애니메이터들은 애니메이션 매체가 갖고 있는 환상성을 강조하는 방식의 작업을 계속해 왔으나 적어도 산업의 영역에서는 셀 애니메이션은 7-80년 동안 애니메이션의 유일한 방법처럼 이어져왔다. 그러나 컴퓨터 하드웨어와 소프트웨어의 비약적인 발전과 다양한 이미지의 렌더링이 가능해짐에 따라 이 새로운 테크놀로지는 애니메이션 그 자체뿐만 아니라 실사영화의 판타지 영역까지 침투해 들어가기 시작했다.

컴퓨터 애니메이션이 처음부터 문화적 차원에서 출발하지 않았다는 것은 분명하다. 초기 컴퓨터 애니메이션은 정부, 교육기관, 기업소속 개발자들에 의해 이루어졌다. 특히 컴퓨터 애니메이션 발달과정에서 정부 연구가 끼친 영향은 막대하다. 1940년대에서 50년대에 이르기까지 컴퓨터 애니메이션은 레이저 추적 시스템을 비롯한 군사적 관심에서 국가의 막대한 지원을 받았다. 1970년대 이후에 와서야 컴퓨터 애니메이션에 대한 관심은 차츰 기업쪽으로 옮겨갔고 “이색지대”나 “퓨처월드”와 같은 영화작품에서 부분적으로 사용되기 시작했다.

그러나 1980년대까지도 영화 스튜디오들은 비용과 미학적 제약성 때문에 컴퓨터 애니메이션 테크닉 사용의 적절성에 대해 확신하지 못했고 많은 애니메이터들도 컴퓨터 애니메이션 특유의 딱딱한 기하학적 모양의 캐릭터와 어색한 움직임 때문에 새로운 테크놀로지로 작업하는 것을 꺼려했다. 영화산업 안에서 컴퓨터 애니메이션을 키워가고 싶었던 많은 사람들의 노력에도 불구하고 그 혁명은 서서히 진행되고만 있었다.

그런 의미에서 1982년 영화 "트론"은 혁명적인 작품이었다. 컴퓨터로 제작된 총 235장면과 총 15분의 CG작업 등 당시로서는 엄청난 분량의 컴퓨터 애니메이션 작업을 포함하고 있었다. 하지만 개봉결과는 달랐다. 트론의 상업적, 비평적 실패는 예상을 뛰어넘는 높은 비용과 약한 스토리 라인에 기인했지만, 보다 중요하게는 메리 셸리의 소설 프랑켄슈타인처럼 인간을 닮았지만 인간이라고 보기엔 어려운 리얼리티의 문제가 관련되어 있었다고 보는 것이 옳을 것이다. 애니메이션도 실사영화도 아닌 그 어중간한 상태에 놓여진 배경과 캐릭터는 프랑켄슈타인과 같은 기괴함으로 다가왔고 관객들은 그 안에 감정이입을 하기 힘들었으리라는 것을 짐작할 수 있다. 이런 결과 때문에 컴퓨터 애니메이션의 발전이 폭발적이기는 힘들었지만 트론이 컴퓨터 애니메이션 산업을 부흥시키는데 있어 상당히 중요한 개인의 상상력을 촉발시켰다는 점에서는 나름대로의 역할을 해냈다고 볼 수 있다.

이후 루카스 필름내의 애니메이션 분과는 픽사라는 이름으로, 영화 특수효과팀은 ILM이라는 이름으로 컴퓨터 애니메이션의 세계를 선도하기 시작했다. 컴퓨터 애니메이션이 발달할수록 더 많은 특수효과가 실사영화에 사용되었다. 이것은 처음 영화산업에서 컴퓨터 그래픽의 사용은 초기 영화 역사에서 실사영화 프레임이 마치 특별한 기술인 것처럼 사용되곤 했던 상황과 비슷해 보인다. 차츰 컴퓨터 애니메이션의 렌더링 기술은 발전해 겨우 6분 분량에 불과하지만 쥐라기 공원에 사용된 컴퓨터 기술은 너무나 자연스러워 관객들은 실사영화의 프레임에 대한 사용을 알아채지 못할 정도에 이른다.

1995년엔 최초의 완전한 컴퓨터 애니메이션인 토이 스토리가 스크린에 올려진다. 토이스토리의 경이적인 성공은 트론이 처음 어둡게 열었던 컴퓨터 애니메이션의 가능성을 활짝 개화시킨다. 이를 통해 컴퓨터 애니메이션이 갖고 있던 편견들은 사라지기 시작했으며 영화와 애니메이션 양쪽에서 좋은 평가를 얻으며 탄탄한 기반을 가지면서 기존의 영화나 애니메이션이 가지고 있던 영역들을 서서히 잠식해 들어가기 시작한다.

하지만 아직까지도 사실적인 인간 캐릭터에 대한 도전은 그다지 성공적이지는 못하다고 할 수 있다.

인간의 얼굴표정과 움직임을 리얼하게 만들어내려는 초기의 기술적 시도들은 매우 실망스러웠다. 결과적으로 나온 이미지들은 따분할 정도였는데, 왜냐하면 그 움직임들은 연약하고 종류가 다양하지 못했기 때문이다. 사람들의 표준적이지 않은 독특한 제스처나, 걸음걸이, 독특한 표정이나 근육의 움직임은 여전히 애니메이터들의 작업을 상당히 복잡하게 만들고 있다. 그러나 디즈니가 실사영화를 모델로, 또는 실제 배우들의 캐릭터를 연구하고 애니메이터들에게 교육시킴으로써 결국 자신의 애니메이션에서 리얼리즘에 대한 환상을 만들어냈듯이 컴퓨터 애니메이션은 리얼리즘에 대한 도전을 멈추지 않고 있다.

2001년 개봉한 "파이널 환타지"는 여전히 트론과 마찬가지로 인간캐릭터를 어떻게 다루어야할 것인지에 대한 고민을 남기기는 했지만 컴퓨터 애니메이션이 리얼리티를 추구하면 인간에 얼마나 가까워질 수 있는가에 대한 가능성은 충분히 보여주었다. 가상의 공간에서 벌어지는 가상의 스토리는 살아 숨쉬고 움직이는 인간을 빼닮은 가상의 배우들로 인해 생명력을 얻는다.

여기서 가장 놀라운 것은 인간 캐릭터의 실재감이다. 거기에 기존의 실사영화가 갖고 있는 추격신과 폭파신을 익숙한 카메라 앵글로 담고 과거 셀 애니메이션에서는 멀티 플레인으로 흉내만 내고 말았던 의도적인 포커스 아웃으로 실사영화의 원근감까지 가져온다. 제작자들이 캐치프레이즈로 내걸었듯 파이널 환타지의 경쟁상대는 실사영화에 가까울지도 모른다.

그렇지만 파이널 환타지는 디테일의 그럴듯함만 만들어내고는 결국 새로운 미학적 성취를 얻어내는데 실패한다. 즉 실사영화의 배우들을 컴퓨터 애니메이션 캐릭터로 대체해서 얻고자 한 것이 불명확했던 것이다. 실제 배우가 아닌, 혹은 실제 배우들의 동작이 아닌, 애니메이션의 영상화는 독특한 자기만의 미적 기능을 수행해야만 한다. 새로운 기술 문화로서의 컴퓨터 애니메이션이 만들어내는 영상이나 캐릭터가 환상적 효과를 자아내는 것이라면 그 환타지의 성격을 고려해야 하고, 혹은 새로운 세계의 발견에 있다면 그 세계가 무엇인지를 보여주어야 한다. 그러나 그러한 의미를 획득하는데 실패하고 만다.

그렇다고 해서 파이널 환타지를 실패한 작품으로만 치부하기엔 문제가 있다. 앤디 달리는 컴퓨터로 제작된 이미지에 관해 실제처럼 보이더라도 그 구성에 있어서 정밀하고 그 규칙의 실행에 있어 논리적인 모든 대상과 환경이 반드시 중층적으로 결정되는 리얼리즘적이지만 동시에 리얼리즘의 전통에서 벗어나는 2차적 리얼리즘으로 정의할 수 있을 것이라고 주장했다.[9]

만약 디즈니가 따르고자 했던 실사영화적인 내러티브의 구조와 하이퍼리얼리티적 성격이 이미지로 보이는 리얼리티한 외형과 결합되었더라면 우리는 한번도 보지 못한 기이한 세계를 보게 될 것이다. 그것은 보드리야르가 제시했던 시뮬라크르[10]의 세계로 인도한다.

---

9) Jayne Pilling, "A Reader in Animation Studies", John Libbey & Company Pty Ltd., 1997, p.16.
10) 시뮬라크르란 실제 존재하지 않는 대상을 존재하는 것처럼 만들어놓은 인공물이다. 흉내나 모방과 다른 것은 베끼기 위한 원대상이 없다는 것이다. 이 원본 없는 이미지가 그 자체로서 현실을 대체하고 현실은 그 이미지에 의해 지배받게 되므로 오히려 현실보다 더 현실적인 것이다. 이 시뮬라크르는 어떤 기왕의 실제 존재하고 있는 것하고는 아무 관계도 없고 독자적인 하나의 현실이라고 할 수 있다. : 장 보드리야르 저, 하태환 역, 시뮬라시옹, 민음사, 2001 참조.

2002년 영화 "시몬11)"은 이러한 시뮬라크르가 만들어낼 세계에 대한 우스꽝스러운 풍자를 보여준다. 제목은 원본과 복제물의 구분 그 자체가 소멸한다는 작업을 가리키는 시뮬라시옹의 원 "simulation one"의 줄임말 "simone"이다. "시몬"은 진짜보다 더욱 진짜 같은, 실재보다 훨씬 실재 같은, 파상실재이자 원본 없는 복제물 시뮬라크르에 대한 경쾌한 고찰이다.

컴퓨터 애니메이션이 만들어낸 복제물은 곧 원본을 넘어서는 리얼리티를 확보할 것이다. 복제물은 원본보다 더 그럴 듯하게 포장되어 현실을 대체할 것이다. 우리는 실제로 존재하는 현실을 믿지 못하고 원본 없는 이미지를 더 현실처럼 받아들이게 될 것이다. 이것은 단시 컴퓨터 애니메이션 세계의 미학적인 문제로만 머무르지 않는다. 디즈니가 추구했던 하이퍼 리얼리티의 세계와 결합되면서 컴퓨터 애니메이션의 리얼리티를 더 강화하는 한편 차음 영화와의 간극을 없애기 시작할 것이다.

물론 "시몬"처럼 컴퓨터 애니메이션이 창조한 캐릭터들이 현재의 배우를 대체할 것이라는 것은 영화 "스타워즈"의 컴퓨터 애니메이션 캐릭터 "자자"의 출현에도 불구하고 아직까지는 시기상조의 전망에 불과하다. 그

---

11) 한때 잘 나갔던 영화감독 빅터(알 파치노)는 어느덧 세월이 흘러 대중들로부터 서서히 잊혀져간 한물간 인물. 결국 빅터는, 땅에 묻힌 명성을 다시금 되찾기 위해서 부지런히 스타 배우의 비위를 맞춘다. 그러나 콧대 높은 여배우(위노라 라이더)의 끝없는 요구에 발끈한 빅터는 그녀를 자르게 되고 동시에 자신도 영화사로부터 잘리게 된다. 실의에 빠져있던 빅터에게, 그의 열혈 팬이라 자처했던 컴퓨터 엔지니어 행크가 죽기 전에 남긴 유품 CD가 전달된다. CD 안에는 도저히 믿기 힘들 정도로 사람과 식별 불가능한 사이버 여배우 시몬을 창조할 수 있는 프로그램이 담겨져 있었다. 제인 폰다, 그레이스 켈리, 소피아 로렌, 오드리 햅번 등 고전 여배우들의 장점만을 뽑아내 합성시킨 디지털 배우 시몬의 스크린 등장은 의심의 여지없이 대성공. 재기에 성공한 빅터는 부와 명예 뿐 아니라 전처인 일레인(캐서린 키너)과 딸로부터도 신뢰를 회복한다. 하지만 하루가 다르게 인기가 치솟아 오른 시몬은 더 이상 빅터의 품 안에서는 해결할 수 없는 존재가 돼 버린다. 아니, 도리어 그가 시몬에 의해 통제 받는 지난한 형국으로 영화는 치달으며, 결국 빅터는 자신이 창조한 환영에게 스스로 갇히는, 프랑켄슈타인의 저주를 그대로 밟는다.

렇지만 "반지의 제왕"의 "골룸"처럼 이미 컴퓨터 애니메이션 캐릭터들이 기존에 실사배우들이 해냈던 연기들을 해내고 있는 것 또한 사실이다.

관객은 이미 실사영화의 모든 리얼리티에 대해 의심을 갖기 시작했다. 과거 영화가 보여주었던 스펙터클은 극단적인 환상적 이미지를 만들기 위한 리얼리티의 추구였지만 더 이상 화려한 스펙터클은 관객에게 리얼리티로 존재하지 않는다. 그것은 이미 관객의 인식에서 컴퓨터 그래픽이라는 비 실재적인 영역으로 넘어갔기 때문이다.

영화 속에서 아무리 리얼한 연기와 액션이 펼쳐진다 해도 관객들은 그것을 하나의 매트릭스로 의심하기 시작했다. 영화예술 자체를 지탱해왔던 리얼리티는 눈앞에 펼쳐진 시뮬라크르의 세계에 무력해지고 시뮬라크르는 인정할 수밖에 없는 하나의 독자적인 현실로 자리 잡기 시작하며 영화는 그 예술의 정체성에 대해 다시 고민해야만 하는 현실을 마주하게 되었다.

21세기, 과거 정부나 기업의 소유였던 컴퓨터 애니메이션에 대한 원천 기술은 전세계 수많은 컴퓨터 유저들의 손으로 흘러 들어가고 있다. 점점 더 저렴해지는 하드웨어와 반면 더 완벽하게 자연을 모사해가는 컴퓨터 애니메이션 렌더링 기술 덕분에 컴퓨터 애니메이션의 개인 제작이 가능한 유저들은 이제 쉽게 가상적인 현실을 창조해낼 수 있게 되었다. 그들이 만들어낸 환상은 어쩌면 현실보다 더 현실 같아서 우리의 눈을 쉽게 현혹시킬 것이다.

스너프 필름을 두고 이것이 범죄현장을 담은 현실이냐, 아니면 익명의 애니메이터가 만들어낸 컴퓨터 그래픽이냐에 대한 논의는 더 이상 낯선 것이 아니다. 컴퓨터 시뮬레이션 게임과 같은 미사일 공격을 담은 필름은 더 이상 충격적이지 않다. 현실을 완벽하게 만들어낸 모사품들 덕분에 가상과 현실의 경계가 서서히 무너져 내리고 있는 것이다.

컴퓨터 애니메이션이 만들어낸 시뮬라크르는 이미 우리 가운데 깊이

들어와 리얼리티에 대한 믿음을 끊임없이 확인하고 있다. 포토 리얼리즘 작품 앞에서 리얼리티에 대해 무기력했던 감상자들은, 익명 속으로 숨어든 창작자들이 값싼 소프트웨어로 만든 이미지의 홍수 속에 빠져, 이제 자신의 눈앞에서 펼쳐지는 세계의 리얼리티에 대한 의심을 하지 않을 수 없는 미래로 강제로 편입되어가고 있다.

참고문헌

황선길, 애니메이션영화사, 범우사, 1998.

김준양, 애니메이션, 이미지의 연금술, 한나래, 2001.

장 보드리야르, 하태환 역, 시뮬라시옹, 민음사, 2001.

폴 웰스, 한창완·김세훈 역, 애니마톨로지, 한울 아카데미, 2001.

모린 퍼니스, 한창완 외 역, 움직임의 미학, 한울 아카데미, 2001.

수전 헤이워드, 이영기 역, 영화사전, 한나래, 1997.

유리 로트만, 박현섭 역, 영화기호학, 민음사, 1994.

게이비 우드, 김정주 역, 살아있는 인형, 이제이북스, 2004.

Jayne Pilling, "A Reader in Animation Studies", John Libbey & Compant Pty Ltd.,
1997.

21세기 청소년문화와 학교교육

김 민*

I. 학교교육과 청소년의 삶

학교는 청소년 삶의 주요 공간이다. 2000년 11월 1일 현재 청소년인구 1,127만 명 중 초등학교 이상 각급학교에 재학 중인 학업청소년 인구는 875만 명으로 77.6%를 차지하고 있으며(문화관광부, 2003), 가정을 제외하고 청소년의 하루 일과 중 가장 많은 시간대를 보내는 공간은 바로 학교이다. 삶의 양식을 문화라는 포괄적 개념으로 포섭한다면, 단연 청소년문화의 대부분은 학교란 공간에서 생산된다고 간주할 수 있다.

하지만 학교는 청소년에게 만족스러운 문화공간인가? 이 질문에 대해 청소년의 응답은 그다지 낙관적이지 않다. 학교생활에 불만이 있는 학생(53.9%)이 만족한다는 학생(40.2%)보다 많으며(김순홍 외, 2003: 63-64), 학교생활에서 학업, 교우관계 등으로 인한 스트레스와 불안감, 학교 부적응 문제 등으로 인해 청소년들은 좌절의 경험을 더 많이 갖고 있는 것으로 나타나고 있다. 실제로 청소년들은 학교가 입시준비에나 도움이 될 뿐 인격형성이나 적성·소질계발에는 별 도움이 안 된다고 생각하며(박효정

* 순천향대학교 인문과학대학 교육과학부 청소년교육상담학과 전임강사

외, 2003: 57), 교사와의 의사소통 및 상호 이해가 부족하다고 판단하는 청소년이 더 많은 것으로 나타나고 있다.(박효정 외, 2002) 심지어 공식적 교육의 중핵기능을 담당하고 있는 오늘날의 학교교육이 이른바 학력주의(學歷主義)란 미명아래 제 1의 공리이자 가치라 할 수 있는 학습자의 '전인발달'을 포기한 채 청소년일탈을 조장하는 주요 원인공간이란 모진 비판도 감수해야 하는 실정이다.(한준상, 1996: 275)

당초 학교교육에 대한 사회적 합의는 청소년 개개인의 수준에서 어엿한 사회구성원으로의 안착을 목적으로 하는 문화의 내면화 과정 곧, 학교교육과정을 통한 사회화(socialization) 또는 세대와 세대사이의 삶의 전승을 의미하는 공식적인 문화전계(enculturation)에 있다. 최근 이러한 내면화 과정에 청소년 각자의 삶의 질을 실질적으로 높이고 학생의 포괄적 권리까지 인정해야 한다는 요구마저 등장하면서 21세기의 학교는 학교교육이 본래부터 지향하는 '전인발달(全人發達)'(McLaren, 1989)은 물론, 청소년 삶의 질적 수준을 개선하는 주요한 삶의 공간으로 변환할 것을 요구받고 있는 실정이다.(최윤진, 1998; 유네스코 한국위원회, 1998) 이러한 요구는 학업청소년을 중심으로 제도적·비제도적 교육장면에서 구체적으로 나타나고 있다. 이를테면 형식적 교육장면에서 최근 몇 년 사이에 나타난 두발자유화운동, 학교운영위원회의 학생참여권 및 학생회 법제화 요구, 학교교칙 제·개정 과정에서의 학생의견 수렴요구, 정당치 못한 학생체벌 금지요구, 학교에서의 종교자유 등으로 구체화되었으며, 심지어 교실붕괴, 학교붕괴 등의 일탈적 사회행동으로도 비추어지기 시작하였다. 또한 비형식적 교육장면에서도 탈학교 및 학력철폐 운동, 자발적 학업중단 현상, 대안학교 및 대안교육 공간요구 등으로 확산되기 시작하였다.(한국청소년단체협의회, 2002: 9-48) 이러한 일련의 현상은 교육 및 사회장면에서 적지 않은 파장과 이슈들을 생산하였고 실제로 대안학교의 형식교육으로의 인정 및 도시형 대안

학교의 출현(서울시대안교육센터, 2002), 학업중단청소년지원협의회 구성 등(김규태, 2002, 49-69; 문화관광부, 2004) 실제의 현실변화도 가져오게 하였다.

본 논문에서는 이러한 문제의식을 바탕으로 오늘날의 교육현장에서 나타나는 학교구성원들의 삶의 스펙트럼을 문화라는 틀을 중심으로 분석하고, 최근 새롭게 제기되는 학교에서의 학생권리 주장을 청소년복지라는 개념에 기초해 향후 학교현장과 우리 사회가 당면하고 있는 과제들을 밝히는 데 그 목적이 있다. 이러한 목적을 달성하기 위해 이 글에서 다루고자 하는 내용은 먼저 청소년복지란 개념에 대한 최근 선행 연구문헌을 중심으로 기존의 개념들을 정리하고, 새롭게 제기되는 청소년복지의 요구가 학교현장과 어떠한 관련성을 갖고 있는지에 대해 검토하고자 한다. 또 오늘의 학교현장이 어떠한 문화적 특성을 함의하고 있는지에 대한 분석적 작업을 학교구성원을 중심으로 살펴보고 각 문화지대의 특성을 논의하고자 한다. 특히 그 동안 청소년문화로 가늠되었던 학생문화가 오늘날의 청소년문화와는 다른 구도로 제한적인 속성을 갖고 있으며, 이와 밀접한 '제한된 청소년에 대한 사회인식'을 지적함으로써 결국 오늘날의 청소년의 삶의 질을 개선하기 위해 대두되는 학교 및 사회적 차원의 과제와 대응방안을 구안하고자 하였다.

II. 청소년복지와 학교교육

학교란 현장은 청소년의 안녕을 위한 주요 공간이자 범주로 충분히 이해될 수 있다. 아니 학교는 청소년복지의 핵심주제이자 주요 공간으로 보아도 무방하다. 왜냐하면 청소년들은 생활시간의 절대량을 학교에서 보내고 있고, 12세에서 17세 청소년인구의 77.6% 이상이 학업청소년이기 때문이다. 또 학교란 공간은 청소년에게 갈등을 야기시키는 주요 사회구조적 요인 중의 하나이며, 학교생활의 만족도에 따라 그 시기의 삶의 질이 결정되기 때문이다. 학교생활에 부적응하는 아이들의 상황은 여전히 위기적이며, 만족도 역시 상급학교로 갈수록 저하되고 있는 실정이다.(한국교원단체총연합회, 1998) 더욱이 청소년의 인권과 참여를 중시하는 최근의 국내외 추세는 포괄적인 청소년의 권리를 학교공간에서도 수용하기를 요구하고 있다. 따라서 청소년의 삶을 질적으로 개선하고 안녕을 공고히 하기 위해 학교란 현장은 제외할 수 없으며 오히려 주요한 삶의 현장이란 점을 청소년복지란 측면에서 인식할 필요가 있다. 하지만 전통적으로 청소년복지란 주제를 연구해온 사회복지학에서는 청소년복지의 관점에서 구체적으로 학교란 공간을 주목한 바가 다소 미흡하고, 사회적으로도 학교란 공간은 청소년의 권리와 상충되는 영역으로 보는 관점이 우세하다. 이러한 흐름과 관점은 학생이 아닌 청소년으로서의 삶(문화)을 학교를 중심으로 이해하기 위해서는 적절하지 않다. 따라서 이 절에서는 청소년복지의 관점에서 학교라는 공간을 바라보아야 하는 입장이 왜 필요하며, 어떻게 보아야 하는지에 대한 논의를 하고자 한다.

1. 청소년복지의 개념 이해

청소년복지란, 아직까지 개념마저 정치되지 않은 용어이다. 또 학문적으로 완전히 합의된 개념도 아니다. 우리 사회에서 청소년복지란 개념이 나타나게 된 것은 그리 오래 전 일은 아니며, 청소년복지란 개념이 사용되기 전에는 전통적으로 아동복지에 포함되거나 아동복지의 연장선상에서 다루어져 왔다.(이종복 외, 1998 : 303) 또 청소년복지는 복지 서비스의 수혜적 대상을 한정하여 이른바, 어려운 청소년 혹은 국가유공자 자녀 및 제대군인 자녀 등 사회적 지원이 필요한 대상으로 제한해 왔다. 특히 청소년복지에는 '청소년의 삶의 안녕 보장'이란 말뜻과는 달리, 학교 외 장면에서의 사회환경 개선(예컨대 청소년유해환경감시활동) 등에 치중되어 있어, 현실적으로는 청소년의 삶 대부분을 차지하는 학교장면에 대한 복지적 접근은 비껴나 있다.(문화관광부, 1998 a : 329-428)

그러나 최근 청소년의 삶의 질에 대한 인식의 전환이 요구되면서, 청소년복지의 정체성 확립에 대한 연구관심이 나타나게 되었고 동시에 학교현장에 대한 탐색도 시도되기 시작했다. 또 제한적인 청소년들에 대한 복지적 접근이 아닌, 일반 청소년 모두의 삶의 질적 개선을 위한 적극적인 접근이 시작되었다.

아동복지와 별다른 구분 없이 사용되던 청소년복지 개념이 구체화 된 것은 1980년대, 보다 명확히 말하자면 '청소년 건전육성'이 국가정책의 주요 목표로 등장하게 된 1985년부터이다. 이후 청소년의 권리보호와 육성을 위한 청소년정책의 획기적 전환점으로 자리매김 된 1987년 '청소년육성법', 그리고 1991년의 '청소년기본법'의 제정은 청소년이란 특정 인구계층에 대한 전 국가적·사회적 관심을 모으게 된 계기이며, 이 시기를 기점으로 하여 청소년복지란 독립적 개념에 대한 학문적, 실천적 접근이 시도되기 시작하였다. 그러나 청소년복지를 언급하는 학자와 이론가들의 학문적 기반이 여전히 사회복지학 혹은 아동복지학에 기초함으로써 '아동복지와 다른 청소년복지'에 대한 본격적인 개념화가 이루어지는 시기는 1990년대 중반으로 늦추어지게 되었다.

초기에는 청소년복지란 개념이 사회복지현장에서 요구되는 '실천적 주제'로 출발하였다. 달리 말해 초기에는 청소년복지란 개념이야말로 사회복지실천의 현장에서 요구되는 주제어였다. 이수민(1968: 2)은 청소년복지란, "청소년의 신체적·정신적 건강과 인격의 성취"라는 다소 추상적이고 포괄적인 정의로 언급하면서, 이를 위해서는 지역사회의 모든 기관과 시설, 특히 보건·교육·사회복지 분야의 기관과 시설이 적절한 프로그램을 통해 수행되어야 한다고 하였다. 그의 청소년복지란 개념과 영역에 대한 논의에는 학교교육에 대한 지원이 일부 포함되고 있지만, 대체로 청소년의 복지욕구를 충족시키기 위한 주요 주체는 역시 학교 외적 기관과 시설이 중심이 됨으로써 여전히 전통적이고 지배적인 '복지적 사유'에 제한되어 있었다.

김치묵(1977: 43)은 청소년복지란 "청소년의 인격형성에 중요한 영향을 주는 교육, 환경, 보건, 직업, 인간성 회복문제, 여가선용 문제 등을 복지적 차원에서 현재의 상황을 검토하여 앞날을 위하여 반드시 고려되어야 할 문제" 등으로 제시하였다. 그는 청소년복지와 아동복지에 관한 개념구분을 시도하지 않음으로써 결정적으로 복지대상의 주체가 중복되고 따라서 청소년복지가 갖는 아동복지와의 차별적 측면들을 구명하지 못한 한계를 가졌지만, 청소년복지의 주제를 '인격형성에 영향을 주는 제 요인'으로 구체화시킴으로써 청소년복지에 대한 논의를 한 단계 진전시켰다.

김성이(1993: 4-6)는 청소년복지에 대한 시각전환이 필요하다고 전제하면서, 청소년복지를 '잔여적 개념'과 '제도적 개념'으로 구분하여 살펴보았다. 즉, 청소년욕구와 경제시장간의 상호작용에 적응하지 못함으로써 문제현상이 빚어질 때 이를 충족시켜주는 것을 잔여적 개념의 청소년복지라 하였고, 반면에 정상적이고 일반적인 청소년들 모두가 갖는 공동의 인간적 욕구를 충족시켜주는 것이 제도적 개념으로써의 청소년복지라 정의하였다. 여기서 잔여적 개념은 사회적 기능을 수행하지 못하는 일부 계층에게 프로그램과 서비스를 시혜적으로 제공하는 것으로 그 대상과 방법에 있어서 제한적이며 지금까지 사회복지 현장에서 주로 사용되어진 개념이라고 지적했다. 반면에 제도적 개념은 일부 청소년이 아닌 모든 청소년을 대상으로 청소년환경을 포함하는 적극적·예방적 개념이다. 김성이는 제도적 개념으로써의 청소년복지에 동의하면서 청소년복지란, "가정이나 사회로부터 버려지거나 적응하지 못하는 청소년들뿐만 아니라 모든 청소년들의 안녕에 관심을 갖는 것"으로 이해했다. 그러나 그 역시 아동복지와의 차별성에 대한 논의는 생략한 채 사회복지학적 관점에서의 청소년복지의 개념을 확립하는데 그치고 마는 한계를 갖는다. 물론 그는 청소년복지연구가 아직 정상과학으로서의 패러다임을 형성하지 못함으로써 아직까지 학문적 정체성을 갖추지 못했다고 지적하였지만(김성이, 1990: 8-11), 이러한 지적은 여전히 아동복지와의 경계선을 긋는 데에는 실제적인 효용은 미흡하였다.

아동복지와 청소년복지의 구분에 대한 본격적인 접근은 이용교로부터 시작하였다. 이용교(1993: 11)는 개념상의 구분이 "청소년과 아동의 연령을 어떻게 구분하느냐"와 "청소년복지의 정체성을 어떻게 확보하느냐"에 달려있다고 주장하였다. 여전히 청소년복지란 개념을 사회복지학의 영역에 두는데 동의하고 있지만(이용교: 1998), 처음으로 청소년복지의 영역에 대한 독자적 정체성의 필요를 제기함으로써 논의의 범주를 확장한 것은 적지 않은 시사점을 주었다.

그러나 청소년복지가 아동복지와 어떠한 점에서 상이한지, 그리고 어떠한 복지서비스가 필요한지 등에 대한 청소년복지의 독자적인 영역의 구축과 그 필요성, 정책적 지원부문에 대한 구체적인 논의는 노 혁(1998)이 제기하였다. 그는 기존의 아동복지학적 관점에서 제한적으로 사용되어왔던 청소년복지의 개념이 현재의 시대적 요청과 상황에 적극적으로 부응하지 못하고 있음을 지적하면서 구체적으로 청소년복지의 개념과 정체성을 세우는 시도를 하였다. 그에 의하면, 청소년기는 인생에 있어 가장 중요한 노동력 함양의 시기이며, 동시에 청소년에게 주어진 가정의 환경과 상황에 따라 장차 삶의 방향이 좌우되는 중요한 시기로 간주되었다. 따라서 향후 양질의 노동력을 양성한다는 정책적 차원에서 청소년 혹은 청소년복지에 대해 공공복지서비스가 관심을 가져야 하며, 이러한 부문들이 아동복지와 차별성을 갖고 있는 것이라고 주장하였다. 아동복지와의 명확한 금긋기를 시도한 그로서는 청소년복지의 독자적인 영역의 모색과 구체적 시기의 시작을 1987년 청소년육성법의 제정으로부터 찾으면서 이후 한국청소년 기본계획 수립에 따라 3대 사업의 하나로 청소년복지가 제시되면서 청소 년복지란 개념과 영역이 독자성을 확보하기 시작했다고 평가하였다. 그러 나 그는 지금까지의 의욕적인 정책의도와 비교할 때 청소년복지는 기존의 복지사업과 다를 것이 없다고 보았다. 따라서 청소년복지의 개념과 그 독자적 정체성이 확립되기 위해서는 첫째, 아동과 다른 청소년의 특징에 기초하고 둘째, 아동과 다른 사회변화 및 청소년의 역할변화를 중심으로 사회적 지원과 정책적 고려가 이루어져야 한다고 지적하였다. 이러한 논의 를 바탕으로 그는 청소년복지란 "청소년의 올바른 성장과 발달에 목적을 두고 이를 위해 공동의 노력과 참여가 전제되어야 하는 개념"이라고 주장 하였다.13) 아동복지와의 일정한 성공적 결별을 선언한 노혁은, 그러나 사 회적 지원과 정책적 고려라는 측면에 있어 여전히 학교교육의 외적 영역만 을 강조하였다. 물론 그는 향후 요구되는 청소년복지 지원서비스 내용에는

---

13) 노혁은 '아동복지-청소년복지'에 대한 개념적 차이에 대한 논의를 Kadushin의 아동복 지란 개념정의를 차용하면서 출발하고 있다. Kadushin은 아동의 건강과 교육, 유해환경 으로부터의 보호는 국가의 임무이며 따라서 아동복지의 대상은 주로 부모와 자녀간의 사회적 역할수행이 부족하거나 미비한 아동들이라고 보았다. 반면에 청소년은 가족으 로부터의 보호와 지원이 아동보다 현저히 적은 영향을 받음으로 인해 청소년복지란 개념은 근본적으로 아동복지와 다르다고 보았다. 즉, 청소년들은 아동과는 달리 가정 의 역할과 영향이 적으며 반면에 독자적으로 생산과 소비 그리고 문화 등 다양한 사회분야에 영향을 미칠 수 있다는 점에서, 청소년이란 오히려 가정의 지원보다는 사회의 지원과 지지가 더욱 요구된다고 보았다. 다시 말하자면, 아동복지에 비해 청소 년복지는 사회의 지원과 지지망의 구축이 보다 요구되는 복지대상이란 점이다<참고: Kadushin. *Child Welfare Service*, New York: Macmillan. 1974. 노혁(1998)에서 재인용>.

학교사회사업, 직업교육 프로그램 등을 포함하였지만 학교교육현장의 혁신적 변화에 대한 언급을 하지 않음으로써 학교교육의 중핵적 변화가 아닌 측면적 변화로부터 그 해결방안을 찾는데 그쳤다.

청소년복지의 정체성을 청소년학의 정체성과 연결시키고자 했던 조홍식(1999)은 노혁의 정의에 기초해 청소년복지는 "청소년기의 특성을 고려함으로써 아동이 아닌 청소년을 대상으로 하여 그들의 복지를 위하여 국가를 비롯한 사회구성원 전체가 행하는 사회복지의 하나"라고 정의하였다. 그러나 그 역시 청소년복지를 강화하기 위한 정책의 대상영역에 여전히 학교교육 현장을 소외시킨 한계를 갖고 있었다.

지금까지의 논의를 통해 청소년복지란 개념과 연구내용들은 한결같이 학교교육이란 현장을 주요하게 다루지 않았음을 알 수 있다. 사실, 이 점은 사회복지학으로부터 학문적 세례를 받은 청소년복지의 '태생적 한계'라 할 수 있다. 그러나 청소년복지에 대한 새로운 개념의 요구가 높아지고, 사회복지학의 관심영역이 보다 포괄적인 영역으로 확산되어 가는 실정에서 학교현장은 청소년의 삶의 질을 개선하기 위해 적극 포섭해야 할 현장이었다. 더욱이 실제의 청소년 삶 현장에서 학교는 주요한 권리를 획득하고 인정받아야 하는 절실한 공간으로 최근 부상하기 시작하였다. 그럼에도 불구하고 최근까지 청소년복지란 제목 하에서 수행된 연구들은 대체로 청소년의 일탈과 비행 등 '청소년문제'와 '어려운 청소년'에 대한 연구가 주류였고, 학교를 포함한 전체 청소년 삶에 대한 접근은 미흡하였다. 특히 1990년대에 들어와 청소년복지에 대한 연구가 양적으로 증가하고 질적으로 심화되면서 청소년복지가 일부 문제청소년이나 요보호 청소년에서 벗어나 전체 청소년의 학습과 생활로 확산되었지만, 최근의 논의들조차도 학교교육을 정면으로 다루고 있는 연구들은 쉽게 발견할 수 없다.(이용교, 1998 : 83-87) 오히려 학교생활과 학교교육이란 주제는 사회학과 교육학,

심리학 등에서 강세를 띠고 있을 뿐이다[14].

2. 학교현장에 대한 접근의 필요성

청소년에 대한 인식의 변화는 청소년연구영역의 확장과 접근방식의 다양화로 연결된다. 청소년학(Youthology)[15]의 정립이 요구되는 요즘, 학교는 청소년을 이해하기 위해서는 반드시 탐색해야 할 공간이다. 그러나 지금까지의 논의가 그러했던 것처럼 사회복지학에서의 청소년복지에 대한 접근은 학교란 삶의 공간을 탐색하는데 적극적인 연구관심을 보이지 않았다. 또 학교의 청소년 삶에 대해 다른 학문과의 연계작업을 수행하는데 인색했다. 어쩌면 이러한 양상들은 근대이후 대중교육의 확산과정에서 내면화된 학교에 대한 인식으로부터 비롯되었는지도 모른다. 즉, 학교가 청소년에게 있어서는 숭고한 배움터이자 안전한 공간이며 반면에 학교 외의 장면은

---

14) 교육학과 사회학에서 학교교육에 대한 논의들은 전통적으로 강세이다. 한 개인이 사회의 한 구성원으로의 성장과 발달을 이루는 주요한 장소로 학교를 인식하고 학교의 기능 역시 문화의 세대전수로 규정하는, 이른바 파슨즈(Parsons)를 위시한 기능주의적 이론들과, 혹은 지배 이데올로기의 재생산적 기능을 중심으로 학교교육을 바라보는 갈등론적 논의들이 초기의 학교교육 담론들을 대표하고 있다. 최근에는 학교라는 교육현장과 학교 외의 장면에서 발생하는 청소년문화와 관련된 논의들이 주를 이루고 있다<참고: 조혜정.『학교를 거부하는 아이, 아이를 거부하는 사회』서울: 또 하나의 문화, 1996; 한준상.『동숭동의 아이들: 청소년의 파격문화』서울: 연세대출판부, 1997>. 반면에 심리학에서는 학교교육이 개인과 집단의 의식과 가치관, 그리고 행동에게 미치는 심리역동성에 대해 관심을 두고 있다.
15) 현재로서는 청소년학의 학문적 정체성이 정립되었다고 볼 수는 없다. 최근 청소년관련 학과, 한국청소년학회, 한국청소년개발원의 연구자들을 중심으로 청소년학의 학문적 정체성을 세우기 위한 끊임없는 시도와 노력이 지속되고 있지만 학문의 범주에서 바라본다면 여전히 진행형 상태이다<참고: 차경수, 청소년학 연구의 전망과 과제, 「청소년학 연구. 5(2)」, 서울: 한국청소년학회. 1998; 한국청소년학회, 「청소년학 정체성 확립의 방향과 과제」(1999 학술대회 보고서, 1999.2.23), 서울: 한국청소년학회, 1999; 권일남, 청소년지도의 학문적 정립방향에 대한 일 고찰, 「한국청소년연구 9(2)」, 서울: 한국청소년개발원, 1999; 한준상,『청소년학 연구』, 서울: 연세대학교 출판부, 1999.>.

청소년의 건강한 성장과 발달을 저해하는 공간요소로 간주하는 편향된 인식의 산물이, 그간 학교를 청소년 삶의 안녕(복지)과 연계시키는 중요한 장애가 되었을 것이다. 이른바 숭고한 교육의 이념으로 무장된 학교란 제도적 장치만으로도 학생 개인의 삶의 수준을 높일 수 있고, 사악함과 유해함으로 가득 찬 학교 외의 장면에서는 사회로부터 도태되고 낙오된 불우한 사람들을 구호적 차원에서 배려해야 한다는 잔여적 개념의 복지인 식의 결과인 셈이다. 그래서 개인의 복리증진을 위한 지원은 학교란 장면을 자연스레 비껴나야만 했고, 따라서 학교란 현장에서 정작 낙오되고 도태되는 아이들은 그 흔한 복지지원은커녕, 무능력자라는 낙인과 홀대를 받으며 냉소를 묵묵히 이겨내든지 혹은 자포자기적인 심정으로 절망의 늪으로 가라앉을 수밖에 없었다.

이제 청소년의 학교생활을 이해하기 위해서는 하나의 학문적 패러다임에서 접근하기보다는 간학문적 접근을 통한 중층적 이해가 요구된다. 이러한 의미에서 삶의 실천영역에서 학교와 학생에 대해 적극적으로 개입할 필요가 있다는 주장은 설득력을 갖는다. 김기환(1996: 164-165)은 학교로부터 사회구성원에게 부여되는 학습권리, 자아실현의 기회부여 등은 사회사업의 궁극적 가치체계인 배분적 사회정의와 인간의 존엄성 실현이란 사회사업의 목적과 부합하고 있으며, 응용실천학문인 사회사업학이 전문직으로서의 정체성을 확보·유지하기 위해서는 교육학이나 상담학 등의 인접학문 등을 응용해야 한다고 논의하였다. 그는 실제 학교현장에서 보여지는 교육제도의 병폐 등으로 인해 학생들은 심리적 스트레스를 받고 있으며, 자아실현과 잠재력 개발이 저해되는 치명적인 위기에 빠져있다고 보았다. 따라서 학생들의 자아실현과 잠재력 개발을 저해하는 학교제도나 환경을 변화·개선시키기 위해서는 학문간의 긴밀한 협조체계를 이루어 학교라는 현장에 개입함으로써 좁게는 학교가 자신에게 주어진 사회적 기능을 완수하도록 원조하고 궁극적으로는 교육의 목적을 달성할 수 있도록 적극 지원해야 한다.

이제 청소년들의 삶을 개선하고 상실된 그들의 권리와 인격을 회복하기 위해서는 학교란 영역과 학교교육을 받는 청소년에 대해서도 정면으로 조망해야 한다. 청소년시기가 반드시 학교교육을 이수하는 시기라고 한정할 수는 없지만 청소년시기에 있어서 학교교육은 대단히 중요한 환경변수로 작용하며, 학교교육장면으로부터 일탈되거나 적응하지 못하는 청소년들도 역시 당연히 사회적인 관심과 도움을 받아야 한다. 왜냐하면, 이들에게 불리하게 작용하는 삶의 요소들을 제거하고 이 시기에 건강한 성장과 발달을 완성할 수 있도록 지원하는 이 모든 것들이 건강한 청소년문화의 구현과제이기 때문이다.

III. 학교문화 특성에 대한 이해

1. 구성원을 중심으로 본 학교문화의 특성

문화란 개념은 "인간행위를 위한 일련의 지침이나 지표"(Kluckhorn, 1962; Mead, 1978), 혹은 "한 인간이나 시대 또는 집단의 특정 생활방식"(Williams, 1983)으로 이해된다. 곧 문화란 인간행위의 준거이자 사회적 규범으로써 사회구성원의 명시적 혹은 묵시적 합의와 인준에서 비롯되는 인간의 산물이다. 또 문화란 개인의 행동·사유의 자유권과 사회체제의 수용가능영역이 맞물리는 접점지대에서 그 가치가 결정되며, 동의되는 수준과 범주를 의미하는 보편성에 따라 그 의미가 다르다. 그래서 문화에는 보편성이 널리 인정되는 준거문화(standard culture)와 이에 대한 반동적 성격의 대항문화(counter culture), 준거문화와는 목표와 내용에 있어서는 일정부분 공유하면서 표현 등 방법론상의 이질성을 특성으로 하는 대안문화(alternative culture), 그리고 준거문화에 뿌리를 두되 영역의 독자성이 성숙되지 못하거나 성숙과정 중에 있는 하위문화(subculture)로 구분할 수 있다.(Roberts, 1978)

일견, 학교문화는 사회구성원의 일정한 합의를 중심으로 학교 및 사회구성원간에 보편성이 인정되는 준거문화적 특성을 갖고 있는 것으로 보인다. 여기서 학교교육에 대한 사회구성원의 합의는 학교 혹은 학교교육이 사회에 어떠한 기능을 미치는가 라는 이른바 '학교교육의 기능'과 학교장면에서 무슨 내용을 가르치고 어떻게 학습할 것인가라는 '교육과정'(curriculum)에서 대표적으로 나타난다. 이 중 학교가 갖는 사회적 기능과 역할은 근본적으로 학교교육의 정당성 여부를 가늠하는 기준으로써 그 기능에 따라 학교는 학생들에게 무엇을 어떻게 가르칠 것인가에 대한 구체적인 내용, 즉 교육과정을 결정하게 된다. 이 두 가지 측면은 오늘날의 학교교육이 갖는 효용성과 효과를 결정하는 것으로 두 가지 모두 사회구성원의 합의를 반드시 전제한다. 사회구성원 모두가 이러한 합의과정을 거친 후 이로부터 교육의 책무성을 일임 받은 교육행정관료와 교사집단, 그리고 학업청소년의 교육수요를 실질적으로 지원하는 학부모집단 간에는 상호 인정하는 영역에서 학업청소년의 교육을 결정하기 때문에 대체로 학교문화(학교내의 삶의 양식)는 일정한 보편성을 근간으로 하는 준거문화적 특성을 보인다.

그러나 현실은 그렇게 간단치만은 않다. 왜냐하면 학교라는 공간은 조직구성원들의 생각과 공유, 표현하는 과정 속에서 이야기(story), 상(icons), 의식(rituals) 등의 문화적 표현물을 통해 나타나며 이는 구성원의 행동을 조정하고 통제하게 된다.(Firestone & Wilson, 1985; Sathe, 1985) 또한 행동관리 스타일, 관리기술, 구조, 제도, 전략, 행동, 공유가치, 신념, 이념, 목표가 학교 구성원들에게 작용되어 표출되는 복합적 상징물로 학교문화는 나타나기 때문이다.(Harrison, 1972; Pascale & Athos, 1981; Deal & Kennedy, 1982; 김준기, 1991) 특히 학교라는 공간에는 교사와 학업청소년이란 두 집단이 주요 구성원으로 자리 잡고 있으며, 이들 간의 복합적인 상호작용에 따라 이질적인 문화적 양태들로 다시 구분되어진다. 즉, 구성원에 따라 학교문화는 교사와 교사간의 문화(교사문화), 교사와 학생간의 문화(수업문화), 학생과 학생간의 문화(학생문화)로 다시 세분화되며, 학교문화는 이들 세 문화양식의 특성들이 혼재하기 때문이다. 따라서 학교문화를 단순히 준거 문화적 특성의 문화지대로 바라보기보다는 각 구성원들의 삶의 양식에 근거하는 다양한 문화적 다중지대로 살펴보는 것이 바람직하다.

1) 교사문화의 문화적 특성

먼저, 교사집단은 교육의 책무성을 사회구성원으로부터 일임 받은 주체이다. 학교라는 공간에서 구조적으로 상층에 존재하는 이들은 교육현장에서 성장세대들에게 사회가 요구하는 규범들을 있는 그대로 전수시켜야 하며, 그 규범이 지식의 형태로 나타나게 될 때 교육의 효과성과 효율성에 주목하게 된다. 학교조직이 보다 관료화되고 형식화됨으로써 교육을 담당하고 있는 교사들이 학생들에게 요구하고 있는 것은 마치 제품생산의 공정과정을 연상시키는 일련의 통과적 절차와 통제성을 지니고 있다.

통과의례 장면으로서의 교육현장은 마치 생산성을 최고의 가치로 여기는 공장에서 노동자들에게 요구하는 것들, 말하자면 시간엄수(punctuality), 규율엄수(regularity), 주의집중(attention), 침묵의 강요(silence) 등과 같은 통제성들이 강요된다.(Hechinger, 1992) 여기서 교사는 생산현장의 관리자 모형을 따르며, 적절하고 효과적이며 효율적인 관리 지배양식은 능력 있는 교사의 자격기준으로 대치된다. 또 학교의 기능과 역할은 '무엇을 배웠는가'라는 효용적 가치보다는 '어떤 졸업장을 받았는가'라는 서열적 가치가 중시되어지면서 점차 약화되어지기 시작했다. 지배자 중심의 관리모형이 그러하듯, 학습자는 단순히 교육의 철저한 객체화로 대체되고, 학습과정보다는 결과중심의 평가로부터 자유롭지 못하다.

이러한 교사집단의 지배관리적 분위기는 내부적으로 관료제의 특성과 함께 위계적 질서와 획일성이라는 특성으로 내면화된다. 실제로 교사집단의 대표적인 문화적 특징은 관료제이며, 다른 특성들과 결합하여 학교문화의 주류를 이루는 것으로 보고 되고 있다.(Max, 1968; Wayne & Cecil, 1978; Silver, 1983) Bidwell(1974)은 학교체제의 역할과 과업조정, 특히 학교운영차원에서 나타나는 교원의 역할규정 등에서 관료제의 문화가 두드러지게 나타나며, Sergiovanni & Starratt(1983)는 학교조직의 운영에 있어 효율성을 진작하기 위해 교사들은 관료적 특성을 선호한다고 보고한 바가 있다. 이러한 관료적 특성은 교사집단의 위계적인 질서와 획일성의 문화적 특성에도 영향을 미쳐 이를 공고히 하는 원인기제이기도 하다. 우리나라 학교 현장에서 관료제의 근간이 되는 교사간의 위계성은 교장-교감-주임교사-평교사로 이어지는 단선형적 위계질서로 대표되고 이러한 위계질서는 공적인 관계에서만이 아니라 일상성까지 확산, 강조되는 경향이 있다.(정향진, 1992: 63-64) 서로 공통된 목적과 의무감으로 무장되어 있는 교사집단의 이 같은 위계적 문화양식은 형식적인 절차와 과정에 치중하고, 교육의 과정 상 지배 이데올로기로부터 결코 자유로울 수 없는 한계를 지니고 있으며, 목적의식에 근거한 생활의 양식 역시 획일성으로부터 벗어나기가 쉽지 않다. 물론 교사들의 자율성을 강조하는 추세가 최근 두드러지게 나타나고 있지만 아직까지 교사문화는 일정한 영역으로부터 벗어나거나 일탈하는 것을 용납하지 않고 보편성과 기준양식을 중심으로 하는 준거문화적 특성을 지닌다.

2) 수업문화의 문화적 특성

교사와 학업청소년이 만나는 교실장면에서의 수업문화 역시 교육내용을 효과적으로 전수해야 하는, 교육의 책무성이 연장되는 공간이자 학업의 성취도를 확인받는 공간이다. 교육과정을 중심으로 진행되는 수업문화는 통상 표면적 교육과정(formal curriculum)과 잠재적 교육과정(latent curriculum)을 중심으로 형성된다. 한국 중등교육의 수업문화를 살펴본 이용숙(1993: 45-72)에 의하면, 표면적 교육과정과 잠재적 교육과정 모두 '획일성'이란 공통점을 갖고 있다. 그는, 한국 중등교육의 표면적 교육과정이 백과사전적 사실을 나열식으로 구성한 교과서와 상대평가제도, 일제식·주입식 수업 방법으로 인해 질적 빈약성을 면치 못하고 있다고 논의하였다. 이러한 획일 적인 교육과정의 편제와 수업방법은 교사와 학생간의 자유로운 상호 의사 소통구조를 근본적으로 저해하고 있으며 오히려 경직된 수업분위기와 구 도로 수업문화를 지배하고 있음을 설명해 주고 있다.

잠재적 교육과정 역시 ① 획일주의, ② 권위주의와 위계질서에 대한 순 종, ③ 형식주의와 결과 우선주의, ④ 폭력에의 순응, ⑤ 비교우위주의와 경쟁적인 동료관계 수용 등의 특성으로 요약된다. 사실 교사와 학생간의 자유로운 토론과 대화의 문화는 우리의 수업장면에서 교육여건 상 기대하 기 쉽지 않은데 이 같은 현상의 원인은 바로 수업장면 자체에 잠재해 있는 표면적−잠재적 교육과정의 특성들로부터 비롯된다 할 수 있다. 특히 이용 숙은 이러한 잠재적 교육과정이야말로 학업청소년들에게 획일성과 위계 성이라는 상호 연결된 핵심문화를 자아내게 한다고 주장하였다.

따라서 오늘날 학교문화의 주요 구성요소인 수업문화 역시 청소년들의 소질과 적성을 중시하고 이를 계발하기 위한 경험주의적 교육관이 스며들 어 있기보다는, 일정한 가늠대를 기준으로 사회적 요구와 학교교육의 목표 에 따라 획일적으로 구성되는 문화적 특성을 보이고 있다. 따라서 수업문화 역시 일정 가치에 의해 지배되는 준거문화적 특성을 보인다.

3) 학생문화와 청소년문화

학교문화의 세 번째 구성요소인 학생문화에 대한 이해와 분석은 좀 더 신중해질 필요가 있다. 그것은 학교라는 제한된 공간에서 부여되는 '학생'이란 기호가 분명 '그 시기의 청소년'으로부터 근거하되, 청소년문화와는 다른 문화적 상징성을 내면화하고 있기 때문이다. 따라서 학생문화에 대한 이해에는 학생문화 자체에 대한 이해와 함께 청소년문화의 문화적 특성과의 상호비교를 통한 이질성을 동시에 비교해 볼 필요가 있다.

(1) 학생문화의 문화적 특성

먼저, 학생문화를 Williams와 Kluckhorn의 문화개념에 기초해 보면, "청소년 중 학업청소년들이 학교라는 제한된 공간에서 이루어지는 삶의 양식들" 혹은 "학생으로서 당연히 기대되는 일련의 행동지침이자 지표"이다. 여기서 학생문화는, 학생이란 사회적 지위에 의한 일정한 문화지대이며, 학교라는 범주는 학생이란 지위를 강화시켜주는 공간적 이미지이다. 그래서 청소년들에게 '학교'는 단순한 공간적 개념 이상이다. 그것은 본질적으로 학생이란 지위와 신분에서는 청소년시기에 갖는 자유로운 문화적 향유와는 동급 수준의 자유로움을 만끽할 수 없음을 의미한다. 즉, 교육이란 활동은 생태적으로 세대간의 부딪힘과 교류가 있을 수밖에 없고 그 주도권이 기성세대에게 확실히 주어지고 있는 지금의 학교에서만은 청소년문화가 갖고 있는 자유로움과 해방의식은 제한적일 수밖에 없다.

이러한 제한은 사회로부터 주어지는데, 바로 기성세대의 의식으로부터 연유된다. 대체로 기성세대들은 아직까지 '청소년'을 '학생'으로 '청소년문화'를 '학생문화'로 규정하려 한다. 청소년문화의 존재를 쉽사리 인정하지 않고 학생문화로만 인정하려는 이들의 경향은, 청소년시기란 '배워야 하는 학습시기'라는 곧 그 시기가 갖는 발달과업에 치중하고 있기 때문이다. 즉, 오늘날의 학생문화란 개념에는 청소년시기의 생활양식을 학교라는 공간과 학생이란 사회적 지위에 제한하려는 사회적 규범이 일정하게 개입되어 있다.

그러나 청소년을 학생이란 지위로 제한하고 그들의 문화를 학생문화로만 인정한다는 것은 비 학업청소년 집단에 대한 존재를 무시할 뿐만 아니라 청소년의 삶과 문화를 학교중심으로 해석하려는 오류를 범한다. 즉, 비록 학교에 다니는 학업청소년이라 할지라도 그들의 삶은 학교 안은 물론 학교 밖에서도 역동적으로 이루어지고 있으며, 그 양태 역시 매우 다양하게 존재한다는 사실들이 간과된다. 더욱이 학생문화를 형성하는 이 시기의 발달단계는 청소년이므로 학생문화를 본질적으로 청소년문화의 한 부분으로 인식하는 것이 중요하다.

청소년문화의 한 부분이란 점에서 학생문화는 청소년문화의 하위문화적 특성을 갖는다. 사실 청소년들이 취학연령이 된 이후 학교라는 현장에 편입되면서 갖는 이른바 '학생'이란 사회적 지위를 벗겨놓고 보면, 학생은 청소년의 또 다른 이름이기도 하다. 그러므로 학생문화에 대한 이해에 앞서 청소년문화에 대한 이해가 전제되어야 한다.

(2) 청소년문화의 문화적 특성

통상 청소년문화란, 기성세대가 일구어낸 주류문화로부터 자양분을 공급받고 기성세대와의 긴밀한 문화전계를 통해 형성되는 하위문화 지대이다. 그래서 청소년이란 기성세대의 사회·경제·문화적 결과물들로부터 문화적 단초들을 담금질한 세대이다. 이들이 지금 향유하는 문화물은 부분적으로 기성세대가 형성해 놓은 정치·경제·문화·사회의 토대로부터 연계되어 있다. 동시에 이들의 문화에는 기성세대의 그것과는 이질적인 특성도 지닌다. 그것은 지금의 결과물이 기성세대에 의해 형성되었다는 점에서 연계성을 갖는 것이며, 동시에 그러한 결과물은 A. Comte의 말을 빌리자면 청소년과 문화 역시 변화의 유기체이기에 기성세대가 형성해 놓은 위치에서 일정하게 변화·발전하였으므로 이질적이다.(김 민, 1997a) 특히 최근의 청소년문화는 기성세대와는 다른 세대영역을 공통분모로 하여 그들만의 독특성과 이질성을 갖는 이색의 문화지대이다. 한국사회에서 70년대 중반 이후의 청소년들은 기성세대가 생산해 놓은 풍요로운 경제적 기반 위에서 노동시장에 본격적으로 진입하지 않아도 되는, 그래서 성인에게 기대되는 역할과 책무에 대해 일정시간의 유예기간(moratorium)을 갖는 '사회적 유한층'이다. 마르크스적 관점을 차용하자면, 이들은 생산과정의 억압적 체제 안에 포섭되어 있지 않아 기성세대와는 달리 하부토대의 규정에서 그만큼 자유로움을 만끽한다.(백욱인·하종원, 1998) 즉 생산과 경제보다는 소비와 문화를 중심축으로 성장초기부터 풍부한 대중문화의 토양 속에서 자신들의 문화적 단초들을 형성하고 단련해 온 세대이다.

다시 말하자면, 이들은 포스트모더니즘에 기반을 둔 문화속성을 양육과정에서 학습하고, 자본주의적 소비문화양식과 정보문화가 내재하고 있는 과학문명의 합리적 사고를 탈 근대적 사회발달과정에서 자연스럽게 체화함으로써 기성세대와의 격차를 한층 벌려 놓았다. 포스트모더니즘으로부터 사상적 세례를 받고 소비문화와 정보문화로의 편입과정에서 자신만의 문화지대를 구축할 수 있었던 오늘날의 청소년들은 그 동안 기성세대들이 고이 지켜왔고 절대적인 진리체제라 믿어왔던 지배질서에 정면으로 도전하며, 기존의 고유한 진리만을 추종하는 경직된 사유방식을 거부하기도 한다. 푸꼬가 자신의 이론의 무질서하고 파편적이며 분절적인 아이덴티티에 만족하며, 위계질서를 지니고 이론의 특권을 인정하는 총체화된 담론체계를 거부하는 것처럼, 오늘의 청소년들 역시 자신의 개성을 굳이 전체의 성격에 맞추려는 '소모적인 고민'을 더할 필요가 없다고 생각한다.(김 민, 1997b) 즉, 90년대 중반 이후 21세기의 청소년들은 이전의 청소년들과는 달리 자기 삶에 대한 주체적인 설계와 뚜렷한 주관적 요소들도 갖고 있으며, '자유로움'과 '해방의식'으로 무장하고 있는 세대이다. 따라서 오늘날의 청소년문화는 준거문화에 의해 순순히 복종당하거나 지배당하지 않으려는 '반문화'적 요소들도 발견되어진다. 때로는 방법론에 있어서 준거문화와는 다르게 새로움을 추구하는 '대안문화'적인 요소도 있다. 이러한 양상은 세대간의 문화적 공감대를 세대내의 문화적 공감대가 압도할수록 더욱 그러하다.

반면, 학생문화는 청소년문화로부터 자연스럽게 형성된 자유와 해방의 인식들을 인위적으로 강제해야 하는, 그래서 청소년들에게는 결코 자유롭지 않은 문화지대이다. 학생들이 학교생활 또는 삶 전반에 대해 불행을 느끼는 근본적인 원인은 자신의 삶을 주체적으로 설계하고 영위할 수 없다는 데에 있으며 이는 학교 내외부적 요인들로부터 연유된다.(조용환, 1994: 117-149) 그런데 학생문화에도 청소년문화에서 보이는 반문화적 요소들과 대안문화적인 요소들도 발견되어진다.(또 하나의 문화, 1997: 143-161) 초기에는 단순히 학교문화에 대한 거부감과 반항의 표현에[16] 그쳤지만 최근에는 기존의 준거문화 자체를 바꾸려는 시도까지 하고 있다.

---

[16] 그 동안 자의적 선택과는 상관없이 주어졌던 억압과 강요로부터 청소년들은 숨죽여 왔다. 그러나 1990년대 들어와 기존의 지배질서와 서술적 양식을 거부하는 포스트모더니즘과 신세대로 불리우는 청소년들의 이질적인 문화적 감수성이 결합하면서 이와 같은 억압과 강요는 쉬이 거부당하는 대상체로 폄하되기 시작한다. 그들로부터 폭발적인 인기를 얻었던 서태지와 아이들의 <교실이데아>, 젝스키스의 <학원별곡>, H.O.T의 <열맞춰>, 강산에의 <공부해서 남 주자> 등의 대중가요들, 그리고 학교문화에 대한 비판적 사회 담론들을 이끌었던 영화 <여고괴담> 등은 학교현장에 대한 이들의 모진 현실과 도전, 저항 등을 대표적으로 꼬집은 문화물(text)들이다.

4) 학교문화의 성격

학교문화는 구성원들의 상호작용과 집단적 특성에 따라 교사문화와 수업문화, 학생문화로 구성된다. 이 중 교사문화와 수업문화는 위에서 살펴본 대로 '준거문화'적 특성을, 학생문화는 청소년문화의 '하위문화'적 특성을 지니면서 동시에 청소년문화로부터 배태되는 '대안문화'와 '반문화'적 특성을 지니고 있는 다중적인 문화지대이다.

한편, 준거문화적 특성의 교사문화와 수업문화는 학교라는 현장을 중심으로 청소년문화의 자유로움과 해방의식으로부터 자유롭지 못한 학생문화를 인위적으로 강제하는 주요 요인이라고 볼 수 있다. 즉 예전의 순응과 복종 혹은 모범과 엘리트의식으로 대표되었던 기존의 학생문화는 달리 지금의 학생문화는 학생주체인 청소년의 문화적 변화를 담지하여 예전과는 다른 학생문화를 형성하게 된 것이다. 이러한 내용을 그림으로 표현하면 다음과 같다.

학교문화의 성격을 단순화시켜 표현한 <그림>을 통해 오늘의 학교문화가 어떠한 성격과 특성을 가지고 있는지를 쉽게 파악할 수 있다.

먼저 실선은 주는 쪽에서 받는 쪽에 대한 영향력이 있음을 의미한다. 이와는 달리 점선은 일정한 영향력을 갖고 있되 상대문화의 정체성을 강제하거나 인위적으로 조정하는 정도의 영향력은 아님을 의미한다. 교사문화는 수업문화와 학생문화에, 수업문화는 학생문화에, 그리고 학교문화의 바깥에 위치하고 있는 청소년문화는 학생문화에 일정한 영향력을 준다.

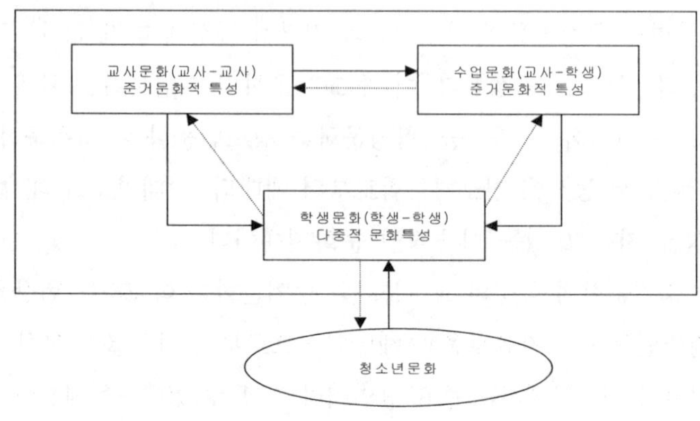

<그림> 학교문화의 특성

　이러한 구도는 교사문화가 학생문화의 상층구조에 위치하면서 수업문
화를 조정하고 있고, 반대로 학생문화는 사회적 압력에 더하여 교사문화와
수업문화에 의해 학교 내에서 자율성과 주체성을 제한당하거나 상실당하
고 있음을 보여준다. 학교문화의 이러한 장면을 공식적 학교문화와 비공식
적 학교문화로 구분하고 있는 시라이시 요시로(白石義郎)는 학교문화를
일컬어 "학교집단 특유의 행동양식, 특히 그 배후에 있는 가치유형과 집단
규범"이라고 정의하면서 미리 통합되고 조정된 교사집단의 문화가 학생문
화에 대한 압력으로 바뀌면서 학교문화의 갈등이 이루어진다고 논의하고
있다.(조용환, 황순희 역, 1992: 145)

　결론적으로 지금의 학교문화는 오늘날 자유로움과 해방의식으로 표현
되는 청소년들의 문화적 감수성을 인정하지 않음으로써 이른바 학교문화
의 갈등적 요소를 구조적으로 갖고 있음을 보여준다. 즉, 학교 내부 조차에
서도 청소년의 개인적 삶의 주체성과 자율성을 인정하지 않을 뿐만 아니라
오늘날 청소년세대가 갖고 있는 독특한 문화적 감수성이 오히려 제한당하

고 있음을 나타낸다. 따라서 학교문화의 갈등은 이와 같은 학생문화의 억압적 구도로부터 시작된다고 볼 수 있다.

2. 학교문화의 갈등, 그 시작과 끝

근대화 이후 가정으로부터 교육의 기능을 부여받은 학교가 말 그대로 '공부하는 공간'이라는 기본적인 의미 이외의 또 다른 의미를 갖는 이유는 그들의 생활시간 대부분을 이 곳에서 보내기 때문이다. 청소년들은 생활시간 대부분을 학교장면에서 보내면서 한정된 지식의 습득만을 전수받는 것이 아니라 그들만의 독특한 세계, 문화, 의식, 가치관을 쌓아왔다. 반면에 교사집단을 중심으로 한 지배문화적 양상의 학교문화는 제도화된 사회적 규범과 가치규범을 형식적 그리고 잠재적 교육과정의 형식으로 청소년에게 내면화시킴으로써 학교문화의 갈등양상이 나타나게 된다.

결국 학교문화의 갈등의 시작은 오늘의 청소년을 청소년 그대로 바라보지 않는 인식으로부터 시작된다. 청소년이 학교라는 현장에 편입되면서 이들에게는, 이른바 사회가 청소년들에게 기대하는 전통적인 역할기대의 또 다른 이름인 '학생'이란 명칭이 새롭게 부가된다. 조용환(1993: 5-17)은 학교는 청소년에게 학생의 정체를 강요하는 곳이며, 그들은 현실과 분리된 제도적 교육기관, 즉 학교에서 대부분의 시간을 보내면서 학생이라는 신분의 굴레 속에 갇혀 청소년고유의 정체성이 퇴화되거나 부정적 이미지로 변화된다고 하였다. 그에 따르면, 학생과 청소년은 사회가 받아들이는 용어 그 자체에 있어 차별적인 의미를 함축하고 있다. 학생은 미래를 위해 현재를 유보하는 삶의 존재이며 그 삶의 정체성은 미래에 담보되어 있다. 만약 가정과 학교, 사회 등 청소년의 삶을 둘러싸고 있는 주요 환경들이 학생으로서의 청소년 가치에 집중한다면 결국 그 관심은 현실이 아닌 미래에 있다. 따라서 미래를 위한 그들의 현재적 삶은 늘 보호와 관리의 대상이며,

그들만의 독자성을 현실로부터 인정받기란 용이하지 않다. 그러한 의미에서 학생은 기성세대 중심의 관점에서 바라보는 안일한 청소년 관(觀)이다.

반면에 청소년은 미래의 중요성을 내재하면서 동시에 현재적 삶의 의미도 중시되는 용어이다. 21세기 사회로의 진입과정에서 독자적 범주의 영역을 구축해야 하는 과제를 안게 되면서 그 시기의 중요성이 인정되어진 청소년기는 점차 청소년의 참여와 권리에 대한 세계적 흐름을 씨줄로, 이질적이고 독자적인 세대문화의 폭발적인 확산력을 날줄로 삼아 안일하기만 한 기성세대의 청소년 관을 전환하도록 압박하고 있다.

그러나 여전히 청소년을 학생으로 제한하고자 하는 편협한 사회인식은 쉽사리 전환하지 않으려는 반동성을 갖고 학교는 여전히 삶의 지혜를 배워야 하는 숭고한 곳이며 청소년은 이러한 학습의 의무로부터 결코 벗어날 수 없다고 믿게 한다. 이러한 인식과 이에 터한 제도적 장치들은 청소년들의 실제적 삶을 극도로 제약해왔으며, 학생이란 범주로만 묶어두어 결국 청소년 삶의 비정상적 제한이라는 결과를 가져왔다. 이른바 "어른이 생각하는 학교, 아이가 바라보는 학교" 사이에는 크나 큰 괴리의 폭이 존재하는 것이다.

이에 대한 가장 명징한 대비사례가 바로 1990년 5월 12일에 제정된 구 청소년헌장과 지난해 10월 25일에 제정된 새로운 청소년헌장이다. 구 청소년헌장이 의미하는 청소년이란 학생이란 범주에 더욱 가깝다. 여기서는 오늘의 사회구성원으로서 독립된 인격체로서의 정체성을 인정하고 있다기보다는 오히려 미래의 주인공으로 권리를 유보시키고자 하는 기성세대의 강고한 의지가 강조되고 있다. 그래서 모든 청소년은 "…… (미래를 위해) 스스로 적성과 능력을 갈고 닦아야 하며, 가정에서는 어른을 공경하는 몸가짐과 밝은 성품을 익혀야 하고, 학교에서는 교양과 지식과 체력을 길러야 한다. 또 사회와 국가로부터는 성장과 발달에 필요한 지원을 받아,

청소년 모두가 보호받고 사회생활에 잘 적응할 수 있도록 도움 받아야 함 ……"을 강조한다.17) 반면에 <새로운 청소년헌장>은 그 동안 학생이란 범주에서 퇴화되거나 상실된 청소년의 지위를 성인과 동등한 사회구성원으로서 존중하고 그 인권과 시민권을 회복하며 청소년의 자율성과 참여에 대한 사회적 약속을 명기하였다. 이는 실질적인 청소년의 권익증진에 대한 사회인식의 변화를 촉구하는 선언문인 셈이다. 이와는 달리 구 청소년헌장의 각 항목은 청소년의 건강한 미래를 위해서는 청소년 개인과 가정, 학교, 사회, 국가의 의무와 책임을 명기하는데 그치고 있다.

그런데 그 건강한 미래라는 것은 대단히 추상적이어서 보다 구체적으로 풀어볼 필요가 있다. 청소년을 학생으로 대치시킨 기존의 인식에서 학생이 자신에게 부여된 의무를 다하기 위해서는 성적 지상주의적 사고와 실천이 뒤따르지 않으면 안 되었다. 그것은 곧 출세를 학력(學歷)으로 대치시켜왔

---

17) 1990년 5월 12일에 제정된 <구 청소년헌장>의 전문은 다음과 같다.
　청소년 헌장
　청소년은 새 시대의 주역이다.
　뜨거운 정열을 가슴에 품고 자연과 학문을 사랑하며한 마음으로 굳게 뭉쳐 조국 발전의 일꾼이 되어, 세계와 우주로 힘차게 나아가 인류의 자유와 행복을 이룩한다.
　여기에 우리 모두가 나아갈 길을 밝힌다.
　1. 청소년은 출생, 성별, 학력, 직업, 그리고 신체적 조건에 따른 어떠한 차별도 받지 않는다. 모든 청소년은 적성과 능력을 갈고 닦아 스스로 어려움을 헤쳐 나아가는 슬기와 용기를 갖춘다.
　1. 가정은 청소년이 정서를 가꾸고 애정과 대화를 나누는 곳이다. 어버이는 올바른 삶의 본을 보이며, 자녀는 어른을 공경하는 몸가짐과 밝은 성품을 익힌다.
　1. 학교는 청소년이 조화로운 배움을 통하여 교양과 지식과 체력을 기르는 곳이다. 자질을 존중하고, 자아실현을 통하여 삶을 윤택하게 하는 길을 가르치며, 문화의식과 민주 시민정신을 높인다.
　1. 사회는 청소년이 즐겁게 일하며 보람 있게 봉사하는 곳이다. 성장과 발달을 도와주며, 더불어 사는 기쁨과 여가선용의 마당을 제공하고 건전한 환경을 만든다.
　1. 국가는 청소년을 사랑하고, 이들을 위한 정책에 최대의 노력을 기울인다. 배움터와 일터를 고루 갖추고, 도움을 필요로 하는 청소년 개개인을 각별히 보호하여 적응하고 자립하도록 이끈다.

던 그 동안의 교육등식과도 절묘하게 부합되는 것으로, 건강한 미래를 확실하게 보장받기 위해서는 결국 학교현장에서부터 성공된 인생을 살아야 함을 의미하였다. 청소년을 학생으로, 건강한 미래가 곧 성공된 학업생활로 제한된 인식은 그 동안 청소년 삶을 희극적이라 할 만큼 비참한 실정으로 몰아갔다.

지금까지 학교에서는 소수를 위해 다수가 희생되는 것은 물론이며, 그 낙오의 대열에 자식을 놓치고 싶지 않으려는 학부모들의 노력은 차라리 눈물겨웠다. 낙오된 아이들은 비정한 사회로부터 비정함을 다시 배우는 악순환을 거듭하였다. 심지어 이러한 현상들로 인해 오늘날 학교가 청소년 비행 발생요인이 될 수 있는 내적인 요인들을 갖고 있다는 논의도 제기되고 있는 실정이다.(이석재, 1998: 100-104) 그래서 최근에는 이와 같은 현상을 일종의 병리현상으로 규정하고 그 근원을 기존의 가정과 사회로부터 비판의 화살을 학교교육 자체로 돌려 학교교육이 청소년문제 발생의 진원지 일수도 있다는 '학교교육 원인론'이 제기되기도 하였다. 또 교육현실에 대한 위기적 상황인식은 그 동안 학교교육이 사회적 욕구뿐만 아니라 개인의 요구를 충분히 만족시키지 못함으로써 비롯된다고 보고, 결국 학교란 공간은 여전히 청소년들의 생활에서 절대적 비중을 차지하고 있음에도 불구하고 불행히도 이들에게 더 이상 '발전의 장'으로 기능하지 않는다는 비판마저 거세지기 시작하였다.(조혜정, 1996)

이제 청소년문화의 특성이 생활조건에 의해 기본적으로 규정되고 있다는 측면에서 청소년들의 생활에서 절대적 비중을 차지하고 있는 학교는 정말로 이들에게 '발전의 장'으로 기능하지 않는지도 모른다. 현재의 학교교육이 교육행정으로부터 교사교육에 이르기까지 개혁의 수단을 갖지 못하는 한, 동시에 학교교육 자체가 개혁의 현장이 되지 않는 한, 학교교육은 청소년에게 무의미한 동시에 사회적으로 생존의 가능성 역시 희박하다는 평가를 피할 수 없게 되었다.(한준상, 1991) 이 같은 주장을 뒷받침하듯, 급격한 사회변화에 학교교육은 능동적으로 대처하지 못하고 있으며 미래사회에 부응할 수 있는 대응방안을 마련하지 못하고 있다는 혹독한 평가도 이어지고 있다. 즉, 학교는 인간이 만들어 놓은 사회제도 중에서 가장 그 효율성이 떨어지고 있는 제도의 하나로써 평가받거나(Mullin, 1991), 혹은 기존의 전통적 교육행정구조나 계획이 더 이상의 교육적 성과를 얻어낼 수 없다는 인식하에, 공식적 교육기관에서 학습자가 습득한 교육결과에 대한 책무성을 재확인 받아야 하는 상황에 이르렀다.(Finn & Rebarber, 1992) 따라서 학교는 학습자를 둘러싼 여러 사회적 환경과의 경쟁에서 뒤처진 기관으로 전락되었다는 비판도 받고 있다.(고영희, 1985) 교육개혁위원회가 여러 조치를 강구해야 했던 1990년대의 상황은 더 이상 물러설 수 없다는 이 같은 절박한 교육현실과 인식으로부터 출발한다.

학교문화의 갈등의 끝은 곧 청소년의 제한적인 오늘의 삶을 해방함으로써 가능하다. 여기서 해방이라 함은 학생으로서의 구속과 제한으로부터 벗어남을 의미하는데 곧, '학생으로서의 청소년'이란 이해에서 벗어나 '청소년으로서의 학생'으로 이해하는 인식의 전환과 구체적인 현실변화로의 치환을 의미한다. 사실, 근대적 사유에 의하면 학생은 청소년을 의미하는 대표적인 이칭(異稱)이었다. 그것은 근대 이후 대중교육의 확산과 교육기회의 확대를 통해 빚어진 상징적 사건이었다. 그러나 학교는 점차 애초에 상정하였던 목표와 기능을 상실하고 오히려 교육의 부작용과 역기능을 생산하기 시작했다. 이와 관련하여 한준상(1997: 49-67)은 오늘날의 학교가 청소년의 놀이성을 파괴해왔던 점을 심각하게 반성해야 한다고 논의한다. 이 논의의 중심에는 지금껏 학교교육이 청소년으로부터 놀이문화를 박탈하는 주요한 공간이자 기제로 작용하였다는 비판이 숨어있다. 그는 원래 학교란 놀이 혹은 여가의 장소였으나 오늘날 청소년들은 오히려 학교로부터 놀이와 여가의 문화를 박탈당한 피폐화된 존재로 남았다고 보았다. 결국 어원적으로 '노동과 생업으로부터 벗어나 주변의 자연에 감사하거나, 절제하고 지적 탐구의 바탕이 되는 여가'라는 문화의 의미가 제대로 회복되는 학교문화만이 학교교육의 정상화를 위한 전제조건인 셈이다. 따라서 피폐화 된 청소년의 삶을 바로 세우고, 학교교육 기능의 정상화를 도모하기 위해서는 학교현장에서부터 새로운 학교문화를 세워야 하며, 이는 곧 청소년 삶의 질을 개선하기 위한 구체적 실천이자 주제에 다름 아니다. 그러기 위해서는 무엇보다 오늘날의 청소년을 학생의 지위와 신분에서 묶어 바라보기보다는 그들도 독립된 사회구성원의 하나로 인식하는 자세가 요구된다.

IV. 학교문화의 과제와 향후 대응

오늘의 사회는 변화의 시대이다. 새로운 천년을 준비해야 하는 연대기(年代記)적 변화요구가 날로 거세지고 있다. 이제 우리의 학교문화도 이런 시대 변화에 부응하여 과거의 흔적들을 꼼꼼히 살펴보고 이에 근거해 새로운 학교문화를 창조해야 할 역사적 시기가 온 것이다. 우선은 정상적이지 못하고 허물어진 학교문화부터 치유해야 한다. 우리 모두가 의도적으로 공교육 붕괴를 조장해 왔기 때문에 그 책임은 모두에게 있다. 교육인적자원부도 '21세기 지식기반 사회에 살아남을 수 있는 인재를 기르기 위해'라는 대 전제를 두고 우리 교육이 나아갈 방향을 담은 '교육 비전 2002: 새 학교문화 창조'를 발표하면서 사회전반의 변화노력이 수반되어야 하는 실천운동이란 관점을 내세운 바 있다.(교육부, 1998) 또한 제7차 교육과정과 주5일 수업제의 시행 등 바야흐로 입시위주 교육, 단편지식을 암기하는 낡은 방식의 주입식 교육이 학교현장에서 약화되고 학교가 전인교육이란 본연의 위치와 기능을 회복할 것 같다.

그러나 낙관하기에는 너무 이르다. 왜냐하면 학교교육이 일관되게 교육의 본질을 추구해야 한다는 기본명제가 지금껏 제대로 지켜진 적이 없었다는 역사적 평가에 근거하기 때문이다. 교육을 그 자체의 내재적 논리를 갖고 운영하기보다는, 광복 이후 지금에 이르기까지 정치·경제 논리에 의하여 좌충우돌하면서 역사를 질러 왔기 때문이다. 기존의 천재를 평범한 아이로 탈바꿈시킨 교육을 이제는 평범한 아이가 창의적이고 인간다운 인간으로 변하는 교육으로 바꾸어야 한다. 그 핵심은 다름 아닌 청소년의 삶의 질을 최우선으로 고려하는 학교문화의 변화에 있다.

학교문화가 변하기 위해서는 학교문화를 구성하는 교사문화, 수업문화, 학생문화 모두 변해야 한다. 교사문화와 수업문화의 변화도 중요하지만 궁극적으로 학교문화의 진정한 변화는 학생문화, 나아가 청소년문화의 변화를 탄력적으로 수용하면서 시작되어야 한다. 그런 측면에서 지금까지의 교육개혁은 교사문화와 수업문화에 치중해 온 감이 적지 않다. 그것은 역설적으로 우리의 성장세대에게 자신의 삶을 재단하고 펼쳐 보일 수 있는 기회를 주지 않았음을 의미한다. 특히 이 점은 그간 교육부에서 주도적으로 수행해 온 새 학교문화 창조란 명제의 교육개혁에서 명징하게 드러난다. 더욱이 오늘날은 전지구화가 가속되어져 문화적 자생력을 배양하지 않는다면 문화기형아가 되는 시대이다. 그래서 우리의 청소년들이 스스로 문화적 자생력을 배양하게 하고 자신의 삶에 주체적 존재가 되도록 지원하는, 보다 포괄적인 관점에서 학교문화를 창조하는 실천적 대응방안들이 구안되어야 한다.

1. 교사문화의 변화

학교에서 교사가 차지하는 위치는 중요하다. 비단 학교교육뿐만 아니라 교육의 전반적 개혁을 이루어내기 위해서는 교사집단의 자발적이고 능동적인 참여가 전제되지 않고서는 안 된다. 교사집단이 스스로 학교교육과 교육개혁의 '주체 중 하나'라는 인식 하에 교육의 본질을 성취하기 위한 활동을 자발적으로 실행할 때 새 학교문화 창조도, 교육개혁도 이루어질 수 있다. 이를 위해 교사들의 인식 전환이 우선되어야 하겠지만, 교사들이 자부심을 갖고 학교생활을 할 수 있는 여건조성도 뒤따라야 한다. 즉 새 학교문화 창조를 의도한 대로 달성하기 위해서는 교사의 의식개혁과 질 높은 교사양성, 그리고 교사들이 자부심과 긍지를 가지고 근무할 수 있도록 하는 배려가 선행되어야 한다. 왜냐하면 학교교육의 질은 학생의 질 이전에 교사의 질로써 평가되며, 교사의 적극적이고 자발적인 참여 없이는 학교교육의 변화와 발전을 기대하기 어렵기 때문이다.

그러나 교사문화의 변화에 있어 가장 중요한 것은 청소년 개개인을 단순히 '전체 학습자' 곧 '학생'으로 볼 것이 아니라, '하나의 인격체'이자 '청소년 개인'으로 보는 태도의 변화이다. 지금의 학교문화 위계구조상 교사집단의 문화는 획일적이며 위계적인 문화적 특성을 지니고 있다. 이러한 획일성과 위계성은 때때로 교육의 본질적 기능과 목적을 강제하기도 하는데 통상 학생 개개인의 개성 등은 이러한 획일적 교사문화에 수용되기 어려워 쉽사리 반문화적 양태로 낙인찍히기 마련이다. 준거와 기준을 거부하고 자신의 개성을 지나치게 드러내는 학생과 그들의 문화는, 학교 또는 사회의 집단적 기준에 의거한 교사문화의 준거문화적 특성으로 인해 문제학생, 비행문화 등으로 낙인찍힐 뿐이다.(이혜정, 1989; 조혜정, 1996)

이제 청소년 개개인의 개성과 특성을 이해하고 수용할 수 있는 교사문화의 문화적 수용력이 요구된다. 청소년을 학생으로 볼 것이 아니라 학생을 청소년으로 바라보는 인식이 중요하다. 그러기 위해서는 청소년들이 갖고 있는 문화적 기반과 특성을 이해하는 것이 선행되어야 한다. 기성세대와는 다른 요즘의 청소년들이 갖고 있는 문화적 의식, 규범, 특성들을 끊임없이 관찰하고 살펴보는 교사들의 자세와 연구관심이 요구된다. 이러한 일련의 변화를 유도하기 위해 예비교사인력 양성과정인 사범대 교육과정에서부터 청소년문화 및 청소년심리 등 최근 급변하는 청소년의 가치관에 대한 필수 교직과목의 설치, 학교 내 외부 전문인력 활용방안의 제도화 등을 적극 검토할 필요가 있다.

2. 수업문화의 변화

교사문화의 변화를 전제로 하면 수업문화의 변화는 그렇게 어려워 보이지 않는다. 그러나 수업문화의 변화는 보다 전문적이고 복합적인 요인들이 존재함으로써 변화 자체를 결코 낙관할 수만은 없는 문제이다. 여기에는 교사문화와는 별도의 외부적 요인들이 존재한다. 즉, 잠재적 교육과정이야 차치하더라도 표면적 교육과정, 이른바 무엇을 가르칠 것인가에 대해서는 부분적으로 교사가 개입될 여지와 영향력이 있을 뿐, 보다 거대한 이데올로기가 숨어있기 때문이다. 이러한 의미는 수업문화의 변화를 촉진하기 위해서는 단지 교사 개인의 변화노력에 의해 이루어지기보다는 보다 포괄적으로 교육과정의 계획과 운영의 변화가 전제되어야 함을 뜻한다. 그래서 수업문화의 변화 역시 교육에 관한 기성세대의 인식전환과 합의를 전제로 한다. 보다 넓은 범주에서 기초된 교육적 토양은 교사와 학생간의 대화와 만남의 장을 주도할 것이며, 단순히 지식전수의 시간으로 상징되는 수업문화의 변화도 선도할 것임에 틀림없기 때문이다.

마침 교육인적자원부(1999)는 <교육발전 5개년 계획>에 근거한 제7차 교육과정에서 학생 중심의 교육과정 운영을 근간으로 하여 고등학교 과정별 필수과목 축소, 선택 교과의 학교선택제를 학생선택제로 점진 전환, 단위학교에서의 교육과정 편성권 부여 확대 등의 혁신적인 실천과제들을 수행하고 있다. 즉, 지금까지의 교사중심의 교과활동에서 벗어나 학생중심의 교과활동을 지향하고, 나아가 특별활동, 창의적 재량활동 등의 교과외 교육활동이 활성화되도록 노력하고 있다. 하지만 특별활동과 창의적 재량활동은 아직까지 소기의 목적을 달성하기에는 미미한 실적이고 아직까지 교과교육·교사중심의 교육과정 위주라는 평가는 여전하다. 사실 지금까지의 학교교육은 정해진 지식을 어떻게 하면 효과적으로 그리고 효율적으로 가르칠 것인가라는 측면에서만 관심을 두었지 학생의 요구나 기본 관심에 기초한 교육과정은 홀대해 왔다. 또 생명력 없는 교과서 속의 지식전수도 교사 중심으로 이루어졌고 획일적인 교수방법을 사용함으로써 즐겁지 않고 풀죽은 학교문화를 유도해 왔던 것도 사실이다. 또 교육과정이 입시에 치중하다 보니, 대입실패를 인생실패로 인식하게 되고 이에 따른 많은 부작용도 해마다 치러왔었다.

교사문화의 변화를 전제로 한 수업문화의 변화는 그래서 학습자 중심의 다양한 교육과정, 학습자의 욕구와 흥미에 기초하는 다양한 교수-학습방법의 선택에 달려있다. 개인의 소질과 특기를 살려 자신의 능력을 최대한 발휘할 수 있도록 하는 수업문화의 변화가 필요하다. 특히 교과교육 중심에서 탈피하여 학생 개개인의 소질과 적성을 파악하고 향후 직업선택의 기회로 삼을 수 있는 특별활동 및 창의적 재량활동을 지금보다 활성화할 필요가 있다. 이를 위해 학교중심의 학교교육에서 벗어나 지역사회의 다양한 인적·물적 자원을 결합하여 학교를 중심으로 교육할 수 있는 아웃소싱(outsourcing) 및 코 워킹(co-working) 교육이 필요하며 체험학습을 통한 학습의 실효성 진작을 꾀할 필요가 있다. 특히 교사중심의 일방적 교수학습방법에서 벗어나 다양한 자원을 수업장면으로 유인하고 학생과의 상호 협력적인 교수학습방법을 통한 수업문화의 다변화가 요청된다. 최근 교육인적자원부와 문화관광부가 함께 수행하는 다양한 장르(국악, 연극, 영화, 만화 애니메이션, 무용 등) 중심의 문화예술교육은 이의 한 대안이 될 수 있다.

3. 학생문화의 변화

자신의 주체적·자율적 권리와 학습의 선택권을 상실한 채 학교라는 공간에서 형성하는 학생문화는 학교문화에서 대체로 종속적인 위치에 서 있다. 반면에 오늘날의 청소년들은 과거의 청소년들과는 달리 이 같은 종속적 지위를 순순히 감내하기보다는 자신의 문화양식으로 해체·재구성하려는 적극성을 보인다. 이런 현상은 과거 학교현장에서 소외되고 내몰리기만 하던 대부분의 아이들의 그것과는 분명 다르다. 그럼에도 불구하고 지금까지 우리의 시각은 대체로 학생으로서의 청소년과 학생문화로서의 청소년문화를 인정했을 뿐, 청소년으로서의 학생을, 청소년문화로서의 학생문화를 바라보지는 못했다. 학문적 연구관심도 이러한 인식의 틀에 제한되어 학생문화를 청소년문화의 한 부분으로 인정하기보다는 학교문화의 산물로만 살펴보았다. 따라서 앞서 거듭 논의된 바와 같이 청소년으로서의 학생을 인정하고 학생문화지대를 청소년문화라는 관점에서 바라보는 것이 필요하다.

특히 학생문화, 나아가 청소년문화에 대한 지금까지의 연구는 대부분이 비동조적인 측면에 주력하여 비행문화 등 일탈적인 문화지대에 초점을 맞추었을 뿐, 청소년문화를 총체적으로 이해하지 못했다. 물론 청소년문화는 청소년이 안고 있는 존재적 모순으로 인하여 사회 전체의 지배적인 문화의 입장에서 볼 때 비 동조적이라고 볼만한 요소가 동조적인 요소보다 더 많을 가능성이 있다. 그렇더라도 그 현상을 '청소년의 문제'가 아닌 '청소년의 현실'로 인식해야 한다. 그러나 유감스럽게도 그 동안 청소년문제 자체도 청소년의 현실로 인식하고 연구하려는 움직임은 미흡했다.(조용환, 1998) 더욱이 청소년문화 연구에 있어서 최근의 신세대 사유방식과 신세대문화의 특성연구는 부족한 실정이다. 대중문화영역을 중심으로 형성되고 있는 문화지대(대중음악, 영상문화 등), 사이버공간을 중심으로 이루어지고 있는 정보문화지대는 그야말로 요즘 청소년문화의 현주소를 파악할 수 있는 영역들이다. 특히 오늘의 학생문화가 이와 같은 신세대문화지대와 긴밀한 연계성을 두고 있으며, 그 근원적인 변화가 이루어지고 있는 모태라는 점에서 상호 연계되는 연구가 절실히 요구된다. 학생문화의 변화를 요구하기에 앞서서 학생문화에 대한 정밀한 연구시도가 전제되어야 하는 이유가 여기에 있다. 그래서 그들 문화가 학교현장에서 어떻게 형성·연장되고 있으며, 그 특성과 성격은 무엇이고, 청소년들에게 보여지는 기능과 역할은 무엇인지에 대한 후속연구들이 향후 누적적으로 지속되어야 한다. 이러한 연구들이 선행된다면 학생문화에 대한 요구도 보다 더 구체적이고 현실적일 것이다. 그 중에서도 청소년 스스로가 문화의 주체로써 자생력을 일궈야 한다는 논의는 학교문화의 시대적 변화요구에 있어서 가장 기본적이며 중심적인 위치에서 벗어날 수 없다.

그래서 청소년들은 자신의 삶과 문화를 건강하게 향유할 수 있는 문화적 자생력을 스스로 복원하고 회복해야 하는 삶의 과제를 안고 있다. 풍요로운 문화의 향유와 구가는 스스로의 올곧은 문화적 의지로부터 나오기 때문이다. 그것은 곧 자신의 삶에 대한 주인의식을 공고히 하는 것과 깊은 맥락이 존재한다. 지금까지 수동적이고 소극적인 삶의 인식을 능동적이고 적극적인 삶의 주체로 변신하려는 스스로의 의지가 향후 새로운 문화창조와 향유에 있어서 중요하기 때문이다. 동시에 청소년들은 삶의 지혜를 배우면서 이를 삶의 현장에서 실천해야 하는 과제도 안고 있다. 삶을 살아가는데 필수적인 지식과 지혜, 이른바 미래사회에서 요구되는 공동체의식 등을 자신의 삶에서 실현해야 한다. 물론 이와 같은 삶의 변화를 적극적으로 지원하고 청소년들의 의사와 욕구를 수렴하는 제도적 장치도 아울러 필요하다. 마침 정부는 청소년의 의사가 청소년관련 정책과 제도에 수렴될 수 있도록 청소년위원회를 두고 청소년의 의견을 적극적으로 정책에 반영하고 있으며(문화관광부, 1998 b), 최근 개정된 청소년기본법(제12조)에 따라 청소년특별회의를 구성하여 국가정책의 형성과정에 청소년의 직접적인 참여를 보장하도록 하였다. 청소년위원회의 확대운영과 청소년특별회의의 시행을 앞두고 청소년들이 자신의 욕구와 의사를 효과적으로 결집하고 정책 및 현실에 반영되도록 하는 것은 이제 청소년 자신의 의지에 달려 있다.

사실, 한 번도 이러한 기회가 이전의 그들 삶에 주어진 바가 없고 생소하기만 하여 당장 성공적일 수는 없을 것이다. 또 학교라는 공간이 아직은 변혁의 와중에 있어서 학생문화의 위치와 정체성을 어떻게 실현할 것인가도 과중한 부담으로 다가올 것이다. 그러나 이 모든 과제의 중심에 스스로가 서 있고, 청소년 역시 학교문화변혁과 창조의 주체자라는 인식을 굳건히 한다면, 그리고 기성세대와의 협력적 관계를 유지한다면, 시간은 걸리더라도 진정한 학교문화를 건설할 수 있을 것이다. 기성세대 역시 청소년들에게 믿음과 신뢰의 지원을 아끼지 말고 그들 스스로 문화적 자생력을 이루어낼 수 있도록 학교 안과 밖의 현장에서 적극 도움을 주어야 한다.

4. 사회의 지원과 협력

학교문화의 변화와 새로운 학교문화의 창조는 학교교육의 개혁이란 현실적 과제에 있어서 효과적인 전술일 뿐만 아니라 청소년 삶의 질적 개선과 제고라는 복지실현의 측면에서도 효율적인 전략이다. 청소년의 삶을 풍요롭게 하고 건강하게 하기 위해서는 학교문화 내부의 변화가 뒤따라야겠지만 동시에 사회자체의 적극적인 지원과 협조 없이는 불가능하다. 전체문화의 틀 속에서 학교문화가 나름대로 정착하려면 주변의 문화영역들의 지원과 협조 없이는 불가능하기 때문이다. 그러한 의미에서 학교문화의 개혁은 사회변화를 전제한다.

우선 청소년을 독립된 인격체로, 사회의 동반자로 인식하는 파트너십이 필요하다. 그들을 학교현장에서의 학생으로 묶어두기 보다는 삶의 일원으로, 함께 문화를 일구어내는 문화공동체의 일원으로 인정하고 협력하는 인식의 정립이 필요하다. 더불어 학교 외의 장면에서 청소년들의 삶에 건강함을 줄 수 있는, 학교 외 교육체제(out of school education system)를 정비하고 학교교육과의 유기적인 연결망도 구축해야 한다. 사실 청소년에 대한 학교 외 교육의 필요성은 UN에서도 일찍이 그 필요성을 역설하였다.(유네스코한국위원회, 1998) 1964년 프랑스 그레노블에서 개최한 '청소년에 관한 전문가 회의'에서는 학교와 대학이 청소년들로 하여금 급변하는 세계에 충분히 대처할 수 있도록 준비시키는 교육은 미흡하다고 보고 그 보완책으로 모든 국가들에서 학교 외 교육의 실시를 권고한 바 있다. 여기에는 학업청소년뿐만 아니라 비학업청소년, 예컨대 중도탈락자, 졸업생, 비진학 청소년, 추수교육이 필요한 청소년 모두를 대상으로 이들의 욕구에 근거하는 다양한 교육과정이 학교 외 장면에 배치되어 학교교육을 보완하고 지원하는 형태의 교육체제를 제안하고 있다.

이제 청소년들에게 불리하게 작용하는 삶의 요소들을 제거하고 이 시기에 건강한 성장과 발달을 완성할 수 있도록 사회체제가 변화하는 것은 결코 미룰 수 없는 시대적 요구이며 동시에 청소년 삶의 안녕을 위한 실천적 과제이다. 그들의 삶에 절대적인 위치로 자리 잡고 있는 학교와 학교교육은 그래서 비껴갈 수 없는 개혁의 대상이다. 무엇을 위해 왜 할 것인가라는 사회적 합의가 이루어졌다면, 이제 우리에게 남은 과제는 '어떻게 하느냐'이다. 이 점에 있어 청소년 삶의 질을 개선하기 위한 우리의 실천과제는 이제 그들의 자생성과 주체성을 신장시키기 위한 사회적 배려이다. 그것은 곧, 학생으로서의 청소년이 아닌, 청소년으로서의 학생임을 인정해주는 사소하지만 중요한 인식의 전제로부터 출발한다. 이러한 작은 실천들이 모아지면서 좀 더 큰 실천적 합의들이 이루어질 수 있다. 이렇게 우리가 합의한 실천들이 이루어진다면, "청소년의 인간다운 삶을 보장하고 청소년 스스로 행복을 가꾸며 살아갈 수 있도록 여건과 환경을 조성한다"는 새로운 청소년헌장이 단지 선언문에 그치는 것이 아니라 당당한 우리 삶의 지표로 서게 될 것이 틀림없다.

참고문헌

고영희, 학생들은 학교에서 어떻게 실패하는가, 서울: 배영사, 1985.

교육부, 「교육 비전 2002: 새 학교문화 창조」, 1998.10.22.

교육인적자원부, 「창조적 지식기반사회건설을 위한 교육발전 5개년계획
　　　　시안」, 1999.

권일남, 청소년지도의 학문적 정립방향에 대한 일 고찰, 「한국청소년연구」
　　　　9(2), 서울: 한국청소년개발원, 1999.

김기환, 학생복지를 위한 학교사회사업의 필요성, 「아동복지학」4, 서울:
　　　　한국아동복지학회, 1996.

김규태, 「학업중단청소년 종합대책」(학업중단청소년 종합대책 수립을 위
　　　　한 공청회 자료집), 서울: 한국교육개발원 · 한국청소년개발원,
　　　　2002.

김　민, 신세대문화 읽기: 대중음악과 청소년, 「오늘의 청소년」11, 서울:
　　　　한국청소년단체협의회, 1997, a.

김　민, 정보화사회에서의 신세대문화 이해, 「주성대학논문집」6, 1997.

김성이, 사회복지학 분야에서의 청소년연구 동향과 과제, 「한국청소년연
　　　　구 1(2)」서울: 한국청소년개발원, 1990.

김성이, 청소년복지의 개념과 의의,『청소년복지론』서울: 한국청소년개발
　　　　원, 1993.

김순홍 외,『한국청소년의 삶과 의식구조』광주: 사회연구사, 2003, 63-64.

김준기, 「학교조직문화 진단에 관한 연구」, 전북대학교 대학원 박사학위
　　　　청구논문, 1991.

김치묵, 청소년복지,『한국사회복지총람』, 한국사회복지협의회, 1977.

노　혁, 청소년복지의 정체성 모색, 「한국청소년연구」9(1), 서울: 한국청소

　　　년개발원, 1998.

또 하나의 문화 편,『새로 쓰는 청소년 이야기 2』, 서울: 또 하나의 문화, 1997.

문화관광부,『청소년백서』, 문화관광부, 1998, a.

문화관광부,『청소년육성 5개년 계획』(요약설명집), 1998, b.

문화관광부,『청소년백서』, 문화관광부, 2003.

문화관광부,『제3차청소년육성기본계획』, 문화관광부, 2004.

박효정 외,「중고등학교 생활지도 내실화 방안 연구(II)- 중고등학교 생활지도를 중심으로」한국교육개발원 연구보고 RR 2002-3.

박효정 외,「한국중등학생의 생활 및 문화실태 분석 연구」한국교육개발원 연구보고 RR 2003-5.

백욱인, 하종원, 컴퓨터와 청소년문화, 한국언론학회·한국사회학회 엮음(1998),『정보화시대의 미디어와 문화』, 서울: 세계사, 1998.

서울시대안교육센터,「서울시대안교육센터 운영백서」서울시대안교육센터, 2002.

유네스코한국위원회,『세계청소년의 권리와 책임에 관한 결의들』서울: 유네스코한국위원회, 1998.

이석재, 청소년문제의 교육적 과제와 그 대책,「교육사회학연구」8(1), 서울: 한국교육사회학회, 1998.

이수민, 청소년복지의 이념과 과제,「복지연구」2, 한국사회복지연구소, 1968.

이용교,『한국청소년복지의 현실과 대안』, 서울: 은평천사원 출판부, 1993.

이용교, 청소년복지 연구의 동향과 과제,「청소년학연구」5(2), 서울: 한국청소년학회, 1998

이용숙, 학교교육과 청소년문화,『청소년문화』, 서울: 한국청소년개발원,

1993.

이종복 외,『현대청소년복지론』, 서울: 양서원, 1998.

이혜정,『노는 애들의 세계』, 서울대학교 대학원 석사학위 청구논문, 1989.

정향진, 「교사집단 내 위계성의 재생산기제에 관한 연구」, 서울대학교 대학원 석사학위논문, 1992.

조용환, 황순희 역, 학교문화와 학생문화 - 학생의 사회학,『교육사회학』서울: 형설출판사, 1992.

조용환, 청소년연구의 문화인류학적 접근: 청소년의 실체와 청소년문화의 이해, 「한국청소년연구」4(3), 서울: 한국청소년연구원, 1993.

조용환, 고등학교 학생문화의 종합적 이해와 비판, 「정신문화연구」17(4), 서울: 한국정신문화연구원, 1994.

조용환, 학생문화, 서울대학교 교육연구소(1998),『교육학 대백과사전』서울: 하우동설, 1998.

조혜정,『학교를 거부하는 아이, 아이를 거부하는 사회』,서울: 또 하나의 문화, 1996.

차경수, 청소년학 연구의 전망과 과제, 「청소년학 연구」5(2), 서울: 한국청소년학회, 1998.

조흥식, 「청소년학 정체성 확립의 방향과 과제: 청소년복지와 청소년학의 정체성」(학술대회 발표논문 자료집, 1999.2.23), 서울: 한국청소년학회, 1999.

최윤진,『청소년의 권리』, 서울: 양서원, 1998.

한국교원단체총연합회,『학생생활·의식 실태조사』서울: 한국교원단체총연합회, 1998.

한국청소년단체협의회, 2002년 청소년육성환경의 변화와 청소년운동의 방향, 「청소년운동 그 전망과 과제」서울: 한국청소년단체협의회,

2002, pp.9-48.

한국청소년학회, 「청소년학 정체성확립의 방향과 과제」(학술대회 발표논문 자료집, 1999.2.23), 서울: 한국청소년학회, 1999.

한준상, 『청소년문제와 학교교육』서울: 연세대출판부, 1991.

한준상, 『청소년문제』, 서울: 연세대출판부, 1996.

한준상, 『동숭동의 아이들: 청소년의 파격문화』, 서울: 연세대출판부, 1997.

한준상, 『청소년학 연구』서울: 연세대출판부, 1999.

Bidwell, C. E., The School as a Formal Organization, *in Handbook of McNally,* 1974, 972-1022.

Deal, T. E. & Kennedy, A. A., *Corporate Management: The Rites and Rituals of Corporate Life,* Massachusetts: Addisson-Wesley, 1982.

Finn, C. E. Jr. & Rebarber, T., The Changing Politics of Education Reform, Finn, C. E. Jr. & Rebarber, T.(eds.), *Education Reform in the '90s,* New York: Maxwell Macmillian, 1992.

Firestone, W. A. & Wilson, B. L., Using Bureaucratic and Cultural Linkage to Improve Instruction: The Principal's Contribution, *Educational Admi -nistrative Quarterly,* vol.21, 1985.

Harrison, R., Understanding Your Organization's Character, *Harvard Business Review,* May-June, 1972, 25-43.

Hechinger, F., *Fateful choice: Healthy youth for the 21st century,* New York: Hills and Wang, 1992.

Kadushin, A., *Child Welfare Service,* New York : Macmillan, 1974.

Kluckhohn, C., *Culture and Behavior,* New York : Free Press, 1962.

Max, A. G., Hierarchical Impediments to Innovation in Educational Organization: in Fred D. C. & Thomas, J. Sergiovanni(eds.), *Organizations and Human*

Behavior: Focus on School, N. Y.: McGraw-Hill Book Company, 1968

Mead, M., *Culture and Commitment,* New York : Douglas, 1978.

McLaren, P., *Life in Schools: An Introduction to Critical Pedagogy in the Foundations of Education,* New York & London: Longman, 1989.

Mullin, M. H., *Education for the 21st Century,* New York: Madison Books, 1991.

Pascale, R. T. & Athos, A. G., *The Art of Japanese Management,* N. Y.: Penguin Book Company, 1981.

Roberts, K. A., Toward a Generic Concept of Counter-Culture, *Sociological Focus,* 11, 1978.

Sathe, V. *Culture and related Corporate Realities, Richard D,* Irwin, Inc, 1985.

Sergiovanni, T. J. & Startt, R. J., Supervision: *Human Perspectives,* 3rd ed., N. Y.: McGraw-Hill Book Company, 1983.

Silver, pF., *Educational Administration: Theoretical Perspectives on Practice and Research,* N. Y.: Harper & Row Publishers, 1983.

Wayne, H. K. & Cecil, M. G., *Educational Administration: Theory, Research and Practice,* N. Y.: Random House, 1983.

Williams, R., *Keywords,* London : Fontana, 1983.

엘리트교육 지향 영재교육에 대한 비판과 대안: APOGEE 프로젝트

이 신 동*

I. 서 론

21세기가 시작되면서 우리나라 교육 담당자들과 학부모들은 영재교육(英才敎育)에 대해 높은 관심을 보이고 있다. 아마 국제경쟁이 점점 더 치열해지고 있기 때문일 것이다. 영재교육이나 수월성(秀越性; exellence) 교육은 인간의 가능성을 극대화한다는 측면에서 긍정적인 부분이 있으나 교육의 형평성(衡平性; equity)이란 측면에서는 많은 문제점을 안고 있다. 따라서 영재교육을 자칫 잘못 이해하면 엘리트교육으로 오해하게 되어 문화적·경제적으로 소외된 집단의 요구를 경시하는 사회적 차별화 교육을 초래하게 된다. 이미 영재교육을 오랫동안 실천해 온 선진국들은 이런 문제를 해결하기 위해 많은 고민을 해 왔다. 특히 교육의 평등을 강조해온 미국의 경우 더욱 그러하다. 우리나라는 이제 막 영재교육을 시작할 준비를 갖추고 있는 시점에 서 있기 때문에 영재교육을 자칫 잘못 적용하여

* 순천향대학교 인문과학대학 특수교육과 부교수

민주주의의 근간을 흔들어 놓는 일이 발생해서는 안 될 것이다. 따라서 본 논문은 미국의 영재교육이 그동안 받아온 많은 비판점들을 살펴보고 이런 비판들을 해소 할 수 있는 대안인 APOGEE 프로젝트를 고찰해 보도록 하겠다.

미국의 경우, 금세기가 막 시작되면서 경제적·사회적·언어적으로 다양한 미국의 영재 학생들은 공교육 안에서 그들의 요구를 충족하기가 대단히 어렵다는 것을 알았다. 이는 다음과 같은 몇 가지 이유들 때문이다. 첫째, 평등주의 노력의 일환으로 학생 집단을 이질화(異質化; heterogeneous)한 운동은 초·중등학교의 영재 프로그램을 황폐화시키는 결과를 가져왔다. 이는 영재교육 프로그램을 위한 엄격한 규정이나 충분한 지원이 없는 주(州)에서 더욱 심각했다. 둘째, 우수한 학습자를 위한 기회 확대의 방안으로 정책입안자들이 주장한 '국가기준(standard)' 에 근거한 '수월성' 달성에 대한 정책은 영재교육에 부정적인 영향을 불러왔다. 겉으론 '모든 학생들을 위한 수월성 교육'이라고 하지만 이 정책은 영재성은 있으나 사회적 배경이 낮은 소수계층의 학생들에게 별 도움을 주지 못했다. 초·중등학교에서 특히 그러했다(Ortiz, 2000). 모든 학년에서 문화적으로 편향된 표준화 검사 또는 지능검사는 그 신뢰도에 문제가 있어 우등생에 속하는 학생들 중 소수민족 학생들의 비율을 낮추고 있다. 셋째, 국가적 교육개혁은 영재교육 프로그램을 폐지하도록 하는 입장을 받아들이도록 많은 학교들을 설득하고 있다. 특히 경제적으로 수준이 낮은 지역에서 더욱 그러해서 불평등을 한층 더 심화시키고 있다(office of Educational Research and Improvement, 1998; Northwest Regional Education Laboratory, 1998). 이런 잘못된 교육개혁은 그런 프로그램의 요구가 가장 시급한 학생들에게서 뛰어난 잠재력을 성취할 기회를 박탈하고 있다.

만일 교육의 형평성을 위반하지 않는 영재교육 모델이 개발되지 않는다면 영재교육 프로그램은 아마도 공교육 속에서 아예 사라져 버릴지도 모른다. 따라서 본 연구는 이제 막 시작한 영재교육 정책에 가장 큰 걸림돌이 무엇인가를 미국의 사례를 통해 알아보고자 하는 것이다. 미국의 영재교육 정책에서 나타난 문제점을 중심으로 실용적인 정책적 대안인 APOGEE (academic program for the gifted with excellence and equity) 프로젝트를 대안으로 검토할 것이다. 이 대안은 지난 십 년간 미국의 여러 연구자들이 영재교육의 발전을 저해하는 문제점들을 검토한 연구의 일환이며 가장 큰 이슈가 되는 사항들을 개선하려고 하는 제안이다. 특히 영재교육이 튼튼한 기반을 구축하기 위해 선결되어야 할 중요한 이슈들은 다음과 같다. 첫째, 모든 계층 안에서 공평하게 영재성을 찾아낼 수 있는 판별방법, 둘째, 형평성을 보장하는 비용-효과적(cost-effects) 교육 프로그램의 설계, 셋째, 판별에서 형평성을 구축할 수 있고, 이질집단에서 교육의 효과를 보장할 수 있는 커리큘럼의 개발 등이다.

타당한 영재교육 프로그램은 이를 제공받은 사람들의 인종적 다양성을 인정함으로 형평성을 보장하고, 문화적·경제적 계층과 무관하게 인지적·정의적·사회적 효과를 보여줌으로서 프로그램 설계가 비용-효과적이었을 뿐만 아니라 수월성 교육의 목표를 만족시켰다는 것을 나타내어야 할 것이다.

II. 미국 영재교육의 문제점들

1. 엘리트주의에 기초한 교육 프로그램

"영재판별에 관한 보고서(The National Report on Identification)"에서 Ritchert, Alvino와 Mcdonnel(1982)는 영재교육 프로그램을 심각한 위험에 빠

뜨리는 엘리트주의 지향 영재교육의 관행을 다음과 같이 여섯 가지 측면에서 비판했다.

> 첫째, 엘리트주의와 영재성에 대한 잘못된 정의
> 둘째, 판별의 목적에 대한 혼란
> 셋째, 교육적 형평성의 침해
> 넷째, 검사와 검사 결과에 대한 오용과 남용
> 다섯째, 다양한 척도의 표면적이고 부적당한 이용
> 여섯째, 엘리트주의에 입각한 영재교육 프로그램의 설계 등

또 다음과 같은 세 가지 문제점 때문에 영재교육이 비난을 받았으며, 이에 대한 해명도 쉽지 않았다. 첫째, 영재성 판별과 정의에 대한 엘리트주의가 경제적 계급과 문화 계층에 의한 학교의 분열을 초래했다. 둘째, 높은 동기와 도전감을 부여하는 커리큘럼은 영재 학생을 위한 프로그램에서 찾을 수 있지만 일반 학생을 위한 커리큘럼은 종종 단조롭고 흥미가 결여되어 있다. 셋째, 유능한 교사들은 영재 학생들을 가르치려고 하지만 일반 학생들을 가르치려고 하지 않는다.

이런 문제점들에 대한 비판이 많은 교육자들과 학부모들에 의해 제기되어 왔다. 따라서 교육협의회와 학부모회는 능력별 학급 편성과 능력별 집단화에 반대하는 입장을 취해왔다. 문제는 일반 학생들을 위한 이질화 집단(heterogeneous grouping) 지지자들과 영재를 위한 동질화 집단(homoge -neous grouping) 지지자들로 양분되었다는 것이다. 그 결과 많은 지역에서 영재교육 프로그램을 과감하게 중단해 버리는 현상이 나타났다. 특히 다인종, 다문화적으로 구성된 지역에서 더욱 그러했다.

이질집단화 경향에 대한 영재 교육자들의 반응 역시 극단적인 두 갈래로

나누어졌다. 이 중 한 가지 입장의 지지자들은 '영재 학생들의 최소한의 요구 충족'이라는 강경한 엘리트주의자들의 입장이었는데 이 입장을 지지하는 사람들은 아주 높은 지능을 지닌 학생들의 부모이며 고소득자인 백인들이었다. Herrnstein과 Murray(1994)는 그들의 책 'The Bell Curve'에서 가난한 소수민족들과 이민자들의 교육적 평등운동에 반하는 정책적 주장을 제안하였다.

또 다른 입장의 지지자들은 영재 학생을 하루 종일 일반학급에 머물게 하거나 '모든 학생을 위한 심화교육(Enrichment for all)'이라는 만병통치약의 처방을 지지하는 교육개혁운동을 펼쳤다. 이 접근은 동질화 집단(homogeneous grouping) 속에서 힘들어하는 영재아동들의 요구에 관심을 기울이지 못했다.

2. 엘리트주의에 기초한 영재성의 정의

미국의 여러 주에서는 백인이고, 중산층이며, 학습 성취도가 높은 영재 학생들만이 포함되는 엘리트주의적인 영재성 정의를 여전히 사용하고 있다. 1972에 발표된 영재성에 대한 연방정부의 정의(Marland, 1972)는 최근의 'National Excellence: The Case for Developing America's Talent (U.S Department of Education, 1993)'의 것과 마찬가지로 지능의 범위 이상으로 영재성의 개념을 넓히려는 것이었다. 그러나 아직도 현실적으로는 예전의 한정된 정의들이 사용되고 있다. 특히 영재교육이 특수교육의 범주에 속해 특수교육 예산에 의존하는 주일수록 더욱 그러하다.

몇몇 주의 영재성(giftedness)에 대한 정의는 영재성과 재능(talents) 사이의 부적절한 구별을 함으로 연방정부의 정의를 왜곡하기도 했다. 이것은 엘리트주의적 서열을 만들어냈다. 영재성이 검사를 통한 일반적인 지적 능력을 의미한다면, 재능이란 연방정부의 정의에 언급된 다른 능력들인 특별한 학업적성, 창의성, 리더십, 시각-공연예술에 대한 능력 등을 의미한다. 예를 들면 뉴욕 주는 Renzulli(1978)의 영재성에 대한 정의(평균 이상의 능력, 창의성, 동기의 상호작용)에서 세 가지 능력을 모두 갖춘 학생을 영재아로 간주하고, 이 중 두 능력만을 갖춘 학생을 재능아로 정의했다.

이런 구별은 성인들을 대상으로 연구한 영재성의 의미와 영재 프로그램이 필요한 아동들의 잠재력 사이의 차이를 무시하는 것이다. 또한 아동의 영재성을 나타내는 수준들("highly", "severely", "profoundly", or "exotically" gifted) 사이에서 영재아(gifted)와 재능아(talented)의 잘못된 구별은 내재적인 계층을 만들어냈고, 영재교육 프로그램 안에서의 엘리트주의를 초래했으며 실제로 높은 잠재력이 있는 학생들을 영재교육 프로그램에서 제외시켰다. 이러한 구분은 영재성이 선천적 능력과 후천적 경험의 상호작용을 통해 나타난다는 사실을 간과하고 있다.

이런 편견은 학업성취는 성인이 되어서의 지위와 관련이 있다는 사회적 통념에서 비롯된다. 여러 연구들(Baird, 1982; Taylor, Albo, Holland & Brandt, 1985)은 학업성취와 여러 분야에서 성인의 재능과는 상관성이 별로 없다는 사실을 보여주고 있다. 이것은 놀랄 일이 아니다. 왜냐하면 수렴적 사고 성향이나 교사의 기대에 부응하려는 성향은 성인이 된 후의 사회적 지위나 여러 분야에서의 독창적 기여와 상호관련되어 있기 때문이다. 즉 시험 점수는 단지 시험 점수만을 예견할 수 있을 뿐이라는 것을 보여주는 것이며, 계급은 단지 계급만을 예측할 수 있다.

3. 영재판별의 목적에 관한 혼란

영재판별의 목적에 대한 혼란은 과정상의 요구나 가치와 관련되어 있다. 연구자들의 관심은 현재의 교육을 위한 것이 아니라 성인이 된 이후의 능력을 예측할 수 있는 특성들을 알아내는데 있다. 또한 학교의 학업성취를 예언할 수 있는 판별 기준(높은 등수와 교사의 추천과 같은)을 원하는 교육자들도 있다. 어떤 부모들은 나름대로 자기 자녀의 능력을 확인해 보기 위해 자녀들에게 어떤 꼬리표를 붙이길 바라기도 한다(Miller, 1981).

그렇지만 이런 것들은 영재판별의 목적이 왜곡된 것이다. 영재판별의 목적은 숨겨져 있는 잠재력을 계발하는 데 있어야 한다. 영재판별의 과정은 요구분석(needs assessment)이 되어야 하고, 지적, 정의적, 사회적 잠재력을 계발하도록 만들어진 교육 프로그램 속에 학생들을 타당하게 배치하려는 방법이 그 첫 번째 목적이 되어야 한다.

4. 교육 형평성의 위반

전통적인 영재판별방법은 가난하거나 소수민족의 영재 아동들을 배제함으로써 교육적 형평성을 침해했다. 학교에서 가장 많이 사용되고 있는 학업성취의 측정은 교사들의 추천, 성적, 그리고 표준화된 검사(Ford, 1998) 등이며, 수행평가(performance assessment)도 아직 사용되고 있다. 이런 판별자료는 학습장애아동, 학습부진 영재아동, 장애아동, 영재성이 있는 타문화권 아동 등을 프로그램의 입학에서 탈락시켜 버린다. 더욱이 Torrance(1977)의 주장에 따르면, 지능지수만을 기준으로 함으로써 창조적이고 발산적인 사고를 하는 아동들이 영재교육 프로그램에서 제외되는 경우가 많다.

미국 교육부(1979)는 타문화권 학생들의 30%내지 70%정도가 영재교육 프로그램에서 탈락되었음을 보고했다(Ford, 1998). 가장 쉬운 예로 APOGEE 프로젝트에 참여하고 있으며 인종적으로 다양한 뉴저지 지역에 사는 타문화권 학생들의 10내지 75%가 영재교육 프로그램에서 탈락되었다(Ritchert & Wilson, 1995). 심지어 더 놀라운 것은 경제적 편파이다. APOGEE 프로젝트 지역에서는 생활보호대상자 학생들의 75%가 탈락되었으며, 가난한 아프리카계 미국인 남학생들의 경우가 가장 불리하게 차별대우를 받았다.

이 충격적인 불평등은 영재교육 프로그램에서 제외된 학생들에 대한 문제일 뿐만 아니라 엘리트주의의 부담으로 인해 영재교육 프로그램을 중단하게 하는 더 큰 문제도 안고 있다.

5. 다단계 판별기준의 부적절한 사용

영재판별을 위해 다양한 자료를 활용하는 것은 사실 아주 비효율적이다. 많은 현장 교사들은 판별과정에서 여러 검사점수(지능 검사, 성취도 검사 혹은 둘 다), 교사의 관찰, 때로는 부모의 관찰 등을 함께 사용한다(Ritchert et al., 1982). 그러나 이런 자료는 여러 면에서 종종 잘못 사용되곤 한다. 흔히 그런 자료들은 신뢰할 수 없는 것들인지도 모르고, 판별과정에서 적당치 않은 단계나 순서로 사용될 수도 있으며, 어쩔 수 없이 조작될 수 있거나, 타당성 없이 다른 자료와 함께 이용될 수도 있다. 선발의 기준으로 다양한 검사 점수들을 포함시키고 그 합을 이용하는 것은 통계적으로 사과에 오렌지를 더하는 것과 같다. 왜냐하면 그 분포 범위, 표준편차, 그리고 신뢰도와 다른 척도들의 구성과 내용의 타당성 등이 자료들마다 동등하지 않기 때문이다.

여러 자료를 종합할 때 각각의 점수에 동일한 가중치를 주거나 가중점수 합산 방식을 사용하는 방법은 미국의 국가 전문가 위원회로부터 강하게 비판을 받았다(Ritchert et al, 1982). 이런 자료 종합방법은 어떤 분야에서 영재성을 보이지만 가난하고 타문화권인 학생들을 탈락시킬 수 있다. 부적절하게 자료를 종합하는 것은 전지전능한 사람을 골라내는 방법일 것이다. 그것은 '특정 분야의 영재(master of some)' 나 '숨겨진 잠재력을 가지 영재(the current master of none)'를 배제시켜 버릴 수도 있다.

종합척도를 이용했을 경우 표준화된 검사의 점수에 편파된 가중치가 주어질 수 있다. 더 많은 척도들이 사용되고 부적당하게 결합될수록 가난하거나, 소수인종이거나, 창의성이 높거나, 학습부진을 보이는 영재들은 더욱 배제될 가능성이 크다. 그러나 대안적 판별방법을 포함하는 절차에 대한 최근의 움직임이 반드시 경제적 수준이 낮거나 소수인종인 학생들에게 도움이 되는 것은 아니다. 왜냐하면, 이런 방법 역시 백인이며 중산계층이 주축이 되고 있기 때문이다. 따라서 종합척도의 사용은 총체적인 겉치레가 될 수도 있고 영재판별에서 엘리트주의의 문제를 덮어버릴 수 있다.

또 다른 문제는 종합척도에서 자료가 사용되는 순서에 있다. 만약 교사가 표준화된 성취검사 점수를 가지고 영재로 자격을 부여한 후 학생의 창의성과 동기를 검사한다면 그땐 이미 성취가 낮지만 창의성이 높은 학생들은 다 걸러진 후일 것이다. 마찬가지로 집단 지능검사나 성취도 검사를 통해 영재로 자격을 부여한 후 개별 지능검사를 학생들에게 실시한다면 그땐 이미 저성취 학생들이 다 걸러진 후일 것이다. 이런 순서는 단지 형평성을 위한 겉치레에 불과할 뿐이며 사실은 영재판별에서 불리한 입장에 있는 집단을 배제할 가능성을 더 높일 수 있다.

영재교육을 촉진하기 위한 교육개혁 운동의 불행한 결과는 1%내지 3%에 이르는 학생들만 참여할 수 있는 엘리트주의 프로그램을 만들어 낸 데에서 비롯되었다. 이런 영재교육 프로그램은 '극도로 우수한 영재' 만을 발굴하여 서비스를 제공하고 있다. 따라서 현재 엘리트주의에 기초하지 않고 형평성에 기초한 영재판별과 영재교육모형의 개발이 절실히 요구되고 있다. 이런 입장에서 출발한 것이 APOGEE 프로젝트이다. 다음 내용에서 이 프로젝트에 대해 살펴보기로 하자.

III. APOGEE 프로젝트

APOGEE 프로젝트는 윤리적 기준과 평등한 판별절차(Richert, 1987, 1990,

1994, 1995; Ritchert et al., 1982)에 따라 뉴저지 주에 있는 30개의 학교에서 적용되었다. 이 적용 지역은 28,461명의 학생이 있는 지역이다. 가난한 소수 민족 학생들의 비율은 지역에 따라 2%에서 87%였다. 이 프로젝트에 선발된 3,000명의 학생들 중 영재 잠재력을 가진 소수민족인 학생들이 60% 이상 포함되었다.

1. 영재판별의 원리

APOGEE 프로젝트는 국가 전문가 위원회의 심사를 통하여 판명된 다음과 같은 여섯 가지 판별 원리를 채택했는데 정당성(defensibility), 지지도(advocacy), 형평성(equity), 다원론(pluralism), 포괄성(comprehensiveness), 실용주의(pragmatism) 등이다.

2. 영재성에 대한 대안적 정의

'판별에 관한 국가보고서(National Report on Identification)'(Ritchert et al., 1982)은 지난 50년 동안 영재성의 정의에 대한 미국의 동향을 분석하여 발표하였다. 그 동향은 영재성의 복합적 능력과 요소들을 포함하도록 정의를 확대하는 것이었다. 여기에 기여한 몇 가지 이론들은 Guilford(1967)의 지능구조이론, Torrance(1964)의 창의성 연구, Renzulli(1978)의 영재성 요인, Tennenbaum(1983)의 비지적·사회적·가변적인 영재성 강조와 영재성의 윤리적 측면에 대한 이론(Ritchert, 1986, 1994) 등이다.

인지과학 분야에서 Gardner(1983), Sternburg(1985), Gagne(1985) 등과 더불어 Roeper Review(Siverman, 1986)는 인식의 다양성을 강조했고, 영재성 판별에서 인지 능력의 구분을 부각시켰다. 더욱이 다양한 특수 능력의 인정뿐 아니라 윤리적이고 포괄적이며 다원적인 정의가 부각되었다. 그

정의는 다양한 배경을 가진 학생들의 잠재력을 제한해서는 안된다고 하였다. 1990년부터 1993년까지 APOGEE 프로젝트가 채택한 실용적 정의는 각 인구 통계 그룹에서 25%에 이르는 학생들을 판별하는 것이 바람직하다는 것이다.

3. 판별검사와 도구의 선택

APOGEE 프로젝트는 능력, 인구, 판별의 순서를 정하기 위해서 검사 전문가 위원단의 다음과 같은 권고 사항을 따랐다. 첫째, 영재성을 판별하기 위해 다양한 척도와 절차를 선택하라. 둘째, 어떤 검사를 하기 전에 다음과 같은 사항을 반드시 검토하라.

-이 검사는 찾고 있는 능력에 알맞은 것인가?

-이 검사는 판별의 적절한 절차를 따르고 있는가?

-이 검사는 학업성취검사에 의해 불리한 집단에게도 적당한 것인가?

예를 들면, 경제적 수준이 낮은 집단, 소수 인종, 창의성이 높은 집단, 학습부진학생 등.

4. 영재판별의 형평성을 높일 수 있는 방법

미국의 대부분의 주는 연방법에 명기된 포괄적 영재성 정의에 동의하지만 실제로는 그렇게 하지 않는다. 대부분의 주에서는 교사의 추천, 성적, 표준화된 검사를 포함하여 학교에서 가장 많이 사용되는 학업 성취를 위한 측정 도구는 문화적 편중 현상을 보이고 있다. '판별에 관한 국가보고서'는 영재 프로그램에 참여하지 못하는 집단들을 다음과 같이 분류했다. 경제적 수준이 낮은 학생들(점심 급식 대상 학생), 타문화권에 속한 학생들, 영어를 잘 못하는 학생들, 남학생들(언어 능력이 낮은 학생), 여학생들(수학 능력이 낮은 학생), 창의성이 높은 집단, 학습부진아, 신체 장애아, 학습장애아 등이다.

APOGEE 프로젝트에서 사용된 방법은 전형적인 표준화 검사의 편향성 문제와 여러 문화 집단 사이의 다양성 모두를 수용한다(Ritchert & Wilson, 1995). 이 프로젝트의 목적은 영재 학생들과 동일 문화 집단에 속한 친구들 또는 그들이 속한 사회적 환경을 비교하려는 것이다. 이 방법은 기존의 자료와 모든 학생들에게 같은 도구를 사용한다는 점에서 상대적으로 간단하고 비용-효과적이다.

Van Tassel-Baska와 Willis(1982)는 경제적 수준이 낮은 학생들은 영재교육 프로그램에서의 성공에 대한 그들의 잠재력이 과소평가되는 경향이 있다는 것을 발견했다. 이것은 경제적 수준이 낮으며, 낮은 검사점수를 얻은 학생들도 영재교육 프로그램에 들어갈 수 있어야 한다는 이유를 뒷받침해 주고 있다.

5. APOGEE 프로젝트에서 사용된 영재 판별 전략

이 프로젝트는 영재 판별을 하기 위해 미국의 인권위원회(Office of Civil Rights)(U.S. Department of Education, 1979)에서 승인한 진행 절차를 따랐다. 검사점수, 교사지명(K-11 학년), 학부모지명(K-3학년), 그리고 자기지명(6-11학년) 등은 경제적 수준, 문화적 수준, 성을 포함한 다양한 기준에 근거해서 학생들을 나누었다. 경제적 수준은 학생들이 무료 점심 급식을 제공받는지에 따라, 문화적 수준은 흑인, 남미계, 아시아계, 미국 원주민, 백인, 등으로 나누었다. 흑인과 남미계에서 종종 그렇듯 성비 불균형이 15%이상이 되면 그 자료는 성에 따라 재표준화 되었다. 학교에서 사용된 다양한 검사에서 어떤 것이라도 높게 점수가 나왔다면 그것에 근거하여 학생들이 선발되었다. 예를 들면, 표준화 성취도 검사, 교사 추천, 부모

추천, 자기 지명 등.

재표준화는 학교에 다니는 소수 인종 집단 내에서 각기 동등한 비율의 선발을 보장해 주었다. 각 그룹의 25%까지 이르는 선발은 백인 중산층을 포함하여 모든 인종 집단에서 학생들에게 기회를 확대해 주었다. 이 방법은 인종간 분열을 피할 수 있었고 다양한 배경을 가진 부모들과 학생 사이에서 높은 지지를 받았다.

6. 학부모, 교사, 동료, 자기지명에서 얻은 자료

학부모, 교사, 그리고 동료들로부터 얻은 체크리스트와 기타 비공식적인 자료는 사회적으로 소외된 학생들을 판별하는데 특히 중요하다. 초등(K-3) 수준에서 학부모들은 때때로 과외 활동에서 나타나는 아동의 장점과 내적 동기에 대한 좋은 정보를 제공해 준다. 영재성의 특징과 긍정적·부정적인 특성을 판별하도록 훈련된 교사는 창의적 행동을 잘 알아낸다. 훈련을 받지 않은 교사는 표준화 검사보다 더 쓸모없는 정보를 제공할 수도 있다 (Gear, 1976, 1978).

또래지명 또한 유용하다. 특히 리더십 잠재력을 찾아내는데 그러하다. 또래 친구들 중에서 리더가 생기고, 그 리더는 또래 친구들에 의해 처음으로 인식되기 때문이다. 또래 지명은 창의성 쪽에서도 유용한데 또래 학생의 상상력과 독특함을 판단하는 기준이 되는 것이 또래 친구들이기 때문이다. 지명 형식은 다양한 능력에 대한 다양한 점수를 제시해야 한다. 예를 들어, 프로그램이 원하는 학문적 능력과 지적 창의성 모두를 평가하는 교사 체크리스트는 최소한의 요구 기준이 되어야 한다.

성취도 검사와 지능 검사는 대부분의 창의적 학생들을 걸러내 버리는 경향이 있다. 교사들은 종종 잘 따르지 않는 학생에 대해 편견을 가지고 있다. 이런 이유로 창의성에 대한 지명은 특히 중요하다. 4학년부터 자기

지명은 매우 좋은 판별 도구가 된다. 그러나 높은 잠재력을 지녔으나 부정적 자기 평가를 하는 학생들이나 학습부진학생들에게 그 방법은 불리할 수 있다. 왜냐하면 영재성에 대한 보수적인 생각을 가진 학생들은 자기지명을 꺼릴 것이며 자신을 '영재'로 지명하지 않을 것이다.

7. APOGEE 프로젝트의 영재교육 프로그램

1) 프로그램의 적용

APOGEE 프로젝트의 보고서에서 잠재력 극대화 연구소(Global Institute for Maximizing Potential)는 몇 가지 국가적으로 부정적인 영향을 약화시킬 수 있는 서비스와 연구를 개발하여 공립학교에서의 정당성과 형평성을 확대할 수 있도록 하였다. 이것은 사회적 약자의 입장에 있는 학생들을 배제하는 엘리트주의적 판별, 영재학생을 위한 효과적 프로그램을 제거해 버리는 평등주의적 이원화, 경제적 수준이 낮은 학생들의 능력을 저평가하는 판별방법에 대한 수요의 증가와 편향된 준거들이 있다.

특별한 잠재력은 있으나 사회적 약자 입장에서 저평가된 일반 학생들은 재평가되어야 한다. 특히 경제적 수준이 낮은 학생들은 아직 개발되지 않은 능력들을 계발하는 수단으로 영재교육 프로그램에 참여시켜야 한다. 또 영재 프로그램의 혜택을 받지 못한 재능 있는 학생들의 저성취도를 극복하는 수단으로 영재교육 프로그램에 참여할 필요가 있다.

본 프로젝트에서 개발된 인지, 정서, 윤리적 잠재력 극대화를 위한 교수-학습모형(Maximizing Cognitive, Affective and Ethical Potential Professional Development and Instructional Model)은 미국의 여러 주에 있는 30여개의 학교에서 요구하는 수행평가의 점수를 향상시키는데 이용되고 있다.

코네티컷주에서 이 모형은 K-6 학년 35명의 교사들에게 560명이 넘는 학생들을 지도하는데 매우 성공적으로 사용되었다. 지난 6년간 이중 언어를 쓰는 Hartford의Sanchez 초등학교에서는 Connecticut Mastery Tests(CMTs)
에서 높은 성취점수를 얻은 학생의 수가 꾸준히 늘어나고 있다. 같은 기간
의 그 지역의 전반적 성취보다 16%이상 높았다.

Louisiana의 Evangeline Parish 지역의 본 프로젝트 시범학교는 주 단위 수학
평가에서 수학성취 기준에 도달한 학생들이 25%에서 75% (300% 획득점
수)로 증가하였다.

그러나 뉴저지의 교육부는 불충분한 지원과 전통적으로 낮은 수행능력
을 보인 30개의 도시 지역 학교의 개혁을 지시했다. 이 30개의 지역은
APOGEE 프로젝트의 연구결과에 근거하여 K-8학년의 영재 프로그램과
기타 영재교육 프로그램들을 중단하였다.

APOGEE 프로젝트 프로그램의 일환인 잠재력 극대화 전략(Maximizing
Potential Strategies)은 도시 학교에서 까다로운 수행평가에서 그 효과가 증
명되었다. 4학년과 8학년의 상위 15%에 속하는 학생들이 국가수준의 시험
에서 요구되는 능력수준에 도달하였다. 이는 다양한 인종의 영재학생들이
이 비율 내에서 판별되어야 한다는 점에서 대단히 중요하다.

2) 프로그램의 효과

본 프로젝트가 교과별로 보여준 성취점수의 향상을 살펴보면 다음과
같다. 수학의 경우, 본 프로그램에 참여하지 않은 학교가 -2%인데 반해,
참여한 학교는 평균 20%의 증가를 보였다. 잠재력 극대화 전략을 이용한
두 학교는 29%와 38%라는 놀라는 향상을 보였다. 읽기의 경우, 본 프로그
램에 참여하지 않은 학교가 -2%인데 반해, 참여한 학교는 평균 10%의 증가
를 보였다. 잠재력 극대화전략을 이용한 세 학교는 20%~27%에 달하는
증가세를 보였다. 쓰기의 경우, 쓰기를 검토할 시간은 거의 없었지만,
본 프로젝트의 전략을 사용한 4개의 학교는 예년에 비해 쓰기 점수에서

8%~17%의 증가세를 보였다.

1997~1998년 본 프로젝트에 참여한 아프리카계 미국인 중학교의 경우, 쓰기 과목을 통과한 학생들의 비율이 44%에서 77%로 두드러지게 증가했다. 고등학생들은 뉴저지 고등학교 성취검사(New Jersey's High School Proficiency Test)의 읽기와 쓰기 과목에서 9%라는 높은 증가율을 보여주었다. 수학의 경우, 본 프로그램에 참여하지 않은 학교가 -2%였던데 비해 참여한 학교는 45%의 증가세를 보였으며 순수한 차이는 64%에 달했다. 언어(읽기, 쓰기 포함)의 경우, 본 프로젝트에 참여하지 않은 학교가 2.5%였던 것에 비하여 참여한 학교들은 13%의 증가를 보였다. 그 중 한 학교는 27%나 증가했다.

2001년 6월과 8월에 나온 자료에서 볼 때, 잠재력 극대화 전략은 높은 효과를 보여주었으며, 이 전략은 집중적인 교사 개발로 학생들의 지적, 정서적, 윤리적 잠재력을 극대화하는 전략으로 입증되었다. 이 전략을 사용하게 될 경우, 일반 교육은 사회적으로 불리하며 타문화권에 속하는 학생들의 능력을 일깨우고 드러내는데 좀 더 효과적이 될 수 있으며, 경제적 수준이 낮은 학생들은 국가적 성취기준에 도달할 수 있고, 높은 잠재력을 지닌 학생들을 조기에 찾아 도와줄 수 있으므로 종합적인 학교 개혁의 한계를 어느 정도 극복할 수 있을 것이다.

Ⅳ. 결론 및 제언

영재교육은 여러 인종집단에서 특별한 잠재력을 가진 사람들의 삶을 개선하고 도와주는 역할을 감당할 수 있다. 그러나 때로는 경제적으로, 문화적으로 특정 집단을 소외시키는 도구로 사용될 수도 있다. 특히 엘리트 교육을 지향하는 영재교육이 될 때 자칫 영재교육의 고유한 의미를 잊기 쉽다. 본 연구는 영재 프로그램을 제공받을 사람들의 형평성을 보장하고, 문화적 차이를 초월하는 교육의 실천을 위해 제안된 APOGEE 프로젝트의 대안적 주장을 살펴본 것이다. 이것은 자칫 잘못된 길로 갈 수 있는 영재교육의 방향에 대한 비판과 대안을 제공해 주는데 큰 의미를 갖는다. 이런 제안은 막 영재교육을 시작하는 우리나라의 경우에 아주 주의 깊게 검토해 볼 필요가 있다.

구체적으로 살펴보면 영재를 위한 판별, 프로그래밍, 커리큘럼에서의 엘리트주의는 가난하고 소수민족인 학생들이 프로그램으로부터 오랫동안 소외되도록 해왔다. 지난 10년을 지나오면서 불평등한 엘리트 교육은 여러 면에서 영재교육을 비난받게 하였다. 특히 능력별 집단편성에 반대하는 반엘리트주의자들, 정책적 협의에 근거한 수월성교육(pro-excel -lence)의 기준, 가난한 지역에서 공공 기금으로 지원하는 종합학교 개혁 등이 주목할 만하다. 반엘리트주의자의 주장은 아이러니컬하게도 부유한 지역의 학교에서보다 가난한 지역의 초등·중등학교에서 대부분의 영재교육 프로그램을 중단하게 만들었다는 것이다.

잠재력 극대화 전략을 사용한 집중적 교사교육, 포괄적이고 비용 절감적인 영재교육 프로그램 설계, 형평성을 갖춘 영재판별 등에서 나타난 APOGEE 프로젝트의 결과는 미국사회에 큰 영향을 불러일으켰다. 대표적인 결과로는 첫째, 다양한 문화와 경제적 수준은 높은 잠재력을 가진 학생들에게 엄청난 학습부진을 초래할 수 있지만 이것은 극복될 수 있는 것이다. 둘째, 만일 영재교육 프로그램이 발전하고 대중화되려면 모든 교사들에게 집중적인 교사연수, 영재판별, 교육과정 개발 등에서 형평성 있고 실용적인 모델을 제시해야 할 것이다. 셋째, 일반 학급에 있는 학생들을 대상으로 영재교육을 추진해야 궁극적으로 영재교육이 성공할 수 있을 것이다. 그렇지 않으면, 실제적인 잠재력을 가진 학생을 찾아내기 어려울 것이다.

APOGEE 프로젝트에서 제시한 내용을 기초로 영재교육을 추진한다면 잠재력이 있는 학생들을 위한 영재교육 프로그램은 형평성이 찾을 것이며, 사회적으로 정당성을 보장받을 것이고, 교육활동은 실용적일 것이고, 학생들과 지역사회의 모든 요구를 수용할 수 있게 될 것이다.

APOGEE 프로젝트의 제안에 근거해서 영재교육이 새로운 교육문화로 자리를 잡기 위해 다음과 같은 제언을 하고자 한다. 첫째, 모든 인종과 국가에게 적용될 수 있는 다양한 잠재력을 포함하는 포괄적이고 다원적인 영재성의 정의를 구축할 필요가 있다. 둘째, 잡다한 심화학습보다는 필수 과목 분야에서 지적 잠재력과 동시에 정의적이고 윤리적인 잠재력을 통합할 필요가 있으며, 비용-효과적이며 복합적인 프로그램을 개발할 필요가 있다. 셋째, 영재를 위한 판별과 프로그램의 목적은 영재라는 라벨을 붙이는 것이나, 학교기대에 부응하거나, 성취에 대한 보상을 하는 것이 아니라 인류에게 공헌할 잠재력을 찾아내어 개발하는 것임을 인식할 필요가 있다. 넷째, 실제적 영재성을 판별하려면 학업성취 이상의 지적, 창의적 능력과 다른 다양한 자료에 근거하여 필요한 데이터를 구축할 필요가 있다. 다섯째, 다양한 사회적 소외 그룹, 특히 경제적 수준이 낮고 소수 문화에 속한 학생들에게 불리한 편견을 극복하는 학업성취 검사와 기타의 표준화 검사들을 재표준화할 필요가 있다. 여섯째, 판별과정에서 잠재력을 가진 학생을 제외시킴으로 인한 오류보다 많은 학생을 참여시킴으로 인한 오류가 더 손실이 적으므로 전체 학생의 25%까지를 판별대상으로 선택할 필요가 있다. 일곱째, 지적, 정의적, 윤리적 잠재력을 최대한 계발하기 위해 여러 교사들의 효율성을 향상시키는 집중적인 교사연수가 필요하다.

참고문헌

송인섭, 이신동, 이경화, 최병연, 박숙희, 영재교육의 이론과 방법, 서울: 학문사, 2001.

이신동, 수월성교육의 성공을 위한 9가지 조건들, 충남교육(3월호), 충남: 충남 교육과학연구원, 2005.

이신동, 영재교육 호들갑 떨 일 아니다, 동아일보(2005.1.17) 기사, 2005.

Baird, L. L, *The role of academic ability in high level accomplishment and general success,* College Board Report No.82, New York: College Board Publications, 1982.

Black, H., *They shall not pass,* New York: Morrow, 1963.

Coopersmith, S., *The antecedents of self-esteem,* San Francisco: Freeman, 1967.

Cox, J., Daniel, N., & Boston, B. O, *Educating able learners,* Austin: University of Texas Press, 1985.

Ford, D. Y., The under-representation of minority students in gifted education, Problems and promises in recruitment and retention, *The Journal of Special Education*, 32, 1998, Spring, pp.4-14.

Gagne, F., Giftedness and talent: Reexamining a reexamination of the definitions, *Gifted Child Quarterly*, 29, 1985, pp.103-112.

Gardner, H., *Frame of mind,* New York: Basic Books, 1983.

Gear, G. H., Teacher judgment in identification of gifted children, *Gifted Child Quarterly*, 12, 1976, pp.90-97.

Goodlad, J. I., & Oakes, J., We must offer equal access to knowledge, *Educational Leadership*, 1988, February, pp.16-22.

Guilford, J. p, *The nature of human intelligence,* New York: Mcgrow-Hill, 1967.

Herrnstein, R. J. & Murray, C., *The bell curve,* New York: Simon & Schuster, 1994.

Hilliard, A., Presentation at the National Association for Black School Educators, Houston, Texas, 1993.

Kulik, J. A., *An analysis of the research on ability grouping : Historical and contemporary perspectives,* Storrs: National Research Center on the Gifted and Talented, University of Connecticut, 1992.

Kulik, J. A., & Kulik, C., Effect of ability grouping on student achievement, *Equity and Excellence, 23,* 1987, pp.22-30.

Marland, S. P. Jr., *Education of the gifted and talented,* Report to the Congress of the United States by the U. S. Commissioner of Education, Washington, DC: U.S. Department of Health, Education, and Welfare, 1972.

Miller, A., *Prisoners of childhood: How narcissistic parents form and deform the emotional lives of their gifted children,* New York: Basic Books, 1981.

Miller, L. p(Ed.)., *The testing of black students,* A symposium, Englewood Cliff, NJ: Prentice-Hall, 1974.

Munday, L. S., & Davis, J. C., *Varieties of accomplishment after college: Perspective of the meaning of academic talent* (ACT Research Report No. 7), Iowa City: American College Testing Program, 1974.

Nairn, A., & Associates., *The reign of ETS: The corporation that makes up minds* (the Ralph Nader report on the Educational Testing Service), Washington, DC: Ralph Nader, 1980.

Northwest Regional Educational Laboratory, *A catalog of school reform models.* Portland, Oregon: Author, 1998.

Oakes, J., *Keeping Track: How schools structure inequality,* New Heaven: Yal University

Press, 1985.

Office of Educational Research and Improvement, U.S. Department of Education, Tools for schools: School reform model supported by the National Institue on the education for at-risk students, Washington, DC: Author, 1998.

Ortiz, A., *Including students with special needs in standards based reform: Issues associated with the alignment of standards, curriculum and instruction,* Aurora, CO: Mid-Continental Research Lab, 2000.

Renzulli, J. S., What makes giftedness? : Reexamining a definition, *Phi Delta Kappan*, 60, 1978, pp.108-184.

Ritchert, E. S., The state of the art of identification of gifted students in the United States, *Gifted Education International*, 3, 1985, pp.47-51.

Ritchert, E. S., Toward the Tao of giftedness, *Roeper Review*, 8, 1986, pp.197-204.

Ritchert, E. S., Rampant problems and promising practices in the identification of disadvantaged gifted students, *Gifted Child Quarterly*, 31, 1987, pp.149-154.

Ritchert, E. S., Patterns of underachievement among gifted adolescents, In J. Genshaft & M. Bireley (Eds.), *The gifted adolescent: Personal and educational isuues,* New York: Teachers College Press, 1990.

Ritchert, E. S., *Richert teacher, parent and self nomination forms,* Ocean Grove, NJ: Global Institute for Maximizing Potential, 1993.

Ritchert, E. S., *Training handbook for maximizing student potential,* Ocean Grove, NJ: Global Institute for Maximizing Potential, 1994.

Ritchert, E. S., *Maximizing student potential,* Ocean Grove, NJ: Global Institute for Maximizing Potential, 1995.

Ritchert, E. S., Maximizing student and teacher potentials: Preliminary research results, In J. Chan, R Li, & J. Spinks(Eds.), *Maximizing student potential: Lengthening out stride,* Hong Kong: University of Hong Kong, Social Science Research Center, 1996.

Ritchert, E. S., *Maximizing gifted potential for the 21st century,* Paper presented at the Arab Council for the Gifted & Talented Conference, Amman, Jordan, 2000.

Ritchert, E. S., *Maximizing student potential,* Ocean Grove NJ: Global Institute for Maximizing Potential, 2001.

21세기 사이버세계와 상담문화

남 상 인*

I. 사이버 세계와 생활양식의 변화

20세기말에 나타난 컴퓨터는 다양한 측면에서 인간의 삶을 변화시켰다. 초기의 컴퓨터가 복잡한 연산을 보다 쉽게 할 수 있도록 했다면 최근에는 유비쿼터스 시대의 도래를 말하고 있을 정도로 발전하였다. 컴퓨터는 이제 네트워크를 통하여 시공을 초월할 뿐만 아니라 컴퓨터 사용자가 컴퓨터나 네트워크를 의식하지 않는 상태에서 장소에 구애받지 않고 자유롭게 네트워크에 접속할 수 있게 되었다. 한 가지 예로서 사용자가 집밖에서도 집안의 모든 상황을 관찰하고 통제하며 사용자가 원하는 대로 조작할 수 있는 상황으로 발전하였다. 최근에는 이러한 상황을 새로운 아파트 건설에 도입하겠다는 광고문안도 쉽게 볼 수 있다. 어쨌든 컴퓨터는 우리의 삶 속에 들어와 있을 뿐만 아니라 우리의 삶을 대단할 정도로 바꿔놓았다.

"사이버 세계"란 컴퓨터와 통신기술이 결합되어 의사소통과 정보교환의 새로운 공간을 형성하게 된 것을 말한다. 사이버 세계에서 이루어지는 정보교환이나 의사소통의 방식은 문자, 음성, 영상, 그래픽 등을 이용하고

---

* 교육과학부 청소년교육상담학과

있으므로 인간들 사이에 이루어지는 직접적인 의사소통방식보다 때로는 훨씬 더 이해하기도 쉽고 명확한 정보교환이 이루어진다.(박성익, 1988) 사이버 세계의 도래는 인간의 의사소통 · 정보획득 · 정보교환 방식을 획기적으로 바꾸어 놓음으로써 인간생활에 새로운 장을 열어 주고 있다.

사이버 세계에서는 새로운 형식의 인간관계가 형성된다. 즉 가상공간에서 만나게 된 가상인격체와 상호작용하면서 인간관계를 맺게 되고, 때로는 이러한 가상인격체들이 집단을 형성하여 사이버 인간조직을 만들기도 하고 집단폭행(예, 이지메)을 가하기도 한다. 또한 개인은 자신의 있는 모습 그대로를 사이버 공간에 내비칠 수도 있지만, 개성이 각기 다른 여러 유형의 인간으로 등장하여 자신이 이상형이라고 생각하는 인격체의 모습을 사이버 공간에서 시험해 보기도 하고, 때로는 그러한 시험을 통하여 대리만족을 얻는 경우도 있다. 예를 들면, 사이버 세계에서 한 개인이 자신의 다양한 특성을 표현하고 이것을 구체적인 경험으로 체험하는 것으로 다수 사용자 영역(mud: multi-ues domains)을 들 수 있다.(Turkle, 1995) 그 뿐이 아니다. 즉 의사소통이나 정보교환을 위하여 사람들간의 직접적인 면대면 상호작용은 줄어들고, 개인이 홀로 사이버 세계에서 항해하는 데 집착하게 됨으로써 인간소외의 현상 또는 심한 경우에 인터넷 증후군도 생기게 된다.

사이버 세계는 우리들에게 조직생활의 방식도 바꾸어 놓았다. 학교수업이나 도서관의 자료를 찾는 것도 집에서 직접 수행하고 사무적인 일의 상당 부분도 집에서 수행할 수 있다. 이러한 조직생활의 변화는 사회적 기능의 획득이나 인간관계면에서 인간의 사고방식까지도 변화시키는 결과를 가져온다. 물론 청소년들의 생활방식이나 사고방식에도 커다란 영향을 미치게 된다.

정보자원이 풍부한 사이버 세계에 접속해서 우리들은 스스로 지니고 있는 다양한 문제를 해결하는 방법을 찾아내기도 하고, 때로는 유해한 정보에 무한정 노출될 수 있는 위험성도 항상 안고 있다. 그렇기 때문에 사이버 세계가 우리들에게 미치는 영향을 생각할 때는 언제나 긍정적인 측면과 부정적인 측면을 동시에 고려해야 한다.

본고에서 사이버세계의 문화적 특성을 알아보고 사이버 세계가 지니는 의사소통의 특성과 상담이 어떤 관련이 있는가를 살펴본 다음, 사이버상담의 특성과 실제를 살펴보고, 마지막으로 사이버상담이 보다 활발하게 보급되기 위하여 필요한 것들이 무엇인지를 살펴보고자 한다.

II. 사이버세계의 문화적 특성

사이버세계는 그 나름의 문화를 공유한다. 인터넷 사용자들이 사이버공간의 매체들을 활용하여 의사소통하고 상호작용하는 과정에서 형성되고 발현되는 문화이다. Hamnerz(1992)에 의하면 문화는 집합적 행위에 따라 생성되는 구성적 의미이다. 사이버세계에서 많은 사람들이 상호주관적으로 경험하고 구성하는 것이 바로 사이버세계의 문화라고 할 수 있다. 황주성 외(2002)는 사이버세계의 문화적 특성으로 다음과 같은 것들을 들고 있다.

1. 익명성과 탈금제의 문화

사이버세계에서 익명성은 상대방의 정체가 잘 드러나지 않는 상태를 말한다. 자신의 정체가 잘 드러나지 않기 때문에 익명성은 개인을 보복으로부터 보호해주는 기능도 있지만 반면에 말과 행위에 대한 책임성을 약화시키기도 한다.

사이버세계에서 개인의 정체가 완전히 익명적인 경우는 드물지만 대화명이나 필명과 같은 가명성을 통해 상대적인 익명성이 유지된다. 가명성은 실제 이름은 아니지만 사용자가 정체의 일관성을 유지할 수 있게 해주고 그 사람의 행위나 말을 다른 사람들이 알아볼 수 있게 해준다. 익명성과 마찬가지로 가명성은 어느 정도의 보호를 제공해 줄뿐만 아니라, 익명성으로는 불가능한 자신의 이미지를 표현할 수 있게 해준다. 인터넷을 다양한 수준의 가명성을 가능하게 해준다.

익명성은 탈금제(disinhibition)의 토대가 된다. 탈금제란 사이버세계에서 익명성으로 인하여 대면적 상황에서 함부로 말할 수 없는 내용을 표현하고 구속감을 적게 느끼고 보다 개방적인 태도를 가지게 되는 현상을 말하는데, 이는 두 가지 측면을 가지고 있다. 한편으로 익명성과 탈금제는 개인들이 행위의 결과에 대한 책임의식이 없이 함부로 행동하게 하는 경향을 낳는데, 이용자들이 바람직하지 못한 욕구나 감정을 추구하게 만든다. 다른 한편으로는 정체가 애매해지는 사이버세계에서는 성별, 연령, 직업과 같은 범주적 속성보다는 생각이나 아이디어가 보다 중요시된다. 이는 현실공간에서 흔히 나타나는 성별, 연령, 직업 등에 따른 고정관념의 영향이 줄어든다는 것을 의미한다. 요컨대 탈금제의 긍정적인 측면은 사람들이 자아를 탐구하고 문제해결을 시도하며 존재의 새로운 방식을 추구한다는 것이다. 반면에 부정적인 측면은 사람들이 맹목적인 카타르시스를 추구하거나 불건전하거나 병리적인 감정과 심성이 쉽게 표현될 수 있다는 것이다.

2. 개방성과 다양성의 문화

사이버세계는 개방적인 공간이다. 사이버공간상에서는 비교적 용이하게, 다양한 유형의 사람들 그리고 수많은 사람들과 의사소통할 수 있다.

인터넷 게시판이나 유즈넷에 글을 올림으로써 사람들은 매우 희귀한 관심을 가진 사람과도 연결될 수 있다.

사이버세계에서 사람들은 다양한 사회적 자원의 원천에 노출됨으로써 다양성을 증징시킬 수 있다. 사회적 단서의 상대적 결여는 자기노출의 시기와 내용에 대한 통제를 용이하게 해줌으로써 다양한 사람들과의 교제를 촉진시킬 수도 있다.

사이버세계의 개방성은 지위의 평등화를 가져왔다. 인터넷에서 대부분의 사람들은 자신의 목소리를 낼 수 있는 동일한 기회를 가진다. 사회적 지위, 재산, 성별 등에 관계없 모든 사람들은 동일한 장에서 출발한다. 현실세계의 개인의 지위가 사이버세계에서의 활동에 궁극적인 영향을 미치기는 하지만 평등화시키는 효과가 분명히 있다. 사이버세계에서 개인의 영향력은 식사소통의 기술, 인내력, 견해의 탁월성, 기술적인 지식 등에 의해 크게 좌우된다.

3. 초월성과 가상성의 문화

초월성은 현실적 제약을 뛰어넘어 새로운 세계를 가능하게 해 주는 사이버세계의 특성을 말한다. 가상성은 현실공간에서는 불가능하지만 이미지나 상상 속에서 구현되는 새로운 세계의 모습을 말한다. 초월성과 가상성을 이용하여 네티즌들은 시공간적 또는 사회적 장벽으로 인해 쉽게 시도할 수 없는 행위를 실험해볼 수 도 있고 자신만의 이상세계를 탐험해 볼 수도 있다. 다른 한편으로 초월성과 가상성은 사람들이 복잡하고 문제가 많은 현실로부터 도피하려는 경향을 강화시킬 수도 있고, 구체적인 현실공간에서 살아가고 있다는 사실을 망각해버리는 비역사적이고 비사회적인 인식으로 빠져들게 할 수도 있다.

4. 연결성과 전파성의 문화

개방적인 사이버세계에서 네티즌들은 수많은 관계를 맺어간다. 짤막한 온라인 대화로 끝나는 일시적인 것에서부터 지속적인 전자우편의 교환과 같은 장기적인 것에 이르기까지 다양한 형태의 관계가 형성되고 유지된다. 현실세계에서 사람들간의 연결은 기본적으로 지리적인 근접성에 기초하고 있지만, 사이버세계에서는 관심의 유사성에 기초하고 있다.

연결성은 사이버세계에서 네티즌들이 선입견이나 고정관념에 영향을 받지 않고 생각과 관심의 공유를 바탕으로 쉽게 관계를 하는 경향을 말한다. 이렇게 형성되는 관계도 현실세계의 관계처럼 공고하고 친밀하게 발전할 수 있다. 전파성은 사람들간의 관계를 통해 정보나 메시지가 신속하게 전달되어 나가는 사이버세계의 특성을 말한다. 사람들간의 관계의 망은 사이버세계의 다양한 매체를 통해 유지되면서 소문이 지속적으로 전파되는 고리를 형성한다. 또한 관심사나 생각이 유사한 온라인 관계는 전파과정에서 매질의 동질성을 확보해 줌으로써 정보가 신속하게 확산될 수 있게 해준다.

사이버세계는 공간적으로 떨어져 있는 사람들간의 의사소통을 용이하게 해줌으로써 이해와 관심을 공유할 수 있게 해준다. 또한 시간적인 제약을 완화시켜 줌으로써 자신이 편리한 시간에 접속하여 신속하게 정보를 교환할 수 있게 해준다. 이에 따라 정보가 방대한 지역으로 신속하게 퍼져나갈 수 있다. 반면에 이러한 시공간적 축약 및 확장과 연결성은 부정확한 정보나 유언비어가 무질서하게 퍼지게 할 수도 있고, 무분별한 집단행동을 조장할 수도 있다.

5. 선명성과 극단성의 문화

견해나 사고가 중시되는 사이버세계에서는 현실인식의 폭이 좁아지고 전형적인 인식이 증폭되는 경향이 있다. 특히 타인의 정체나 역할에 대한 인식과 기대는 이념형으로 수렴되는 경향이 있다. 사이버세계에서 사고의 범위가 확대되고 개방성도 증가되지만 개별적인 대상이나 개념에 대한 인식의 변이는 적어진다.

선명성과 극단성을 비교해 볼 때 현실세계에서는 정상적인 행위와 일탈적인 행위가 정규분포를 이루면서 발생하는 반면에 사이버세계에서는 두 가지 측면에서 다른 양상을 보여준다.

우선 선명성은 전형적인 행위에 대한 인식의 폭이 좁아지고 그에 따라 행위의 발생도 전형적인 유형을 중심으로 수렴되는 경향을 보여준다. 한편 극단성은 정상적인 행위유형으로부터 멀리 벗어나는 행위가 현실세계에서보다 더 빈번하게 발생한다는 것을 보여준다.

Ⅲ. 사이버 세계 의사소통의 특징과 상담

사이버 세계에서의 의사소통은 현실세계에서의 의사소통이나 다른 매체를 통한 의사소통에서는 찾아 볼 수 없는 독특한 특징들을 지니고 있다. 이것은 앞에서 기술한 사이버 세계의 문화적 특성과 다소 유사한 것으로 익명성, 정보의 개방성, 시·공간 초월성, 동시적-비동시적 상호작용성, 정보의 질적·양적 다양성, 자기성찰의 기회 부여 등을 들 수 있다.

1. 익명성과 상담

익명성이란 앞에서도 기술한 것과 같이 상대방의 정체가 잘 드러나지 않는 상태를 말한다. 그러나 상담은 내담자가 상담자에게 자신을 솔직하게 드러내놓고 상담자의 도움을 통하여 자신의 문제가 무엇인지 확인하고 그 문제의 해결점을 찾아나가는 과정이다. 이때 상담자도 역시 진솔하게 내담자를 대하고 관계 속에서 자신의 솔직한 모습을 보여주어야 한다. 이런 과정을 통하여 내담자는 상담자를 하나의 모델로 보면서 자신을 돌아보고 자신의 모습을 있는 그대로 볼 뿐만 아니라 발전적인 방향으로 자신을 변화시켜 나가는 것이다. 이러한 상담의 과정을 생각할 때 내담자의 익명성은 상담의 과정 자체를 부정하게 된다. 익명성에 편승하여 내담자가 자신의 말과 행위에 대한 책임성을 회피하고자 할 때 상담자와 내담자의 관계는 회복되기 어려운 지경에 이르게 된다. 상담의 목표 달성은 불가능하게 된다.

적어도 상담이 효과적으로 진행되기 위해서는 익명성에도 불구하고 내담자는 상담자에게 자신의 모습을 진솔하게 드러내 보여야 하고 자신의 실제 모습을 보고 변화시키려는 노력을 지속적으로 해야 한다. 이 과정은 내담자에게 있어서 결코 쉬운 일이 아니다. 어쩌면 수십년 지속되어온 자신의 습관을 바꿔야 하는 경우도 있다. 상담이 진행되는 과정에 어려움을 견디지 못하여 익명성에 의한 유혹을 받을 수도 있다. 결국 상담의 효과를 가져오기 위해서는 이러한 유혹을 과감히 물리치고 끝까지 자신을 드러내 보이고 바람직한 모습을 향해 노력할 때 가능한 것이다. 익명성의 상황이지만 끝까지 자신의 모습을 솔직하게 개방하고 이해하며 변화시켜 나가는 것이 무엇보다도 중요하다.

2. 정보의 개방성과 상담

사이버세계는 개방적인 공간이다. 따라서 사이버 세계에 띄워지는 정보는 연령수준이나 지위 혹은 자격에 제한 없이 모든 수신자들이 접속할 수 있다. 이러한 정보의 개방성 때문에 사이버 세계에서의 정보교환은 정보의 질적·양적인 측면에서 많은 사람들에게 유익한 의사소통의 광장을 제공해 주고, 가치로운 정보를 획득하거나 창출할 수 있는 기회와 능력을 신장시켜 준다. 한편으로는 정보의 선별능력이 없는 미성년자들이나 특정의 정보에 호기심이 많은 청소년들에게 유해한 정보, 예컨대 외설이나 음란물과 같은 정보를 확산시켜 주게 된다는 염려도 있다. 따라서 사이버 세계에서의 정보의 개방성은 사회적, 교육적인 측면에서 긍정적인 측면과 부정적인 측면을 동시에 지니고 있다고 보아야 할 것이다. 그러므로 사이버 세계에서의 정보의 활용을 원하는 청소년들에게 정보활동에 대한 건전한 가치관을 육성시켜 주는 것은 사이버 세계를 살아갈 세대들에게는 필수적인 교육적 과업인 것이다.

사이버세계에서의 정보의 개방성은 게시판상담과 데이터베이스를 활용한 상담을 가능하게 해준다. 게시판상담은 내담자가 상담하고자 하는 내용을 게시판에 올려놓고 그것에 대하여 상담자가 답변을 하기도 하고 다른 방문자들이 의견을 주기도 하는 방식으로 상담이 이루어진다. 게시판에 올려진 내용은 전적으로 개방적이어서 그 사이트에 들어오는 모든 사람들에게 공개되고 따라서 누구도 그 내용에 대하여 반응할 수 있게 된다. 게시판상담에서는 상담 내용이 공개되기 때문에 상담자 이외에도 다양한 경험과 배경을 가진 사람들이 같이 참여하여 서로의 문제에 대하여 토론함으로써 풍부한 정보교환이 이루어질 수 있다. 특히 게시판상담의 개방적 성격 때문에 내담자는 많은 사람들로부터 도움을 받을 수 있을 뿐만 아니라 스스로 상담자가 되어볼 수도 있다.

데이터베이스를 활용한 상담은 수많은 상담사례를 문제유형별로 데이터베이스를 구축하여 그 안에서 내담자가 원하는 내용을 유형별로 상담하는 것이다. 이 상담은 내담자 스스로 컴퓨터에 접속하여 모니터에 나타나는 안내 문구를 따라서 자신이 필요로 하는 내용에까지 다다르는 방식으로 진행하든지 아니면 인터넷 상담자인 컴슬러의 도움을 받아 자신의 문제해결에 이르기까지 따라가는 방식으로 진행한다. 위의 둘 중 어떤 방식이든지 기존에 구축된 데이터베이스 내의 문제유형 및 응답 풀에 있는 해결방식을 큰 범주로부터 세부적인 내용으로 찾아들어가는 방식이다. 이러한 상담은 개방된 정보인 문제해결 은행에 있는 수많은 자료 중에서 내담자 자신에게 도움이 되는 것을 찾아 활용하는 방식이다. 상담자 측에서는 가능한 한 많은 정보를 올려놓는 것이 필요하다. 내담자 측에서는 언제라도 필요한 경우 다시금 컴슬러를 따라가면서 자기에게 필요한 정보들을 얻고 도움을 받으면 된다. 이러한 방식은 상호적인 의사소통이 불가능하기 때문에 대개의 경우 내담자에게 정보를 제공해주는 수준에서 진행된다.

3. 시 · 공간의 초월성과 상담

사이버세계는 시 · 공간을 초월해서 의사소통이나 정보교환이 가능하다. 일단 사이버 세계에 띄워진 정보는 항상 컴퓨터 망에 저장되어 있으므로 언제라도 원하는 시간에 필요한 정보를 인출하거나 접속할 수 있다. 뿐만 아니라 사이버세계는 가상공간이므로 인터넷을 통하여 세계의 어느 곳에 있는 스테이션이든지 간에 접속이 가능하다. 즉 사이버 세계는 특정의 시점에서 정보를 띄워 놓으면, 그 이후부터는 항상 사이버 세계에 살아 있는 정보로 존재하면서 원하는 사람들은 언제든지 접속이 가능하다.

면대면 상담에서 이루어지는 의사소통이나 정보교환은 한정된 사람들과 한정된 시간에, 그리고 한정된 장소에서만 이루어진다. 그러나 이와는 대조적으로 사이버 세계에서의 의사소통은 물리적인 공간을 필요로 하지 않고 내담자나 상담자간에 가상공간으로 정보를 송수신하게 되므로 상담자와 내담자는 그들이 원하는 시간과 장소에서 정보를 언제든지 받아 볼 수 있다. 따라서 사이버 세계에서는 일정한 물리적 공간을 점유하고 있지 않아도 상담을 위한 정보교환이 가능하다.

전통적인 상담의 형식에서는 장소와 시간이라는 물리적 공간의 제약을 받기 때문에, 항상 일정한 시간과 장소에서만 상담이 이루어지게 된다. 그러므로 내담자는 상담을 받을 수 있는 장소와 시간에 찾아가지 않으면 상담을 받을 수 없었다. 사이버 세계에서의 상담은 시간과 공간의 제약을 벗어나서 상호작용이 가능하기 때문에 새로운 형태의 상담기법을 도입할 수 있다. 일명 '원격상담'의 장을 열어주게 된다. 오늘날 컴퓨터와 통신망을 통하여 의사들이 원격진료를 하고 처방을 하는 것과 유사한 접근이라고 볼 수 있다.

4. 동시적-비동시적 상호작용 가능성과 상담

사이버 세계에서의 의사소통이나 정보교환의 특징 중의 하나는 동시적 또는 비동시적 상호작용이 가능하다는 점이다. 상담자와 내담자간에 이루어지는 면대면 상담에서는 항상 제한된 시간에만 이루어지는 동시적 상담의 형식을 취하지만, 사이버 세계에서는 동시적 상담도 가능할 뿐만 아니라 상담자나 내담자가 상담의 문제를 좀 더 숙고해가면서 서로 의사소통을 할 수 있는 비동시적 상담의 기회도 부여해 준다. 이런 점에서는 상담자와 내담자간에 이루어지는 면대면의 상담에서 찾아 볼 수 없는 이점이 있다. 경우에 따라서는 내담자가 상담을 절실히 필요로 하는 시점이나 경우가 생기게 되는데, 내담자에게 이러한 상담의 기회를 제공한다는 것은 상담의 효과성이나 효율성 면에서도 매우 중요하다. 그러나 면대면의 상담에서는 이러한 상담의 요구를 해결하는 데는 한계가 있으며, 사이버 세계에서는 어느 정도 그러한 요구를 충족시켜 줄 수 있다는 장점이 있다. 뿐만 아니라, 내담자는 자신이 원하는 시간에 상담내용의 정보를 보낼 수 있으므로 내담자가 상담문제의 내용을 가장 정확하게 정리하였을 때 적시에 정보를 보낼 수 있고 상담자 앞에서 시간에 쫓겨가면서 내담자의 의견을 밝혀야 된다는 제약을 벗어날 수 있다는 장점이 있다. 이러한 상담의 과정은 상담자-내담자간의 역동적 상호작용성과 상담과정에서 면대면 상담에서 찾아 볼 수 없는 이점을 제공한다. 즉 24시간 열려 있는 '열린 상담'을 전개할 수 있다. 내담자는 자신의 문제를 숙고하여 정리하는 데 필요한 시간을 충분히 가질 수 있으며, 또한 자신이 원하는 시간대에 시간적인 제약을 받지 않고 원하는 시간만큼 컴퓨터를 이용하면서 상담문제를 개진할 수 있고, 아울러 상담의 횟수에도 제약을 받지 않게 된다. 물론 앞에서 언급한 시간과 공간의 초월성에서와 같이 상담자와 내담자간의 상호작용은 시간과 공간의 제약을 받지 않고도 이루어질 수 있다.

5. 문자에 의한 상호작용과 상담

최근에 IT기술의 발달로 인하여 화상을 통한 쌍방간 의사소통까지도 가능하게 되었지만 그동안 사이버세계에서는 주로 문자에 의해 의사소통을 했다. 여기에 시·공간을 초월하는 특성이 더하여져서 문자에 의한 의사소통이 제한된 시간을 넘어서 충분히 생각한 후 일관성을 가지고 반응할 수 있도록 해주었다.

전통적인 상담은 주로 언어에 의한 상호작용으로 이루어진다. 언어적인 상호작용에서는 사고의 일관성을 유지하기가 어려운 경우도 간혹 있다. 특히 내담자의 성격이나 내담자가 안고 있는 문제의 독특성에 따라 이러한 현상은 더욱 극심하게 나타난다. 그러나 사이버 세계에서 이루어지는 문자에 의한 상담의 과정에서는 즉시적인 언어적 상호작용보다도 사려깊은 생각을 하게 되며, 특히 시간적인 여유를 가지고 생각을 정리한 뒤 반응을 하게 되므로 자신의 문제에 대한 깊이 있는 자기성찰의 기회를 가지게 된다.(Kiesler et al., 1984) 이러한 자기성찰이 기회는 자신의 상담문제에 관하여 보다 다각적이고 종합적이고 비판적인 사고를 거치게 됨으로써 자신의 문제를 보다 정확하게 파악하게 되고 때로는 그 해결방안도 스스로 탐색해 낼 수 있게 된다.

Ⅳ. 사이버상담

1. 사이버상담의 정의

사이버상담은 사이버 (cyber)와 상담의 합성어로서 사이버공간에서 이루어지는 상담을 말한다.(임은미, 1998) 사이버는 '가상의'라는 뜻을 가진 말이다. 실제로 세상에 존재하는 것이 아니라, 인간이 상상 속에서 가짜로 만들었다는 내용을 함축하고 있는 용어이다. 사이버 공간이란 컴퓨터와 통신기술이 결합되어 의사소통과 정보교환의 새로운 공간을 형성하게 된 것으로서, 컴퓨터를 매개로 한 통신이 이루어지는 가상의 공간을 말한다. 컴퓨터 공학이 발전한 결과 사이버세계가 형성되면서 상담이 컴퓨터를 통해 이루어지는 새로운 분야인 PC통신 상담 또는 사이버상담이 가능해졌다.

상담이란 도움이 필요한 사람이 전문적인 훈련을 받은 사람과의 관계 속에서 자신의 생활과정상의 문제를 해결하고 생각, 감정, 행동 측면의 '인간적 성장'을 위해 노력하는 학습과정이다. 이런 맥락에서 생각할 때, 결국 사이버 상담도 도움이 필요한 사람이 생활과정상에서 겪는 문제를 해결하고 자신의 생각, 감정, 행동 측면의 인간적 성장을 위해 노력하는 학습과정이지만 관계를 맺는 방식이 전통적 상담의 개념과는 달리 사이버 공간에서 컴퓨터를 매개로 해서 이루어진다는 점에서 차이가 있다. 전통적인 상담에서는 도움이 필요한 사람과 전문적인 훈련을 받은 사람의 관계가 물리적으로 실재하는 현실 공간에서의 실제적 만남을 통해 형성되었다. 그러나 사이버 상담은 실제 공간이 아닌 인간이 가상으로 만들어낸 공간에서 이루어지며, 상담자와 내담자는 서로 얼굴을 볼 수 없든지 아니면 모니터를 통해 보든지, 특히 문자채팅을 사용할 경우에는 목소리도 들을 수 없는 가상의 만남을 통해 관계를 맺는다.

사이버 상담은 이와 같이 도움을 필요로 하는 사람, 즉 내담자의 문제를 해결하고 생각, 감정 , 행동 측면의 인간적 성장을 위해 사이버 공간에서 수행되는 만남을 의미한다. 그러므로 전통적 상담과 그 목적에 있어서는 동일하되 그 목적을 이루기 위해 사용하는 매체의 차이로 인해 여타 대면 상담이나 전화상담과는 방법상의 차이가 있다. 사이버상담은 컴퓨터통신이 단순한 정보교환이나 의사소통의 수준을 넘어서서 인간의 내면세계까지 다루게 되어, 내담자의 문제를 해결하고 성장 촉진을 돕는 과정까지 담당할 수 있게 되었다.

2. 사이버상담의 특징

사이버상담에서는 상대방의 얼굴을 보거나 목소리를 들을 수 없고 단지 문자만으로 상호작용을 해나가야 한다. 물론 빠르게 진행되는 기술적인 진보에 힘입어 최근에는 극히 일부에서 화상으로도 상담이 가능하지만 여전히 대부분의 경우 문자로만 의사소통을 하는 것이 일반적이다. 따라서 여기서 말하는 사이버상담은 문자로만 상호작용하는 것에 한정해서 논하기로 한다. 임은미 외(1998)는 청소년상담원에서 사이버상담을 실제로 운영하면서 경험한 사이버상담의 특징들을 다음과 같이 정리하고 있다.

1) 상담관계 형성

사이버상담에서는 내담자로부터 전달되는 문자를 통해 그에 대한 정보를 얻고 이해하게 된다. 또한 내담자는 상담자가 어떤 사람인가에 초점을 두는 것이 아니라 자신이 갖고 있는 상담자에 대한 이미지와 상담자와의 상호작용에서 추측한 이미지를 조합하여 가상의 상담자 이미지와 관계를 맺고 자신의 문제해결에 더 초점을 두고 있는 것 같다. 그래서 사이버상담에서는 대면상담에서보다 관계형성에 시간과 노력을 덜 기울이고도 기본적인 상담관계가 쉽게 맺어질 수 있으며, 상대방의 표정이나 모습과 같은 정보가 주어지지 않으므로 문자로 표현된 내용에 더 초점을 맞추고 상담을 하게 된다.

한편 사이버공간을 통해서 만나는 사람에 대해서는 문자를 통한 부분적인 정보만을 가지고 상대방이 어떤 사람인지를 추측할 수밖에 없다. 그리고 그 추측이 정확하다고 확신하기도 어렵다. 이러한 특성 때문에 사이버공간에서 만나는 사람에 대해서 완전히 신뢰하기 어려운 점이 있다. 결국 사이버상담에서는 상담자와 내담자의 관계가 일시적이고 표면적인 단계에서 그치게 될 가능성이 많다.

2) 단회적 경향성

사이버상담은 대부분 단회로 끝나는 경우가 많다. 상담자는 짧은 시간 안에 내담자의 문제가 무엇인지 파악하고 그 문제가 이 시간 안에 다룰 수 있는 것인지 아닌지를 판단해야 한다. 목표설정에 있어서 적절한 한계를 정하고 그 시간동안 다룰 수 있도록 문제를 구체화시켜서 초점을 맞추지 않으면 내담자가 나열하는 문제들만 듣다가 끝나버릴 수도 있다. 따라서 사이버상담자는 한정된 시간 안에 효과적인 상담이 되기 위한 상담과정과 기법들을 모색해야 한다.

3) 익명성

사이버상담에서는 자신에 대한 정보를 선택적으로 공개할 수 있다. 이러한 특성 때문에 사이버상담에서는 대면상담에서보다 훨씬 더 개방적이고 솔직해질 수 있다. 내담자는 얼굴을 맞대고는 공개하기 어려운 성적인 문제, 부도덕한 면까지도 부담없이 얘기하고 해결책을 찾아 볼 수 있게 된다. 특히 상담실을 찾는다든가 상담자와 직접 대면하기를 꺼리는 소극적이고 예민한 내담자의 경우, 보다 편안하게 이용할 수 있는 상담방법이다. 상담자 편에서도 내담자를 대하는 것이 편안하게 느껴질 수 있을 것이다. 내담자에게 자신이 어떻게 보여질까 하는 것에 덜 신경쓰면서 상담내용에만 집중하여 상담을 진행할 수 있다. 그러나 익명성 때문에 무책임하게 행동하거나 장난으로 상담을 받으려고 하는 일도 종종 발생하게 된다. 그리고 사이버상담의 경우 대면상담에서보다 약속된 상담시간을 무단으로 어기거나 중도탈락하는 경우가 더 많다.

4) 문자를 통한 상호작용

사이버상담은 대부분 문자를 통해서만 의사소통을 해야 하기 때문에 대면상담에서처럼 많은 내용을 자유롭게 주고받기는 어렵다. 그래서 일상적인 언어 표현과 다른 「통신언어」가 발달하고 있다.

문자로 상호작용할 때는 아무래도 말로 표현할 때보다 같은 내용을 주고받는 데 시간이 더 많이 걸리고 표현할 수 있는 것이 제한적이 되기 쉽다. 그래서 상담자는 순간순간 떠오르는 여러 가지 반응들 중에서 시급하고 중요한 것을 골라서 하게 되고 내담자를 탐색하는 데 있어서 세세한 정보를 충분히 구할 수 없는 한계가 있으므로 대면상담에서보다 더 많은 판단력과 임기응변이 필요하다.

5) 상담의 용이성

사이버세계는 시·공간을 초월하는 특성이 있기 때문에 내담자 입장에서 볼 때 사이버상담은 시·공간적인 제약을 극복하여 상담을 보다 용이하게 받을 수 있게 해준다. 늦은 저녁시간까지 상담자와 채팅을 통해서 직접 고민을 얘기할 수 있고 전자우편을 이용하며 고민하는 문제에 대해서 전문 상담자의 답장을 즉시 받을 수도 있다.

상담자 입장에서 볼 때 사이버상담은 대면상담과 병행하여 활용할 수도 있다. 정기적으로 대면상담을 하고 있다 하더라도 필요하면 전자우편을 주고 받으며 상담을 계속 진행해 나갈 수 있다. 그리고 사이버상담을 진행하는 데 있어서도 co-work을 하거나 수퍼비젼을 바로 받으면서 상담할 수 있다. 2명 이상의 상담자가 함께 모니터를 보면서 1명의 내담자와 상담을 하는 것이 가능하다. 특히 초보 상담자의 경우 경험있는 상담자와 함께 앉아서 내담자의 문제에 대한 이해를 서로 나누고 어떤 반응을 하는 것이 더 적절할 지 상의해서 하는 것이 가능하다. 또한 사이버공간에서는 수퍼비젼을 받는 것이 훨씬 용이해진다.

6) 주도성

사이버상담에서는 내담자가 익명으로, 그리고 문자를 통해서 상담에 응하기 때문에 대면상담에서 만나는 내담자보다 상담에 대하여 더 많은 통제력과 주도성을 갖게 된다. 자신에 관한 정보를 선택적으로 공개할 수도 있고, 언제든지 상담을 중단해 버릴 수도 있다. 그리고 어떤 상담자냐 하는 면보다는 상담자가 제공하는 정보나 해결책에 더 관심을 갖기 때문에 특정 상담자에게 덜 의존적이다. 내담자와의 관계형성 역시 이러한 정보의 적합성에 의해 이루어진다. 따라서 상담자는 대면상담에서보다 더욱 내담자의 필요성과 문제해결에 관심을 가지고 접근해야 할 필요가 있다.

7) 자발성

사이버상담의 내담자들은 대부분 자발적으로 상담에 참여하게 된다. 특히 청소년의 경우 대면상담에서는 부모나 선생님의 권유로 억지로 상담실에 오게 되는 경우가 있지만 사이버상담에서는 내담자 본인이 문제의식을 가지고 해결하기 위해서 찾게 된다. 이런 점에서 사이버상담에서의 내담자들은 문제해결에 대한 동기가 더 높다고 볼 수 있다.

3. 사이버상담의 실제

사이버상담의 실제 운영은 상담기관의 성격이나 운영목적 및 방침에 따라 달라질 수 있다. 현재 한국청소년상담원을 비롯한 상담관련 기관은 거의 모든 기관이 사이버상담을 실시하고 있다. 그리고 상담관련 인터넷 포탈사이트로서 (주)카운피아는 사이버상담에 있어서 타의 추종을 불허한다. 사이버상담은 앞에서 제시한 바와 같이 기존의 전통적인 상담과는 다른 특징들을 갖고 있다. 여기에서는 임은미 외(1998)가 기술하고 있는 한국청소년상담원의 사이버청소년상담센터를 중심으로 하고 (주)카운피아 사이버상담실의 경우를 추가하여 사이버상담의 실제를 살펴보기로 한다.

한국청소년상담원은 1998년 5월 28일 인터넷 홈페이지를 개설하여 상담서비스를 시작하였다. 국내 상담관련 기관들과 사이버상담 네트워크를 구축하여 상담정보를 공유하고 상호간의 긴밀한 협조체제를 유지하고 있다. 청소년상담원의 홈페이지 메뉴는 크게 9개 영역, 즉 청소년상담원 안내, 부모교육, 또래상담, 품성개발, 전문직 자원봉사체제, 상담, 전자도서관, 연구, 대외협력으로 구성되어 있다. 상담영역에는 시범상담, 사이버상담센터, 상담자료실 등이 있다.

(주)카운피아는 2000년 12월 20일 설립되어 전문적인 상담 온라인서비스

운영과 오프라인 상담을 통해 축적된 우수한 능력과 노하우를 가지고 사이버상담과 상담교육 및 기업상담 컨설팅을 수행하고 있다. 특히 원활한 상담서비스 제공을 위하여, 90여명의 상담전문가 위원들을 연결하고 전국 400여개의 상담기관과 네트워크를 형성하여 빠른 상담소식과 고품격 상담서비스를 제공하고 있다. (주)카운피아의 홈페이지는 상담, 교육, 원격연수원, 카페, 웹진, 홍보 등 7개 영역으로 구성되어 있다. 상담영역에는 어린이 공개상담, 청소년 공개상담, 청년 공개상담, 아줌마/아저씨 공개상담, 나만의 상담신청, 직접상담 신청, 상담자/기관 검색, 내 상담자 목록, 상담 도움말 등이 있다. (주)카운피아를 통하여 사이버 공개상담이나 비밀상담 뿐만 아니라 대면상담 등 다양한 방식의 상담을 받을 수 있다.

여기에서는 상담서비스와 직접 관련된 한국청소년상담원의 '사이버상담센터', '상담자료실'과 (주)카운피아의 '어린이 공개상담', '청소년 공개상담', '청년 공개상담', '아줌마/아저씨 공개상담', '나만의 상담신청'을 중심으로 그 내용을 소개하고자 한다. 한국청소년상담원과 (주)카운피아의 사이버상담은 전자우편상담, 대화방을 이용한 온라인상담, 데이터베이스를 활용한 상담, 그리고 온라인을 통하여 상담자를 찾고 결과적으로 대면상담을 하는 방식의 네 영역으로 구성되어 있다.

1) 전자우편상담

전자우편상담은 통신으로 편지를 주고받으며 진행되는 상담이다. 한국청소년상담원 홈페이지의 경우, 공개상담인 「공개상담실」과 비공개상담인 「비밀상담실」이라는 명칭으로 운영되고 있다. 공개상담실은 청소년들이 고민을 게시판에 올려놓으면 상담자들이 응답을 주기도 하고, 때로는 다른 청소년들도 답해줄 수 있는 열린방으로 꾸며져 있다. 공개상담실에서는 청소년들이 친구들의 고민을 함께 하고 나름대로의 도움방안을 생각하여 글을 올릴 수 있으므로 상담을 통해 도움을 받을 뿐 아니라 내담자 스스로 상담자가 되어볼 수도 있다.

비밀상담실은 내담자가 사이버상담자에게 자신의 고민사항을 적어서 편지로 보내면, 상담자가 내담자에게 답장을 보내는 방식으로 이루어진다. 이메일 방식으로 운영되는 비밀상담실은 다른 사람에게 공개되지 않으므로 남들에게 쉽게 드러낼 수 없는 문제를 상담 받을 수 있다. (주)카운피아 홈페이지의 경우 '어린이 공개상담', '청소년 공개상담', '청년 공개상담', '아줌마/아저씨 공개상담'이 공개상담실에 해당하고, '나만의 상담신청'은 비밀상담실에 해당한다.

전자우편상담은 상담자와 내담자가 신중하게 생각한 내용을 글로 정선하여 주고받으므로 내담자가 스스로 자신의 심정을 먼저 정리해 볼 수 있는 기회를 갖게 해준다. 상담자도 이러한 내담자의 생각을 여러 차례 읽어보면서 다양한 답변을 제공할 수 있다. 내담자는 하루 24시간 중 자신에게 가장 필요한 순간에 편지를 작성함으로써 스스로의 감정과 생각을 정리할 기회를 가지게 되며, 상담자의 답장을 받고나서 자신의 감정과 생각 그리고 행동을 재점검할 기회를 갖게 된다. 또한 전송하는데 드는 시간이 1분 이내이므로 기존의 서신상담보다 훨씬 신속하고 편리하게 상담서비스가 이루어질 수 있다. 전자우편상담은 대체로 단회로 이루어지지만 내담자의 필요에 따라서 상담자와 내담자가 편지를 주고받으면서 정기적 형태에 준하는 상담으로 이어질 수도 있다.

그러나 전자우편상담이 갖는 한계점도 있다. 상담시 익명성이 보장되므로 상대방의 인적사항을 정확하게 파악하기 어렵거나 왜곡된 정보를 받을 가능성이 있다. 더욱이 전자우편상담은 내담자가 보내온 편지의 내용에만 의존하여 진행되기 때문에 내담자의 상태를 충분히 파악하기 어렵고, 상담자와 내담자가 서로 편지내용에 대한 해석을 다르게 할 우려도 있다.

2) 대화방을 이용한 온라인상담

한국청소년상담원의 '채팅상담실'은 사이버상담의 대표적인 한 유형으로, 상담자와 내담자가 대화방이라는 가상의 상담실에서 만나 대화를 주고받는(PC통신 용어로는 채팅이라는 말로 통용됨) 형태의 상담이 진행된다. 대화방을 이용한 온라인 상담은 사이버공간에서 진행된다는 점을 제외하고는 기존의 대면상담과 거의 동일하게 이루어지는데, 상담시간별로는 예약상담과 응급상담으로 구성되어 있으며, 상담대상별로는 개인 및 집단상담으로 구성되어 있다.

예약상담은 상담자가 미리 가능한 상담 시간을 정해놓고, 그 시간에 상담을 신청하는 내담자와 채팅으로 상담하는 것을 말한다. 개인상담 외에 집단상담도 예약상담으로 운영될 수 있다. 집단상담의 경우, 정해진 시간에 열려진 대화방에 여러 명의 내담자가 들어와서 상담을 하게 된다. 교육적 성격을 띤 집단 프로그램 또는 워샵을 운영할 경우에는 다양한 자료나 연습교재를 제공하는 것이 필요한데, 현재 채팅을 하면서 음성이나 영상, 그리고 문서 등을 함께 제공할 수 있는 프로그램이 개발되어 사이버집단상담은 화면상에서 문자로만 이루어지는 것이 아니라 훨씬 다양한 자료를 음성과 화상으로 제공하면서 상담이 진행된다.

대화방을 이용한 상담은 의사소통의 통로가 문자로 제한되어 있어서 상담자와 내담자간에 라포를 형성하는 데 어려움이 있을 수 있다. 즉 내담자와 상담자가 직접 만나서 언어 및 비언어적 의사소통을 통해 인간적인 관계를 맺는 것이 사이버상담에서는 어려울 수 있다. 집단상담의 경우 상담자를 제외하고 집단원들 중 일부가 자기들끼리 잠시 상담장면을 빠져나가 귓속말로 대화를 하는 경우가 발생하기도 한다. 이를 미연에 방지하기 위해 기존의 대면 집단상담보다 더 자세하고 강력하게 구조화를 시킬 필요가 있다. 하나의 예로서 본원에서 실시한 청소년대상 집단 프로그램의 경우, 참가자 중 남녀학생 두 명이 집단이 끝난 이후에도 상담방을 나가지 않고 채팅을 1시간 이상 하는 것이 관찰되었다. 상담 이후에 내다자들끼리 개인적인 관심이나 기타의 목적으로 채팅을 계속하는 것은 굳이 금지시킬 이유가 없으나, 이것이 집단에 참여하여 상담을 받는다는 본연의 목적에서 벗어나 개인적인 만남의 목적으로 변질될 가능성이 있음을 주지할 필요가 있다. 또 통신에 지나치게 몰입되어 있는 청소년내담자의 경우에는 집단상 담에 참여하는 것이 계기가 되어 개인적인 채팅시간을 더 늘리게 됨으로써 자칫 부모와의 갈등으로 이어질 소지 또한 있다. 따라서 상담자는 개인상 담이나 집단상담을 진행하기 전에 초기상담에서 내담자의 통신사용 시간 과 내담자가 PC통신을 하는 것에 대해 부모님이 어떻게 지각하고 있는지 를 미리 알아보는 것이 필요할 것이다.

응급상담은 예약하는 절차를 거치지 않고 필요할 때 상담방에 즉시 들어 와서 하는 상담이다. 이는 현재 주로 전화상담을 통해 이루어지는 응급상 담의 개념을 사이버공간으로 옮긴 것이다. 한국청소년상담원의 사이버청 소년상담센터의 경우 응급상담을 위해서 상담자가 오전 9시부터 오후 9시 (토요일은 오후 5시)까지 항시 대기하고 있어 순간순간 요청되는 상담에 신속하게 대응하도록 하고 있다.

3) 데이터베이스를 활용한 상담

기존의 상담과 달리 사이버상담이 가질 수 있는 독특한 프로그램으로 데이터베이스를 활용한 상담 프로그램이 있다. 이는 하드웨어 및 멀티미디 어 시스템의 발전에 힘입어 구현된 새로운 상담 프로그램 이라고 할 수 있는데, 청소년들의 문제해결뿐 아니라 문제의 예방, 그리고 성장과 발달 에 도움이 되는 다양한 정보와 시청각 자료들을 집적한 프로그램을 사이버 환경에 구현시킨 것이다. 이 상담 프로그램의 최대의 장점은 청소년들이 필요할 때 언제든지 이들 자료를 조회하여 상담적인 도움을 받고, 사이버 공간에서 상담자와 직접 만나지 않아도 간접적인 상담의 효과를 얻을 수 있다는 데 있다. 한국청소년상담원 사이버상담실의 경우, 컴슬러 따라가기, 고민해결백과, 상담만화방, 감정의 사이버마당이라는 이름으로 데이터베이스를 활용한 상담 프로그램이 마련되어 있다.

(1) 컴슬러 따라가기

컴슬러 따라가기는 해결하기 어려운 문제상황에 대하여 여러가지 답변 가능성들을 예시하여 청소년들이 단계별로 선택을 해나감으로써 자신의 독특한 문제에 대한 해결책을 찾도록 도와주는 게임식 프로그램이다. 한국청소년상담원 홈페이지에는 현재 대인관계, 학업, 성격 및정서, 가정문제, 비행, 진로, 성 등 7개의 주제가 개설되어 있다. 통신사에서는 아직 흐름도 형식의 정보제공 프로그램을 제작할 수가 없기 때문에 현재 컴슬러 따라가기는 인터넷 홈페이지에서만 운영되고 있다.

(2) 고민해결백과

고민해결백과는 청소년의 주요문제에 따라 상담내용을 데이터베이스화하여 제공하는 상담 프로그램으로, 청소년들이 부딪히게 되는 여러 가지 고민들에 대한 문제상황을 설정하고 각 문제상황에 대한 상담자들의 응답을 저장하여 제시하고 있다. 고민해결백과에서 청소년들은 자신의 고민과 유사한 문제목록들에 click해서 들어가기만 하면 언제든지 간접적으로 상담적인 도움을 받을 수 있다.

현재 고민해결백과를 구성하고 있는 주요 문제영역은 대인관계, 학업, 성격 및 정서, 가정문제, 비행, 진로, 성, 법률상식 등 8개 주제가 개설되어 있다.

(3) 감정의 사이버마당

감정의 사이버마당은 Izard(1977)와 Lazarus(1991)가 제시한 인간의 기본정
서인 기쁨, 슬픔, 감사, 공포, 불안, 욕심, 고독, 분노, 우울을 소재로 하여
제작되었다. 감정의 사이버마당에서는 내담자들이 각 감정의 상태에서
적절한 대응을 하고, 마음의 안정과 힘을 얻을 수 있도록 다양한 장르의
음악, 시, 영상, 칼럼, 낙서장 등을 제공하고 있다. 이는 특히 시청각 매체를
선호하는 청소년들의 기호를 반영하여, 지루하지 않고 편안하며 재미있게
즐기면서 동시에 상담적인 도움을 받을 수 있도록 구성하였다.

(4) 상담만화방

상담만화방에서는 생활 속에서 겪을 수 있는 고민들을 풀어나가는 방법
을 재미있게 만화로 엮어 보여주고 있다.

4) 면대면의 '원격 화상상담'

원격 화상상담(distance conferencing counseling)의 형식을 생각해 볼 수 있
다. 아직까지는 극히 일부에서만 활용되고 있지만 이것은 원거리에 있는
상담자와 내담자가 일대일 또는 집단과 집단이 화상을 통하여 상호작용하
면서 공통의 상담문제를 토론, 강의, 포럼 형식으로 풀어가는 방법으로써,
원격지의 전문가들과 면대면 상담이 가능하다는 장점이 있다. 그 동안에는
아이디어만 있었고 기술적으로는 지원이 어려웠었던 것이 최근 몇 년 동안
IT기술의 발달로 인하여 고성능 칩이 개발되고 화상상담을 위한 소프트웨
어의 개발되면서 비로소 가능하게 되었다.

V. 사이버 세계를 대비한 상담발전의 과제

사이버 세계에서의 상담은 기존의 상담과 비교할 때 여러 가지 면에서 다르다. 따라서 사이버상담은 지금까지 상담분야에서 연구·개발해 온 이론과 실제를 그대로 적용하기에는 무리가 있다. 사이버 세계에서의 상담은 기존의 면대면 상담형식보다 문자정보와 영상정보를 통하여 상호작용을 하면서 상담의 과정이 이루어진다. 또한 상담자와 내담자가 동시에 상담에 필요한 다양한 정보에 접하면서 상담의 과정이 진행된다. 사이버세계에서의 상담은 원격상담, 공개상담, 데이터베이스 상담 등을 실시하게 되므로, 상담에 있어서 새로운 장을 열어 줌과 동시에 새로운 과제를 우리에게 안겨준다. 임은미 외(1998)가 제시한 과제를 포함하여 사이버 세계를 대비한 상담발전의 과제를 제시한다.

첫째, 면대면 상담에서는 언어적 표현, 감정표현, 동작표현 등을 동시에 읽어 가면서 내담자의 문제를 파악할 수 있으나, 사이버 세계에서의 상담은 단지 문자중심의 의사소통이므로 내담자의 심리를 정확하게 파악하기가 어렵다는 약점이 있다. 그러나 사이버 세계에서의 상담은 내담자들에게 상담을 받는다는 심리적 부담을 주지 않는다는 장점도 있어서 내담자들이 쉽사리 상담의 장면에 뛰어 들기도 하고 자발적 래포의 형성도 용이하다는 장점이 있다. 그러므로 현재까지 밝혀진 면대면 상담의 이론과 원리가 그대로 적용될 수 없고, 사이버 세계의 의사소통 특징을 고려하여 상담의 새로운 원리와 기법이 탐구되어야 할 것이다.

둘째, 사이버 세계에서는 상담사례와 관련된 많은 정보를 저장하여 내담자에게 활용하도록 할 수 있다. 이러한 자료들은 상담이 진행되는 동안 내담자에게 매우 중요한 정보로 활용될 수 있다. 자신과 유사한 어려움을 다른 사람들은 어떻게 극복했는지 알아보는 것만으로도 많은 도움이 될 수 있다. 따라서 상담사례에 대한 데이터 베이스를 구축하기 위한 정보의 축적과 체계적 관리방안을 연구할 필요가 있다. 뿐만 아니라 구축된 데이터 베이스를 내담자가 효율적으로 활용할 수 있는 방안도 동시에 연구해야 할 것이다.

셋째, 사이버 세계에서 이루어지는 상담은 상호작용의 방식이 달라지므로, 즉 일대일 상호작용 방식으로부터 다수대 다수의 상호작용도 가능하므로, 이러한 다양한 상호작용의 방식을 효과적으로 활용 할 수 있는 독특한 방법이나 전략들을 탐색해 내야 할 것이다.

넷째, 사이버 상담은 앞으로 상당한 정도로 확산될 것으로 예상된다.(Rust, 1995) 즉 사이버 상담의 특성면에서 볼 때, 사이버 내담자(cyber client)의 수가 급증할 것으로 예상된다. 그러므로 사이버 세계에서 이루어지게 되는 상담의 독특성을 전문적으로 이해하고 전문적 기능을 수행할 수 있는 사이버 상담전문가(cyber counselor)의 양성 또한 시급히 요청되는 일이며, 사이버 상담전문가 양성 프로그램도 개발하여야 할 것이다. 특히 사이버 상담전문가에게는 사이버 세계라는 독특한 환경에서 내담자와의 능률적으로 지속적으로 대화할 수 있는 기능을 필수적으로 갖추어야 할 요건이다. 문자나 혹은 앞으로 실용화될 화상을 이용하는 상담은 익명성이 보장되어 내담자가 보다 자유롭게 자신을 표현할 수 있다는 장점은 있지만 감정의 포착, 공유 그리고 문제의 파악과 개입에 있어서 제한성을 갖는다. 또한 신세대 청소년의 문화가 제한 없이 표현되는 상황에서 얼굴을 보지 않고 그들을 파악하고 보조를 맞춘다는 것은 충분히 훈련되지 않은 상담자로서는 극복하기 어려운 과제이다.

다섯째, 면대면 상담의 환경과는 다른 사이버 상담에서 상담자와 내담자 간에 수용, 신뢰감, 공감적 이해를 어떻게 하면 효과적으로 형성 할 수 있는지에 대하여 탐구하여야 할 것이다. 왜냐하면 면대면의 상담에서도 신뢰관계를 구축하는 일이 그리 쉽지 않기 때문에 사이버상담처럼 문자만을 통한 상담의 과정에서 내담자와 신뢰를 구축하는 일이 결코 용이하지 않을 것이기 때문이다.

여섯째, 사이버상담실에서 활용될 수 있는 풍부하고 만족스러운 상담프로그램이 개발되어야 할 것이다. 현재에도 학습이나 진로 혹은 심리적 문제에 대한 여러 가지 정보가 제공되고 있다. 그러나 그 내용이 더 전문적이고 적절해야 하며 또한 풍부해야 한다. 사이버 상담은 면대면 상담보다 제한적인 만남 속에서 이루어지기 때문에 피상적인 상담이 될 가능성이 높다. 따라서 풍부한 정보를 제공하고 잘 짜여진 프로그램에 따라 진행되는 상담이 보다 효과적일 수 있다.

일곱째, 사이버 상담이 활성화되기 위해서는 상담자 자신들이 사이버 세계에서 활발한 활동을 함으로써 대중들에게 여러 가지 수준의 상담 활동 내용들이 노출될 필요가 있다. 따라서 학술논문 초록이나 학술대회, 상담 서비스 혹은 학회 활동 등이 사이버 세계에서 대중들에게 알려질 필요가 있다. 또한 상담학자들이 서로의 공동연구나 컨퍼런스 등을 사이버 세계에서 실시함으로써 사이버 세계가 상담 학문 발전에 중요한 매개가 되도록 해야 할 것이다. 이렇게 함으로써 대중들이 사이버세계에서 상담 실제 혹은 상담학을 접하게 되고 나아가 보다 편하게 상담에 임할 수 있게 될 것이다.

참고문헌

권성호 외 3인, 컴퓨터 매개통신을 활용한 상담활동 활성화 전략방안 연구, 대학생활연구, 제14집, 한양대학교 학생생활 상담연구소, 1996.

권성호, 사이버 스페이스에서의 상담의 정보화 과제, 한양대학교 학생생활 상담연구소, 제10차 학술세미나, 1997, pp.1-18.

김병석, 정보화 사회에서의 상담자의 역할, 한양대학교 학생생활 상담연구소, 제10차 학술세미나, 1997, pp.89-101.

박광배, 사이버 공간의 외설/음란물에 대한 법적 통제, 한양대학교 학생생활상담연구소, 제10차 학술 세미나, 1997, pp.69-87.

박성익, 컴퓨터 보조 교육공학, 서울 : 교육과학사, 1998.

임은미, 김지은, 박승민, 청소년 사이버상담의 실제와 발전방향, 청소년상담 연구, 제3권, 제1호, 한국청소년상담원, 1998.

황주성, 조동기, 김살배, 강홍렬, 유지연, 최선희, 김성우, 조희경, 사이버문화 및 사이버공동체 활성화 정책방안 연구, 정보통신정책연구원, 2002.

Kiesler, S., Siegel, J., & McGuire, T.W, Social psychological aspects of computer mediated communication, American Psychologist, 39, 1984, pp.1123-1134.

Kramer, K.L, Telecommunications-transportation sub-situation and energy productivity : A re-examination, Paris: Directorate of Science, Technology and Industry, Organization for Economic Cooperation and Development, 1984.

Rust, E.B, Application of international counselor network for elementary and middle school counseling, Elementary School Guidance and Counseling, 30, 1995, pp.16-25.

Turkle, S, Life on the screen : Identity in the age of the internet, New York
: Simon & Schuster, 1995.

생태변화와 인간문명 : 중세 말기 페스트

이 영 관*

I. 서 론

17~18세기 계몽주의(Enlightenment) 사상가에 의해 중세는 암흑기로 인식되기 시작하면서 중세의 급속한 몰락은 당연한 것 같은 인상을 준다. 이런 잘못된 인식은 페스트의 창궐이 희망 없는 중세를 당연히 몰락시켰을 것이라는 단순한 결론에 도달할 수 있는 오류를 가져올 수 있다. 이런 오류는 페스트의 여파가 얼마나 파괴적 이었고 환경파괴로 인한 생태변화에 대한 적응력 부족의 어마어마한 충격을 간과해 역사에 대한 적절한 이해는 물론 환경과 생태가 인간문명에 끼치는 영향을 이해하고 대처할 수 있는 방법에 대한 논의를 어렵게 할 수도 있다. 중세는 계몽주의자들의 생각만큼 암흑기가 아니었고 오히려 인류 역사에서 생동감이 넘치는 시기 였기에 페스트로 인한 급격한 종말은 큰 충격을 주고 있다.

11세기와 12세기를 거치면서 '중세의 봄'이라 지칭될 정도로 중세는 생동감과 역동성이 넘치는 시대였다. 물론 14세기 단기적인 위기가 있었지만 중세를 한순간에 몰락시킬 정도의 위기는 아니었다. 중세의 역동성을 이해

* 순천향대학교 인문과학대학 어문학부 국제문화전공 조교수

한다면 중세의 저력이 이 정도로 쉽게 무너지리라고는 이해하기가 어려울 것이다. 중세의 급속한 발전은 유럽인들의 삶을 윤택하게 했지만 발전이라는 미명 아래 무분별하게 인간이 초래한 환경파괴는 생태변화에 대한 면역력 저하로 이어져 인간문명의 능력으로는 감당할 수 없는 상황을 초래했다. 이는 21세기에도 시사하는 바가 크고 극히 상식적인 일이 되었다.

10세기 이후는 교회의 평화운동으로 인한 안정을 통해 인구가 급속히 증가하기 시작했다. 인구증가는 도시의 발전을 이끌었고 인류문명 두 번째 혁명인 상업혁명을 가져왔다. 장거리 교역의 급속한 팽창은 더욱 많은 전문 상인들을 멀리 항해하게 만들었고 지금까지 한 번도 가보지 못한 곳까지 새로운 범선의 개발과 함께 도달하게 만들었다. 13세기 초반까지 유럽이 경제적으로 크게 성장했던 것은 바로 상업혁명의 여파였다. 대학이 앞 다투어 만들어지고 고딕 스타일 성당이 유럽 여기저기에 세워지면서 자신들의 부를 과시했다. 도시로 몰려드는 인구는 농노의 위치를 향상시켜 일주일에 3일 일하는 정도로 만들며 중세는 도시를 중심으로 상업발전이 이루어지면서 안정과 부를 축적했고 사회체제에 대한 변화까지 요구되고 있었다.

이런 안정과 부는 페스트에 의해 삽시간에 재가 되어 버렸다. 물론 경제적 문제가 14세기 초반부터 시작되어 몰락의 전주곡이 시작되었으나 페스트가 없었다면 충분히 극복할 수 있는 단기적인 문제였다. 결국 페스트는 중세를 마무리하고 새로운 시대로 유럽을 이끌어가는 촉매 역할을 했다. 그러나 새 시대도 페스트를 완치하지 못하고 유럽인에게 지속적인 공포의 대상이었다. 결국 다시 한번 인간의 능력을 넘어서는 생태 변화로 인해 유럽은 페스트로부터 자유로워 질 수 있었다. 이는 생태는 인간의 능력 한계를 넘어서는 것이고 인간의 이해는 매우 복잡한 생태의 극히 일부분만을 이해하고 있어 만용의 대상이 아니라는 것을 입증해 준다. 역사는 반복되지 않는다. 그러나 그 교훈은 시대와 공간을 초월한다. 급속한 생태 변화

가 인간 문명의 흐름을 단숨에 바꿀 수 있다는 교훈은 현재에도 유효하다
는 것을 역사는 인간의 오만에 대해 경고한다. 중세 말기 페스트는 도덕과
관습을 철저히 파괴했다. 인간문명의 업적을 비웃기나 하는 것처럼 정신마
저도 황폐화시켰다.

II. 페스트 이전의 중세

중세의 색채는 경제적으로는 농업을 중심으로 한 장원체제와 정치적으
로는 분권을 바탕으로 하는 봉건주의라 할 수 있다. 장원체제는 농토의
넓이가 부의 척도요 이는 경제력이 되었다. 왕과 영주들은 영토를 확장해
경제력을 향상시키려 했고, 군사문화적인 봉건주의로 인해 유럽의 중세는
평화와는 거리가 멀게 시작되었다. 그러나 975년 시작된 교회의 평화운동
은 중세를 안정으로 이끌었다. 975년 '신의 평화'(Peace of God)와 1027, 1050
년 두 번에 걸친 '신의 협약'(Truth of God)은 파문을 도구로 전쟁일자를
제한해 군사적 문화의 중세를 평화로 이끄는데 성공했다. 이런 교회에
의한 평화정착은 유럽을 안정되게 했고, 평화와 안정은 유럽의 인구를
증가시키는 요인이 되었다. 물론 10~14세기까지 큰 전염병이 없어 사망률
이 감소되었고, 9~13세기 사이 유럽의 온도가 서서히 상승해 농업 생산량
증가는 물론 교역과 삶의 질을 크게 향상시켜 전반전인 발전이 이루어
질 수 있는 토대가 형성되었다.

개간을 통해 농지가 확장되어 1300년의 유럽 경작지의 규모는 500년
이후에도 크게 달라지지 않을 정도였다. 인구 증가로 인해 급격한 개간이
이루어졌던 것이다.[1] 이 당시 인구수는 19~20세기에나 다시 회복될 정도
로 급속히 증가했다. 물론 이 당시 개간할 땅은 늘어나는 인구를 먹일

---

1) 필립 지글러, 『페스트』, 한은경 역, 한길사, 2003, p.48.

수 있을 정도로 충분했다. 그러나 문제는 생산성을 향상시키는 기술발전이 뒤따르지 못해 식량부족은 심각한 문제가 되었다. 이런 상황은 사람들을 도시로 모이게 했고 상업과 생산에 종사하는 새로운 계층을 만들어 냈다. 도시 성 안에서 생활하는 부르조아(bourgeoisie)를 탄생시킨 것이다. 이들의 사회적 위치는 그들이 내는 세금의 증가와 함께 향상되기 시작했고, 이런 신분 상승과 부의 축적은 더욱 많은 사람들을 도시로 이끌었다. 영국의 헨리 2세는 '상인길드와의 헌장'을 통해 링컨시의 행정주체를 상인 길드라 인정할 정도로 도시는 경제적으로는 물론 정치, 사회적으로도 기회의 땅으로 인식되었다.

도시로 몰린 새로운 계층은 이제 서서히 포화상태에 이르게 되었고 경쟁력이 요구되기 시작했다. 장거리교역이 점차 전문화되었고 물동량의 증가는 대규모 홀 세일도 나타나는 계기가 되었다. 서유럽 인구의 10%만이 참여했으나 이들로 인해 10,000년전 메소포타미아에서 시작된 농업혁명의 뒤를 잇는 제 2의 혁명인 상업혁명이 시작되었다. 유통전문회사가 만들어졌고 지사망이 형성되기 시작했고 이로 인해 신용의 개념이 생기면서 신용장과 어음이 통용되기 시작했다. 상업혁명은 중세를 풍요로 이끌었고 중세 왕권을 형성하는 토대가 상인들의 세금으로 가능해졌다. 사회적으로는 인구가 도시로 몰리면서 농노의 노동가치가 향상해 주 3일 정도 일하는 상황에 이르게 되었다. 이는 노동력 부족으로 인한 휴경지 유지로 이어졌다. 이렇게 중세는 12~13세기를 거치면서 풍요의 시대로 자리 잡았다.

십자군전쟁은 중세를 도덕적 붕괴로 이끄는 결과를 초래했지만 유럽인들의 호전성을 분출해 상대적으로 내부에서 평온을 유지하는 요인으로 작용했다. 그러나 십자군의 이동은 500년 이상 전혀 창궐하지 않았던 '유스티니아누스의 역병'으로 불리던 페스트가 유럽에서 다시 시작되는 계기가 되어 유럽을 초토화시키게 된다. 1032년 인도에서 시작된 페스트는 중동을 거쳐 유럽으로 이동 중이었다. 유럽인들이 고딕 스타일 교회를 세우며 자신들의 성취와 능력을 과시하고 있었던 시기에 상상을 초월하는 재앙이 다가오고 있었던 것이다.

Ⅲ. 페스트와 유럽

칭기즈칸이 제국을 형성하면서 중국 전 영토는 물론 중앙아시아, 이란, 이라크 그리고 러시아 거의 전국토를 하나의 영역으로 지배했다. 하나의 정치체제 속에 통합되어 유라시아 대륙의 교통이 수월해졌고 이는 대상 활동의 활성화로 이어졌다. 특히 기존의 대상 통로가 아닌 북쪽 초원지대의 교통이 활발하게 발전하면서 야생상태의 설치류가 페스트와 같은 전염병을 인간에 옮길 수 있는 환경이 제공되었다.

페스트의 발생지는 중국 남부라는 설과 중앙아시아라는 설이 설득력 있게 받아들여지고 있다. 원나라에서 역병이 발생해 500만 명이 죽었다는 기록이 있다. 1353~1354년 사이에 중국 8개 지방에서 전염병이 창궐해 세 사람 중 2명이 죽었다고 전한다. 몽고족의 침략 이전 1억 2천 3백만 명이었던 중국의 인구가 1393년 6천 5백만 정도로 격감한 것을 보면 페스트와 같은 대규모 전염병의 창궐로 인한 인구 손실 외에는 설명하기가 어렵다.[2] 이렇게 중국에서 발생한 페스트가 실크로드를 통해 인도와 이슬람 여러 나라에 전해졌다고 한다. 반면에 오히려 중앙아시아에서 발생한 페스트가 중국으로 전파되었다고 주장하는 학자들도 있다.[3] 그러나 이슬람교도로 페스트 유행에서 살아남은 이븐 알와디(Ibn Al-Wardi)의 기록에 의하면 이 전염병은 '암흑의 땅'으로부터 발생해 북아시아, 즉 중국으로

---

2) 윌리엄 맥닐, 『전염병과 인류의 역사』, 허정 역, 한울, 1992, p.185.
3) 타츠가와 쇼지, 『재미있는 질병과 인간의 역사』, 황상익 역, 동지, 1991, p.95.

확산되었고 인도와 이슬람지역으로 확산되었다고 전한다.[4]

　가장 가능성이 높은 설로는 1331년 만주와 몽고 초원에서 중국으로 페스트가 들어왔고 16년 동안 아시아대륙의 대상교역로를 거쳐 1347년 크리미아에 도착했을 것 이라는 주장이다. 이 전염병은 배에 실려 여러 항구로 옮겨졌고 다시 내륙지방으로 전파되어 유럽과 중동 거의 전 지역에 침투했을 것이다.[5] 특히 전염병의 확산은 교통수단과 밀접한 관계를 갖는다는 점에서 중동의 대상들로 인해 빠르게 중국에서 타 지역으로 확산되었고 이 시기 유럽에서 개발된 새로운 범선은 빠른 시간에 유럽 주요 항구를 감염시켰다. 내륙지역은 상업 혁명을 통해 발달한 장거리 교역로를 통해 급속하게 확산되었다. 이렇게 이미 페스트가 대유행할 수 있는 조건이 유럽에 형성되어 있었다. 페스트균이 여러 항구로 원활히 움직일 수 있도록 선박의 교역망이 지중해와 북유럽 지역도 매우 잘 연결시켜 놓았다.

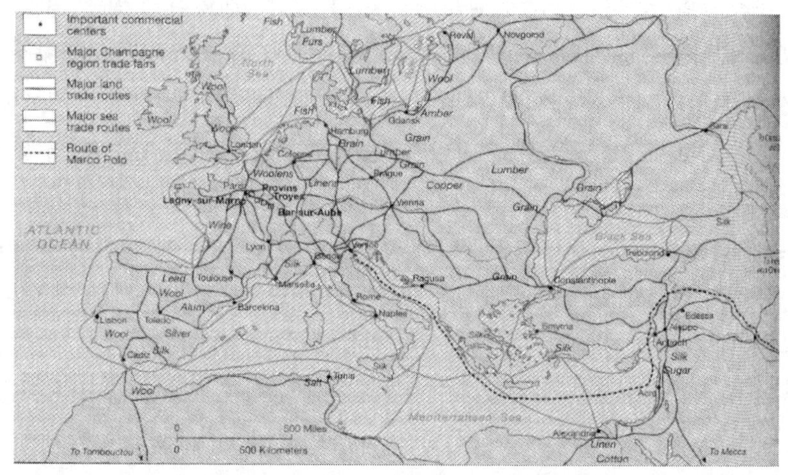

페스트, 즉 페스트균은 곰쥐에 기생하는 벼룩에 의해 전파된다. 곰쥐는

---

4) 맥닐, p.185.
5) *Ibid.*, p.186.

사실 유럽대륙의 토종 설치류가 아니다. 대부분의 생태적 변화에 대한 인간의 이해가 그렇듯이 어떤 이유인지는 아직 규명되지 않았으나 곰쥐가 움직이기 시작했고 서서히 유럽으로 들어와 토종 쥐를 밀어내며 생태전쟁에서 승리한다. 이런 곰쥐의 유럽 이동은 지중해와 북쪽 항구를 잇는 정기 항로가 생겨난 결과였다. 1291년부터 보편화된 이 항로는 모로코를 격파하면서 서유럽 기독교 국가들의 배가 드나들 수 있게 되었다. 앞에서 거론한 것처럼 13세기 들어 선박의 구조가 크게 개량되어 연중 항해가 가능해지면서 한겨울에도 대서양을 안전하게 운항할 수 있었다. 이는 이전에 존재했던 지중해지역의 한계를 뛰어 넘어 쥐들을 자유롭게 이동시켰다.[6]

더구나 유럽에서는 인구증가로 인한 환경파괴가 진행되고 있었다. 인구가 증가하면서 경작지를 넓히고 건축자재로 사용하기 위해 산림이 황폐화되고 있었다. 환경파괴로 인해 페스트와 같은 질병의 도래는 한계에 달한 유럽을 초토화하기에 충분했다. 특히 산림파괴는 환경파괴의 초기 형태로 생태변화로 인한 영향을 극대화 할 수 있는 인위적 여건이 만들어 진 것이다. 지속되는 홍수 역시 산림의 황폐화로 인해 대처할 능력을 상실하게 되었다. 종말의 서곡은 여러 곳에서 동시에 울리고 있었다.

14세기에 들어서면서 서유럽은 경제문제로 시달리기 시작했다. 상업혁명은 농경위주의 중세 경제를 위협했다. 특히 상업혁명으로 인해 화폐경제의 산물인 인플레이션이 주기적으로 나타나면서 이전에 경험하지 못했던 경제적 위기가 항시 주변에 도사리고 있었다. 이런 인플레이션 현상은 화폐경제에서 존재하는 상황으로 긴 농경 경제를 유지하던 중세로서는 정책적 대응이 불가능 했다. 여기에 기후 변화로 인한 잦은 홍수로 작물 수확률은 낮아졌고 인플레이션과 함께 식품가격은 앙등했다. 산림의 황폐화는 홍수에 대처할 수 있는 최소한의 수단마저도 앗아갔을 것이다. 환경

---

6) *Ibid.*, p.188.

의 파괴로 인한 생태변화의 여파는 이미 일상생활에서도 영향을 끼치고 있었던 것이다. 1315~1317년 사이에는 풍요를 만끽하던 중세인에게 여기 저기서 기아현상이 일어나고 있다는 소식이 들려 불안감을 주고 있었다. 흉년은 14세기에 들어서면서부터 매우 익숙한 현상이 되었다. 홍수는 물론 토질저하로 인해 1302~1305년 4년 연속 흉작을 기록했고 1310년에는 폭우로 추수에 실패했다. 1321년 흉작은 급기야 기아현상으로 이어졌고, 1322년과 1329년 역시 기록적인 흉작을 경험해야 했다. 1302년에서 1348년까지 모두 20번의 흉작으로 기아현상은 일반화되었고, 인구가 감소추세로 돌아서기 시작했다. 이렇게 기아로 인해 건강에 문제가 있는 중세인에게 페스트는 극복할 수 없는 장벽이 되었고 대규모 인구 손실로 이어졌다.

이런 상황에서도 왕들과 제후들 간의 암투는 지속되었고 이전에는 경험하지 못했던 인플레이션 현상은 정책적으로 해결할 수가 없었다. 동시에 당시 정부체제에게 환경보존을 위한 정책도 기대하기란 불가능했다. 교역로의 발달은 한 지역의 현상으로 남겨지지 않고 도미노 현상을 일으키면서 네트워크 전체를 서서히 붕괴시키며 유럽을 대혼란으로 이끌었다. 이제 희망이 사라진 유럽은 페스트의 창궐로 완전한 패배만을 기다리고 있었다.

Ⅳ. 페스트확산과 유럽

페스트의 유럽 확산은 그 유래를 찾아보기 힘들 정도로 급속히 진행되었고, 무엇보다도 실효성 있는 대책 없이 처참하게 무너져 내렸다는 점에서 관심의 대상이 되고 있다. 1346년에서 1350년까지 지역적인 차이는 있었지만 일부 작은 공동체는 완전히 사라져 버렸을 정도의 충격을 주었다. 타타르족에게 포로가 되었던 이탈리아인이 제노바에 귀환한 1347년 페스트는 유럽의 문을 두드렸다. 이 시기 콘스탄티노플에 페스트가 침입했고 이로 인해 키프로스와 에게해, 이오니아해의 섬들은 물론 이탈리아의 시실리, 메시아, 코르시카 등으로 확산되어 이탈리아 반도 서해안으로 북상한 페스트는 제노바에 상륙했던 것이다. 여기서 한 쪽으로는 알프스를 넘어 유럽 내륙으로 페스트가 확산되었고 다른 쪽으로는 지중해의 서쪽 마르세이유에 상륙했다.

1348년 1년 페스트는 아비뇽에 도달했고 4월에는 피렌체, 5월에는 스페인을 초토화시켰다. 같은 해 8월 영국도 그 여파를 피할 수는 없었고 이듬해 런던 역시 희생물이 되었다. 1349년에는 스웨덴과 폴란드는 물론 아이슬랜드, 그린랜드까지 페스트가 확산되었고, 1351년 러시아에 도달하면서 그 여파가 극에 달했다. 이런 현상은 세 번에 걸쳐 반복되었고 1388년에 가서야 그 기세가 꺾기기 시작했다.

이탈리아의 경우는 보카치오가 살던 피렌체가 가장 심하게 타격을 받았다. 기록에 의하면 도시인구의 1/3에서 1/2이 사망했다고 전한다. 나폴리 인근에서는 불과 두 달 만에 6만 3,000명이 페스트로 희생되었고, 볼로냐에서도 인구의 3/5이 사망했다는 기록이 있다. 물론 중세의 기록이 완벽하게 믿을 만 한 것은 아니지만 그 규모가 어느 정도였는지를 예측 할 수가 있을 것이다. 베네치아에서도 하루에 600명이 죽었다고 기록하고 있다. 새로운 공동묘지가 필요했고 이곳으로 시신을 나르기 위한 배가 특별히 준비되어다는 점을 보면 이 숫자는 크게 과정된 것이 아닐 것이다. 피렌체와 마찬가지로 베네치아에서도 10만여 명이 사망한 것으로 추정된다. 이런 규모의 사망은 이태리 대부분 지역에서 비슷한 상황이었다. 1404년 피스토이라의 인구는 1244년의 약 30%선에 불과했던 점을 보아 페스트가 할퀴고 간 상처는 매우 심각했다. 도시 거주 이탈리아인의 사망률은 40~60%였고, 전체적으로 이탈리아 인구의 1/3이나 그 이상이 죽었다고 보는 것은 무리가 없을 정도로 페스트는 이탈리아를 초토화시켰다.

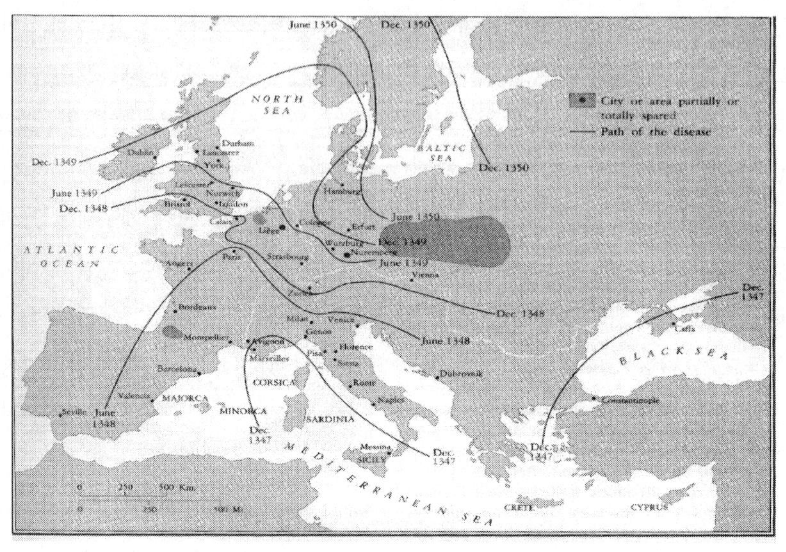

    프랑스의 경우도 이탈리아와 그다지 다르지 않았다. 영국과의 백년전쟁으로 인해 한 달 새 마르세유에서 5만 6,000명이 사망해 전쟁으로 인한 피해가 심각했던 프랑스로서는 페스트의 침입은 실로 상대하기 버거웠다. 페르피냥에서는 페스트의 여파로 법률가 125명 중 45명만이 살아남았고 의사는 8명 중 1명만 생존했을 정도로 심각한 타격을 입었다. 이발사와 외과의사는 모두 18명이 있었으나 이들 중 살아남은 사람은 6명에 불과했다. 아비뇽에서는 인구의 절반이 페스트에 희생되었다. 이 과정에서 7,000여 개의 가옥이 폐쇄되었으며 6주간 11,000개의 시신이 매장되었다는 교회 기록이 남아있다. 페스트가 아비뇽에 도달한 지 3개월째에 12만 명 또는 15만 명이 사망했다는 설이 있으나 대체로 6만 2,000명 정도가 사망한 것으로 추정된다. 마르세유에서는 150명의 프란체스코회 수사들이 전원 사망했다는 점을 볼 때 페스트의 잔혹성은 쉽게 짐작된다. 생드니에서도 5만 명이 사망했고 파리에서는 매일 500구 이상의 시신이 생이노상 묘지로

운구 되어 왔다. 이로 인해 공중도덕은 물론 개인의 도덕도 완전히 붕괴되었고 프랑스 역시 페스트로 인해 완전히 주저 앉아버렸다.

독일의 경우도 예외는 아니었다. 독일은 동서 방향은 물론 남쪽에서까지 다각적인 페스트의 공격에 직면해야 했다. 1348년 6월경 바이에른이 페스트의 첫 희생지가 되었고, 다음해 빠른 속도로 북독일 지역이 피해를 입기 시작했다. 1349년 여름 프랑크푸르트 암마인에서는 72일 동안 2,000명이 사망했고 같은 해 12월 쾰른 내 다양한 지역이 페스트에 의해 붕괴되었다. 마인츠에서 6,000명, 뮌스터에서는 11,000명 에르푸르트에서 12,000명은 물론 브레멘에서도 7,000명이 사망했다고 전한다.

비엔나에서도 1349년 봄에서 늦가을까지 매일 500~600명이 사망했다는 기록이 남아 있고 최고 하루 960 명이 사망했다. 비엔나 인구의 1/3이 사망했다는 보고서도 있고 1/3 만 생존했다는 보고서가 있을 정도로 페스트로 인한 사망자 수는 기록하는 이의 판단력을 흐릴 정도였다. 이 지역의 고위 성직자 중 35%가 사망했고 이로 인해 성직자가 부족해 겸직이 유행했다. 1350년~1352년의 기록을 보면 12명의 성직자가 57개의 보직을 수행해 겸직이 일반화되었음을 볼 수 있다.

함부르크에서는 성직자의 1/2에서 2/3가 사망했고 브레멘 역시 성직자 70%가 페스트로 인해 사망한 것으로 추정된다. 소규모의 뤼베크에서만도 성직자의 25%가 사망하면서 일반인의 사망 규모를 유추할 수 있는 증거가 되고 있다. 속수무책 페스트로 인한 사망이 증가하자 채찍질하는 수도승이 유행하기 시작했다. 줄을 지어 자신의 몸에 채찍질을 하면 하나님께 속죄하는 행렬은 페스트에 대한 대처 능력이 전무했음을 보여주었고 그 규모로도 사람들의 황폐화된 인식을 더욱 처절하게 만들 수 있었다. 보통 이들 무리는 200에서 300명 규모였고 많게는 1,000명이 한꺼번에 줄을 지어 걸으며 살을 찢는 채찍소리와 함께 '회계하라'는 울부짖음으로 페스트의 공포를 무기력한 공황상태로 이끌었다.

　이런 공포와 무기력함을 견디기 위해 이를 해소할 대상이 필요했고 이는 유대인 학살로 이어졌다. 1349년 2월 14일 2,000명의 유대인이 학살되는 것을 시작으로 모두 6만 명의 유대인이 처형되었다. 같은 해 3월에서 7월 사이 마인츠에서는 이에 대항해 유대인이 기독교인 200명을 살해하는 사건이 일어났다. 이 사건은 결국 유대인 12,000명에 대한 보복 살인으로 이어져 독일은 물론 유럽에서 유대인 공동체가 붕괴되고 동유럽 지역으로 이주하는 결과를 초래했다.

　1348년 6월, 섬으로 고립되어 페스트의 영향에서 안전할 것이라고 예상했던 영국에서도 죽음의 시가 울려 퍼져나가기 시작했다. 배스와 웰스 지역에서 2달 새 인구 1/3에서 1/2이 사망한 것으로 기록되었으며 이 지역 성직자의 47.6%가 페스트로 사망했다. 브리스톨 지역 역시 인구의 35~40%가 사망해 영국에서도 페스트는 그 위력을 과시했다. 영국 남부지역으로 확산된 페스트는 이 지역 역시 초토화시켜 페스트의 위협은 영국을 공포로 몰아넣었다. 옥스퍼드시의 사제 43%, 우드스툭은 42% 그리고 비스터에서도 40%의 사제가 사망했다. 한 지역은 소작인 모두가 페스트로 사망해 영지 경작을 포기했고 토지 전체를 임대용으로 내놓기도 했다. 1357까지 옥스퍼드대생이 3만 명 사망했다는 설도 있으나 학생 수로 유추해 볼 때 6,000명 정도가 사망한 것으로 추정된다. 버킹검셔에서도 주민의 1/2이 사망했고 성직자의 60%가 사망했다.

　런던 역시 엄청난 피해를 경험했다. 런던은 수질 개선을 위해 노력했던 흔적은 있지만 화장실 대부분이 강으로 직접 흘러가게 만들어졌고 도살장의 오물은 물론 생활 쓰레기 대부분이 템즈강을 심각하게 오염시켰다. 이런 환경오염에 페스트가 진입하자 매일 200구 정도의 시신이 쏟아져 나왔고 1349년 봄, 여름 간 2만~3만 정도의 사망자가 난 것으로 추정된다.

영국 제 2의 도시였던 노리치에서도 시 인구의 1/2이 사망했다는 기록이
존재한다.

영국 북부 역시 페스트 창궐로 인해 매우 심각한 고통을 겪었다. 두 달
새 30년 치의 유서가 작성되었는가 하면 1349년 링컨시는 경제적 기반을
완전히 상실했다. 스코트랜드 역시 페스트로 인해 장원체제가 급속히 붕괴
되어 페스트의 창궐은 인구의 급속한 감소로 인한 경제적 붕괴로 이어졌
다. 아일랜드도 전체 인구의 1/3이 페스트로 인해 사망했다. 영국도 페스트
의 희생물이 된 것이다.

스칸디나비아 지역도 1349년 5월 런던으로부터 출항한 모직 운송 선박
이 정박하면서 페스트에 전염되었다. 스웨덴과 노르웨이도 페스트의 희생
자가 되었던 것이다. 스페인도 아라공 지역에서 사라고사 지역까지 페스트
가 창궐하며 1348년 9, 10월간 한 달 만에 15,000명이 사망했다. 이미 이해
5월에 바르셀로나, 발렌시아에서 페스트가 맹위를 떨쳤고 다음 달에는
알메리아까지 확산되었다. 페스트가 창궐했던 스페인 지역에서도 다른
지역과 비슷한 규모의 피해가 보고 되었다. 인구 2만 명이던 지역에서
하루 70명 이상 사망했던 것이다. 결국 유럽 전체 인구의 최소한 1/3이
사망한 것으로 유례를 찾기 힘든 엄청난 재앙이 유럽을 뿌리 채 흔들었다.
이 뿌리는 물질적인 것뿐만 아니라 정신적인 유럽의 뿌리였고 물리적 피해
로 인한 정신적 붕괴는 유럽의 중세를 마무리하는 결정적 계기가 되었다.

V. 페스트: 중세 문명의 마무리

1348년 피렌체의 페스트 지옥을 목격한 보카치오는『데카메론』집필을
통해 자신의 경험을 생생하게 서술해 중요한 자료를 남겼다.『데카메론』에
서 묘사된 피렌체의 모습을 통해 이태리 더 나아가 유럽 전체가 페스트에

어떻게 대처했고 또 어떻게 무너져 내렸는지를 보여준다. 결론부터 말하자면 페스트는 단순히 물리적인 대규모 인구감소를 유발해 중세 봉건 장원체제와 교역체제의 몰락을 주도했던 것뿐만 아니라 기독교에 바탕을 둔 도덕적 체계의 붕괴로 유럽을 더 이상 중세체제의 재건이 불가능한 상태로 내몰았다. 당시 사람들로는 더 이상 인간세상은 존재하지 않으리라는 확신을 갖게 했음을 볼 때 페스트는 확실히 중세체제의 총체적 붕괴를 초래하기에 충분했다. 환경파괴와 생태변화가 인간의 능력 한계를 벗어나고 그 여파 역시 인간의 상상을 초월한다는 점을 잘 보여주는 것이 바로 중세 후기의 페스트 창궐이었다.

보카치오에 의하면 페스트에 감염되면 쾌유되는 자가 드물 뿐 아니라 거의 대부분이 사흘을 넘기지 못하고 죽었다고 한다. 종기가 몸에 생겼지만 열도 오르지 않고 다른 증상 없이 무기력하게 죽어갔다고 한다. 환자나 시신의 물건만 만져도 인간은 물론 동물까지도 곧 죽어 그 공포는 상상을 초월했다. 보카치오는 시신을 덮었던 누더기에 돼지 두 마리가 다가가서 이를 입으로 물고 당기고선 얼마 지나지 않아 죽어버렸다고 했다.[7]

이런 상상을 초월하는 공포 앞에서 사람들의 정신은 무참히 무너져 내렸다. 사람들은 결국 오래 살지 못할 것이라고 여기며 실컷 마시고 즐겼고 욕망을 채우는데 몰두했다. 무슨 일이 있건 웃고 놀러 다니며 관심을 두지 않았다. 도덕이나 신의 권위를 지키려 애쓰는 사람들도 사라져 도피만이 최선이라는 생각에 자신 외에는 전혀 관심을 보이지 않았다. 가족, 재산 같은 것은 안중에도 없었고 그저 살아남기 위해 도피를 택했다. 결국 오랜 인습은 별 저항 없이 붕괴되었고 도피한 사람들이 남겨 놓은 공간에서 인간의 타락하고 잔인한 행동이 도시를 뒤덮었다.

---

7) Thompson, Karl F. (ed.), "The Decameron", chapt. 14, *Classics of Western Thought: Middle Ages, Renaissance, and Reformation*, vol. II, (New York: Harcourt Brace Jovanovich, Publishers, 1980), p.237.

아내가 남편을 버리는 일이 비일비재했고, 부모가 자식을 버리는 일도 어렵지 않게 목격되었다. 돈이 아쉬운 하인들 외에는 누구도 남을 돌보려 하지 않았다. 페스트에 걸린 귀족들을 돌볼 사람도 하인들뿐이었다. 높은 신분의 여성들이 남자 하인에게 간호를 받을 수밖에 없었고 자신의 신체를 드러내 보이는 것을 부끄러워하는 것은 사치에 지나지 않았다. 보카치오는 이런 행태로 인해 이후 높은 신분의 사람들의 정숙한 태도를 경멸하는 풍토가 나타나는 원인이 되었다고 지적한다.[8]

장례의 풍습도 급격히 변했다. 너무나 많은 사람이 단기간에 사망하자 장례식에서 비통해하는 자가 극히 드물었고 오히려 웃음소리와 농담으로 떠들썩한 경우가 허다했다고 전한다. 더 이상 관을 메는 것이 신분 있는 훌륭한 시민의 역할이 아니라 돈을 받고 하는 직업으로 전락했다. 이들은 비어 있는 공동묘지를 찾아 아무데나 시체를 묻었다. 그러나 이도 가진 자들의 호사였다. 날마다 몇 천 명이 병에 걸리고 간호나 시중 없이 죽어가는 자들이 대부분 이었다. 거리에서, 집안에서 누구의 관심도 받지 못하고 죽어가는 자들이 허다했고, 악취로 자신의 죽음을 이웃에 알렸다. 동정심 이라고는 찾아 볼 수가 없었고 다만 시체 부패로 인해 헤를 당할 수도 있다는 두려움에서 시신들을 끌어내어 문간에 놓아두었다. 관을 짜서 매장 하기도 했으나 그 것도 여유치 않았다. 관 하나에 몇 구의 시체를 함께 넣어 죽은 자에 대한 인간으로서의 마지막 예우란 기대할 수가 없었다.

수도사들 역시 쏟아지는 시신들로 인해 정상적인 기독교식 장례를 치룰 수가 없었다. 죽음에 대한 비통함은 없었고 그저 신속하게 아무런 감정 없이 장례를 치렀다. 묘지도 모자라기 시작해 교회 묘지의 큰 구덩이에는 몇 백 구의 시체가 함께 매장되었다. 짐짝 같은 취급을 받았던 것이다. 농촌에서도 주인 잃은 가축들이 방황하고 다녔고 추수도 하지 못해 곡식이

---

8) *Ibid.*, pp.238-239.

그대로 들판에 방치되어 있었다.

교황 클레멘스 6세의 담당의사인 기 드 숄리악의 『대외과학』에 의하면 페스트에 감염된 환자들은 간호도 받지 못하고 죽어갔고, 매장에 입회할 사제도 없었다고 한다. 부모가 자식을 문병하거나 자식이 부모를 문병하는 일도 없었고 희망은 괴멸되었다고 서술한다.[9]

인간 문명에서 경제 발전의 첫 번째 요건은 인구 증가다. 페스트로 인해 최소한 유럽 인구는 1/3이 희생되었다. 이런 급격한 인구 감소는 경제 붕괴로 연결되었다. 그러나 이런 과정에서 새로운 체제로의 적응도 시작되었다. 농노의 임금이 급상승했고, 대부분 현금으로 임금을 받았다. 영주의 위치는 취약해졌고 자신의 영지를 분할해 자유인에게 임대했고 현금을 지불하고 농노들에게 경작을 요청했다. 물론 페스트 자체가 이런 현상을 초래했다고 보기에는 문제점이 있지만 중세적 경제체제의 변화를 가속화시켰고 되돌릴 수 없게 만든 것이 페스트였다는 것은 부인할 수 없다. 무엇보다도 물물교환 중심의 경제체제가 급속히 현금경제로 변하면서 중세적 체제의 붕괴에 큰 영향을 주었다.

중세의 정신과 윤리를 장악했던 것은 교회였다. 중세인의 교회에 대한 강한 신앙심은 전 유럽을 하나로 만들어 십자군 전쟁에 나설 정도로 의심의 여지없이 유지되었다. 페스트로 인한 상상을 초월한 재앙은 교회에 대한 실망으로 이어지면서 중세의 정신적 체제의 근간을 흔들기에 충분했다. 페스트가 하나님에 의한 심판으로 간주되면서 교회의 역할에 대한 회의를 갖게 되었다. 몇몇 설교자들에 의해 신의 분노에 대한 경고는 있었지만 사람들이 믿고 의지했던 교회는 이런 총체적 위기에 대한 대처를 적절히 하는데 실패했다고 여겨졌다. 물론 사람들은 타락했지만 교회에 대해서는 절대적 신앙으로 의지했고 헌금도 열심히 하면서 교회의 역할을

---

9) 타츠가와 쇼지, p.107.

믿었던 것이다. 인간의 사악함에 대해 교회가 신의 진노를 풀고 또 변호를 열심히 하는 그 역할을 제대로 했다면 어떻게 이럴 수가 있겠냐는 반응은 당연한 것이었다. 현재 상황으로는 세금을 열심히 내고 정책을 시행토록 했으나 정부가 자연적 재앙에 적절히 대응하지 못한다면 당연히 사람들은 정부의 역할에 대해 회의를 갖는 것과 같은 현상이라 할 수 있다. 중세의 교회는 지금 정부에 비해 더욱 절대적인 권력을 지녔다는 점에서 그 심각성이 더했다.

마을 사람들은 자신들을 비난했던 성직자가 페스트로 죽는 것을 매우 흥미로운 시선으로 바라보았다. 성직자가 누리던 초인간적 면모가 허구였고 신의 심판인 페스트가 자신들만이 아닌 교회에 까지 미치고 있다는 점에서 지금까지 자신들을 비난했던 교회에 대해 더 이상의 경외심은 존재하지 않게 되었다. 성직자들도 고통을 겪으면서 평신도와 똑같은 모습으로 죽어갔고 특히 교회의 역할로 인해 페스트에 노출될 확률은 일반인 보다 높았다는 점에서 기존의 관념은 무참하게 무너져 내렸다. 물론 이를 절대권력의 붕괴로 인한 초기 민주화의 과정으로 보는 시각도 있겠으나 당대를 사는 사람들에게는 새로운 체제 없이 기존의 체제가 붕괴되는 혼란을 의미했던 것이다.

교회를 찾는 사람들은 이제 페스트로 인해 죽은 자들이 대부분이었고 사람이 한 장소에 모이는 것을 두려워했기에 미사에 참석하는 자가 극히 드물었다. 당연히 헌금도 줄어들기 시작했기에 사제들에 대한 월급도 충분하지 못했다. 결국 교구에는 사역자가 없었고 성직자들 역시 죽음을 두려워해 자신의 성직에서 멀어지기 시작해 걷잡을 수 없는 체인 리액션으로 중세의 정신체계는 그 중심부터 붕괴되었다. 특히 심각한 것은 정말 사제다운 사제는 교회의 사랑과 봉사 정신을 바탕으로 고통 받던 이들과 함께했다. 이들 존경의 대상이 되었던 사제들이 많이 희생되었다는 것은 의심의 여지가 없다. 오히려 신앙심이 깊지 않아 신을 의심하던 사제들은 자신을 위해 이런 상황에서 도피를 선택했다. 이렇듯 질적으로 떨어지는 사제들이 페스트가 지나간 후에 자신의 교구에 돌아오자 이미 책임감과 신앙심이 깊던 사제들은 사라졌고 살아남은 2류, 3류가 교회의 요직을 차지했다. 이로써 교회 구성원의 질이 현저히 낮아졌고 이는 중세정신문화의 도태로 이어지게 되었다. 정치체제나 경제체제는 쉽게 재정비되고 재구축 될 수 있으나 정신문화체계의 재구축은 매우 오랜 세월이 걸린다는 점에서 이는 실로 심각한 현상이었다.

　사제들의 인적 구성에도 심각한 문제가 시작되었다. 죽은 사제들을 대신할 신참 사제들은 영적으로나 교육적으로 선배들의 질을 따라가지 못했다. 아내를 잃은 많은 중년의 사람들이 수도원 교육과정을 거치지 않고 서품을 받기도 했다. 없는 것 보다는 낫다는 한 가지 이유로 21세 이하의 교회서기 60명이 신부가 될 수 있도록 노리치 주교는 특면장을 발부했다.[10] 많은 지역에서 어리고 제대로 훈련받지 못한 인력들이 교회로 밀려들기 시작했고 이는 전체 교회 인적구성의 질을 현저하게 하락시키게 된다. 이들 중에는 문맹자도 있어 평신도만도 못한 이들도 있었다. 성급히 빈자리를 채우는 과정에서 부적절한 인사들이 대규모로 교회의 직책에 임명되면서 교회의 특성 상 반드시 지켜져야 할 절대적인 믿음과 존경이 타격을 받게 되었다. 이는 페스트 창궐 이후 서서히 다른 체제가 회복기에 접어들 무렵에도 교회는 결코 이전의 주도권을 회복하지 못한 원인이 되었다. 즉 중세의 회복을 불가능하게 했던 것이다.

　더구나 신부들 중에는 이런 상황을 이용해 경제적 욕구를 채우려는 이들도 있었다. 더 많은 월급을 위해 흥정을 했고 더 좋은 자리가 생기면 언제든지 자신의 교구와 신도를 버리는 일도 비일비재 했다. 새로운 인재를 제공

---

10) 지글러, p.322.

하는 역할을 했던 수도원은 페스트로 인해 절반이 문을 닫았다. 질적으로 떨어지는 이들로 대치한 인력 수급 역시 원활하게 진행되지 못하면서 폐해는 오래도록 지속되었다. 수도원의 인기도 추락했다. 기회가 많아지자 구태여 고통스럽고 힘든 수도원생활을 택하기 보다는 직접 자리를 찾게 되었다. 특히 페스트로 인한 인구손실은 십일조의 급감으로 이어졌고 수도원 소유 장원에도 인력이 부족해 많은 수도원이 부채에 허덕였다. 페스트로 인해 일부나마 신앙심이 높아진 현상으로 기회가 찾아 왔으나 이에 적절히 대응하지 못하는 결과가 초래된 것이다.

사회 경제적인 면에서도 기대치 못한 현상들이 진행되었다. 하나님의 은총으로 살아남은 이들이 이에 감사해 더욱 신앙적인 삶을 살 것이라는 기대가 무너졌다. 인구가 줄어들고 유산으로 부자가 된 자들은 더 무질서하고 수치스런 삶에 빠져들었다. 술과 쾌락, 축제로 나날을 보냈고 기존의 관습은 더 이상 힘을 발휘하지 못했다. 범죄율이 치솟아 기소와 유죄확정이 상당히 늘었다. 신성모독도 흔해졌고 성윤리나 규범은 무너지고 돈에 대한 무분별한 추구가 중요시 되었다. 도덕의 붕괴는 극에 달했다. 고아에 대한 부당한 대우는 물론 무기를 소지한 사람들이 증가했다.

경제적으로도 인구가 줄어 공급문제가 해결되어 물질적으로 풍부할 것이라는 일반적 기대가 무너지고 오히려 물자 부족에 시달렸다. 인구감소로 인해 노동력과 작업, 기술의 가격이 두 배 이상 급상승했다. 이로 인해 소비자 가격도 두 배 이상 급격히 상승하면서 물자부족에 시달렸고 기근까지 있었다. 소송과 다툼은 물론 물자부족으로 인한 폭동도 쉽게 찾아 볼 수 있었다.

빈부격차는 물론 빈부간의 변화가 사회적 갈등의 원인이 되었다. 농노의 감소로 기존 지배계층은 이전의 영화를 유지할 수 없어 상대적으로 가난해졌고 자유농들은 상대적으로 발전하면서 두 계층 간의 갈등이 싹트기 시작했다. 도시에서는 유산에 의해 부자 생존자들이 더욱 많은 재산을 축적했고 유산 받을 것이 없던 가난한 이들은 변화가 없어 상대적 빈곤감이 극에 달했다. 동시에 이 도시 부유층은 가난한 이들을 경제적으로 억압했다. 이로 인해 1379년 겐트에서 직조공의 반란이 일어났고 다음해에는 루앙에서 그리고 1382년 파리에서도 반란이 일어났다. 계급 간의 증오가 잠재적인 위험요소로 자리 잡았다.

정신적으로도 중세는 페스트의 피해를 경험했다. 페스트 이후 비관주의, 삶에 대한 포기 등이 만연했다. 사회적 집단 우울증 역시 극도의 불확실성과 근심을 더 하게 했다. 그리스도가 부활했다는 거짓 소문이 여러 곳에서 확산되었다. 홍수와 기근이 자주 발생했고 전쟁도 자주 일어났다. 하늘에서 불이 내린다는 소문까지 널리 퍼졌을 정도였다. 이런 불확실성은 공포로 이어졌고 공포는 광기로 이어졌다. 인간은 공포를 경험하면 도피하거나 폭력으로 대처하는 경향이 농후하다. 도피의 대상은 교회, 의사, 예언자에 대한 맹신으로 이어지고 폭력은 유대인이나 집시에 대한 학살로 그리고 스스로 채찍질하는 수도승과 자살로 이어졌다. 실로 총체적 위기라 할 수 있다.

예술분야 역시 이런 사회적 히스테리를 반영했다. 대부분 예술 행위의 주제는 죽음 이었다. 피렌체의 산타 크로체 교회의 프레스코 벽화가 이런 경향을 대표하고 있다. 오르카냐의 작품인 이 벽화에는 열린 무덤에서 왕관을 쓴 시체가 그려져 있다. 벌레 먹고 뱀에 뒤덮여 있고 하나는 배가 터져있다. 나병환자, 맹인, 절름발이 등이 고통을 호소하며 애원하지만 죽음이 이들을 외면한다. 죽음이 대상자를 선정하고 있다. 공포와 절망감을 보는 이로 하여금 공감할 수 있는 그림이다.

그리스도 역시 위협적이고 분노하는 모습으로 그려졌다. 죽음도 사람의 형상으로 표현되어 현실감을 주려 했다. 시도 노래도 죽음을 주제로 당대의 공포감과 비관주의를 표현하려 했다. 모두가 죽음에 익숙해 있고 죽음을 대비하고 있었다. 이런 상황에서 극복을 위한 자신감이나 긍정적인 자세는 찾을 수 없었다. 실로 페스트에 의한 재앙의 여파는 대단했다.

어떤 역사적, 사회적 사건에 대해 하나의 원인으로만 규명될 수 있는 경우는 매우 드물다. 그러나 중세 후기 페스트의 영향은 중세의 급격한 몰락을 설명하는 가장 중요한 원인임에 분명하다. 중세체제의 몰락을 야기한 것이 중세의 봄을 경험하고 상업혁명에 성공하면서 자신감에 충만했던 중세인들에게 상상을 초월하는 재앙을 가져와 총체적 붕괴를 초래했던 것이다. 경제적 혼란, 사회불안, 고물가, 경제정의 상실, 도덕의 상실, 물자 부족, 광란, 과소비, 탐욕, 행정부재, 비관주의 그리고 일상화된 죽음은 기존 체제를 정리하고 새로운 사회 패러다임을 바탕으로 한 새 시대를 요구했다. 그러나 어떤 준비도 되어있지 않았던 당대 사람들에게는 절망의 연속이었다.

한 시대에 기득권층은 기득권층의 권리를 유지하는 무언의 그리고 관습적인 당위성을 갖고 있다. 중세는 귀족, 승려가 기득권을 인정하며 유지되던 체제였다. 교회의 권위는 추락했고 귀족의 경제력도 붕괴되었다. 교황 그레고리 7세가 고삐를 죄었던 중세 왕권이 이 자리를 대처하고 나오는 계기가 만들어져 분권체제의 중세 정치체제는 무너지고 교회도 왕의 정치적, 경제적 능력에 의지해야 했다. 특히 시민들의 충성심이 교회에서 국가로 이동하면서 중세적 색채를 유지하는 것은 불가능한 상황이 되었다. 무엇보다도 정신적인 공황으로 인한 붕괴는 중세체제를 더 이상 버틸 수 없게 만들었다.

사회를 유지하는 최소한의 도덕도 존재하지 않았다. 자신에 대한 무력감은 사회적 히스테리로 발전했고 급기야는 그 책임을 전가하려 대규모 학살까지 자행했다. 이성이 돌아왔을 때는 자신의 행위에 대한 삐뚤어진 당위성을 주장하는 두 번째 죄를 지어야 했다. 그렇지 않았다면 자신에 대한 전면적인 부정으로 이어져야 했기 때문이다. 중세 지도층의 능력 상실뿐만 아니라 그 구성원 하나하나에게도 더 이상 과거는 기억하고 싶지 않은 것이 되면서 기존의 체제에 대한 미련은 사라졌다. 중세는 막을 내린 것이다. 물론 하루아침에 끝난 것은 아니지만 더 이상 이 체제를 유지하려는 노력이나 능력은 존재하지 않았다.

11세기에 경험한 중세의 봄은 급속한 인구증가로 이어졌고 인구증가는 더 이상 자연에 대한 도전 없이는 규모를 유지할 수 없었다. 숲이 파괴되기 시작하고 도시는 오염에 시달렸다. 단기적인 기후변화로 인한 홍수와 가뭄에 대해 대처할 수 있는 능력을 상실했고, 곰쥐의 도래라는 생태변화는 유럽에 대규모 페스트 창궐로 이어졌다. 환경파괴로 인한 자연재해 대처능력 상실에 인간의 능력 한계를 벗어나는 생태변화는 부를 누리며 조상들에 비해 자신들의 삶이 발전되었다고 자부하던 중세인들에게 최후의 일격을 가했다. 그들은 갑자기 자신의 조상들이 더 부럽다는 생각을 갖게 할 정도로 자신감을 상실했다.

환경의 파괴는 직접적인 영향을 미치지 않기 때문에 일상생활에서 간과되어진다. 그러나 생태변화로 인한 현상이나 축적된 문제점이 현상으로 나타날 때는 걷잡을 수 없는 상황이 전개된다. 이는 인간의 이해 범위와 능력을 넘어서는 경우가 대부분이다. 한 시대를 붕괴시키고 새로운 체제가 요구되면서 그 시대를 경험하는 자들에게 공포와 고통을 요구한다. 환경에 대한 절대적 보존은 불가능하다. 순수 생태학적으로 볼 때 지구 환경에 전혀 변화가 없기 위해서는 인구가 1억 5천만 명이 적절하다. 그러나 이런 규모는 이미 1만 년 전 농업혁명을 거치면서 넘어서 현실적으로는 환경에 대한 파괴의 규모를 어떻게 줄일 수 있는가가 인류문명의 숙제다. 환경에 대한 유지 및 적정수준의 관리는 체제의 유지나 인류 생존의 가장 큰 투자라는 것을 중세인들은 우리에게 역사적 교훈으로 남겼다.

VI. 결 론

　1347년 페스트는 유럽을 마비시켰다. 영국과 프랑스간의 교역은 물론 지중해 전체의 교역도 마비되었다. 페스트는 교역로를 통해 전 유럽으로 확산되었고 대처 방법이 전무했던 상황에서 공포에 대한 소문은 전염병보다 빠른 속도로 확산되며 유럽을 전율케 했다. 사람들 간의 접촉은 전염을 의미했고 전염은 곧 죽음을 의미했다. 그러나 도시는 물론 농촌도 죽음의 그림자를 피할 수 없었고 궁궐과 수도원, 가난한 자들의 보잘 것 없는 집에도 페스트의 악령은 무겁게 내려앉았다. 10년 정도를 주기로 또는 20년 만에 전염조건이 만들어지면 페스트는 반드시 찾아오면서 면역성 강한 소수의 사람들만을 남기고 죽음의 복음을 전파했다.

　대처할 방법은 없는 상태에서 전염의 경로는 예측할 수 있었기에 질병에 대한 의학적, 보건적 대처보다는 공포를 해소할 수 있는 대상을 찾았다. 그 첫 희생자들이 유대인이었고 유대인에 대한 증오와 공격은 유럽에서 유대인 공동체를 파괴시키는 역할을 했다. 유대인들은 단절과 고립의 역사를 시작했고 유대인의 경제적 문화적 축적은 사라졌다. 유대인 장거리 교역상의 중요성을 인식해 이들을 보호하려는 조치가 진행되었다. 독자적 공동체를 형성하고 공동체를 주관하는 랍비의 선출도 허가했던 점에 비추어 보면 페스트의 광기로 인한 유대인 학살과 공동체 파괴는 중세의 유연성 해체를 보여주는 사례가 되었다. 유대인들의 막대한 납세 능력도 사라졌고 원거리 무역의 네트워크도 붕괴되어 상당한 경제적 손실을 초래했으나 더욱 심각한 것은 중세가 사회적, 문화적 유연성을 상실했다는 점이다. 페스트는 체제의 건전성을 보장하는 유연성을 파괴했던 것이다. 교회까지도 유대인 박대에 참여했다는 점은 실로 심각한 결과를 초래하기에 충분했다. 중부 유럽 300여개의 유대인 공동체 중 2/3가 학살로 와해되었다. 살아남은 자들은 동유럽으로 자신들의 주거지를 옮겼고 약 1,000년간 지속되었던 유대교 역시 침체기를 맞이했다.

서기 1,000년경 유럽 인구는 3,800만 정도로 추정되며 페스트 창궐 이전이 수치는 두 배로 늘어나 교회가 주도한 평화정착과 상업혁명으로 인한 중세의 봄을 여실히 증명해 주고 있다. 3세기 반 동안 진행된 급속한 성장으로 토지 경작이 급속도로 확장되며 거주 영역이 확대되었다. 이는 경제의 급성장으로 이어졌고 교역의 활성화와 도시의 성장 또한 앞 다투어 진행되었다. 이 인구의 1/3이 페스트로 사망했고, 350년간의 역량이 단지 20~30년 사이에 붕괴되는 것을 지켜본 중세인들의 충격은 형용하기 불가능 한 것이며 그 공포 역시 인간의 이해 능력 밖이라 할 수 있다.

교회 역시 페스트로 인해 많은 구성원을 잃게 되면서 교회의 역할에 대한 의심이 시작되었다. 자신들이야 신의 분노를 살만한 삶을 살아 페스트 같은 신의 심판을 받을 수도 있다고 믿었지만 하나님의 대변자를 자청하고 헌금을 받아들였던 사제들이 자신들과 똑같이 죽어가는 것을 목격한 후로 그들 역시 특별하지 않은 것은 아닌가 하는 의구심이 꼬리를 물게 되었다. 더구나 젊고 능력 이하의 사제들이 대거 영입되면서 교회는 인정하려 하지 않으려 노력했겠지만 일반인들의 눈에는 예전 같지 않은 성직자의 질을 인식하며 교회 전체에 대한 실망과 신에 대한 믿음에 변화를 겪게 되었다. 이는 중세 정신문명의 보루였던 기독교의 몰락으로 이어졌다. 페스트로 인해 이미 종교개혁은 시작되고 있었던 것이다. 자신들의 신앙심과 헌금의 활용을 교황체제의 교회가 성실히 추구하는 데 실패했다고 믿었던 것이다. 종교의 필수 요건인 절대성이 붕괴된 심각한 상황이었다.

정치적인 면에서도 분권형 귀족체제가 붕괴되었다. 인명손실로 인한 노동력 감소는 더 이상 영지를 바탕으로 하는 농경체제의 유지를 어렵게 만들었다. 귀족들의 경제적 능력 상실은 백년전쟁과 함께 귀족의 붕괴로 이어져 중앙집권적 왕권의 형성으로 중세체제에 종지부를 찍는 결과를 초래했다. 페스트는 귀족의 도덕적 권위마저 위협하면서 더 이상의 지배를 불가능케 했다.

실로 페스트의 창궐은 잘 나가던 중세에 갑자기 끝을 요구하는 사건이었다. 물론 다양한 원인이 있을 수 있었지만 중세 붕괴의 가장 극적인 사건이 페스트의 창궐이었다는 점을 부인할 수는 없다. 페스트의 창궐은 막을 수 없었지만 피해를 최소화 할 수는 있었다. 이는 인간의 면역성과 함께 환경적 면역력에 좌우될 수 있다. 많은 학자들이 간과하고 있지만 인구의 급증으로 인한 경작지 확산은 산림파괴로 이어졌고 이는 기후 변화에 대한 적절한 대처를 어렵게 만들었다. 기후 변화로 인한 잦은 홍수는 산림파괴로 조절 능력을 상실한 중세에 질병에 대한 면역력을 약화시키는 결과로 이어졌다. 잦은 홍수로 인한 추수 실패는 인간의 건강을 악화시켰고 이는 질병에 대한 면역력을 약화시켰다. 이런 상황에서 페스트는 도저히 감당하기 어려운 상대였다.

페스트는 생태 변화로 인해 찾아온 재앙이었다. 곰쥐의 유입으로 페스트 숙주였던 쥐벼룩이 들어왔고 16세기 아시아계 갈색쥐가 도래해 생태전쟁에서 승리하기 전까지 유럽은 페스트에 시달렸다. 생태 변화와 이에 따르는 여파는 지금의 인간 과학으로도 명쾌한 대답을 줄 수 없을 정도로 예측 불허한 분야다. 그러나 인간이 재앙의 여파를 최소화하기 위해서는 관리 가능한 발전을 통한 환경보존이 반드시 필요하다. 이것이 중세를 순식간에 붕괴시킨 페스트 창궐의 역사적 교훈이다.

지속가능한 사회를 위한 새로운 문화형성

이 인 현*

Ⅰ. 들어가며

환경문제는 자연에 대한 올바른 인식 없이 인류가 근대화, 산업화로만 치닫는 과정에서 빚어낸 산업사회의 필연적인 결과라고 할 수 있다. 즉, 자연과 인간의 고립적 분리가 가져온 문명적 위기상황인 것이다. 인간만을 생각한 개인주의적 물질욕구를 충족시키기 위하여 자연을 언제라도 마음대로 퍼내어 써도 된다는 생각, 즉 자연을 인간에게 필요한 자원창고로만 여겨온 인간 중심의 그릇된 생각이 초래한 문명적 위기라는 의미이다. 결국 산업화는 이루어졌지만 인간 자신뿐만 아니라 모든 생명의 터전인 자연생태계는 더 이상 돌이킬 수 없을 만큼 심각하게 파괴되고 만 것이다. 지금은 자연생태계가 우리에게 심각한 역작용을 주게 되었다. 생태계 파괴에 따른 자연재해는 물론이고, 천연자원도 이미 고갈되거나 오염되어가고 있다.

환경문제라는 차원에서 제기되는 지금의 위기상황은 이제까지의 위기들과는 전혀 다른 새로운 것이다. 왜냐하면 이 위기는 우리의 삶과 지금 살아있는 모든 생명은 물론 앞으로 태어날 생명들과 그들의 삶의 터전까지

---

* 환경운동연합 시민환경연구소 연구위원

위협하는 총체적인 문제이기 때문이다. 환경은 단순히 인간계를 둘러싼 자연만을 말하지 않는다. 환경은 인간을 포함한 모든 생명의 순환질서를 포함하는 생태계 전체를 뜻한다.

오늘날 지구환경에 대한 위기의식은 인류의 존망이 중요한 관심사로 대두되면서 동·서양 또는 선·후진국을 막론하고 세계 공통의 과제로 떠올랐다. 더욱이 지속가능한 사회의 건설이라는 명제 앞에 우리가 나아가야 할 미래에의 불확실성은 새로운 사회체제를 이룩해야 한다는 사명감을 가지도록 만들었다.

본고에서는 현재의 환경위기에 대한 문제 제기로서 생물의 멸종위기, 에너지위기, 기후변화에 대해서 언급하고, 이러한 문제들을 극복하고 지속가능한 사회로 나아가기 위해서 필요한 대안으로서 문화적 접근의 필요성을 이야기 하고자 한다. 21세기에 들어와 있는 지금도 여전히 20세기식 소비문화에 가치를 둔 경제성장에만 관심을 가지고 있고, 생태계와 경제에 대한 몰이해로는 우리가 당면한 문제들을 해결할 수 없기 때문인데, 생명문화의 창출, 대안사회에 대한 이해를 통해서 새로운 문화를 구축해 나갈 필요가 있다.

II. 문제의 접근

1. 생물의 멸종위기

지구상에 최초로 생명이 출현한 것은 수십억년 전으로 알려져 있다. 생명출현의 신비는 아직도 풀기 어려운 숙제이지만, 지구상에 녹색식물이 출현하면서 산소가 생성되었고 다양한 생물종이 생활할 수 있는 환경을 만들어내었다. 지구가 형성된 이래 현재의 생물종이 존재하기까지는 여러 차례의 대멸종1)이 있었는데, 가장 최근의 대멸종이 영화 '쥬라기공원'으로 잘 알려진 것처럼 공룡의 멸종으로 대표되는 5번째 대멸종이었다.(그림 1 참조) 공룡 멸종의 원인에 대해서는 여러 가지 학설이 있지만, 현재 가장 설득력을 가지고 있는 설은 6,500만년전 소행성이 지구에 충돌한 것이 원인이라는 소행성 충돌설이다. 이로 인해 당시 존재하던 생물 중 1/5이 멸종했는데, 공룡과 같이 몸집이 큰 생물들이 환경변화에 적응하지 못하고 사라진 것이다. 몇 년 전에는 이러한 학설에 기초해서 소행성 충돌로 인한 지구의 위기를 다룬 영화가 만들어지기도 했다.

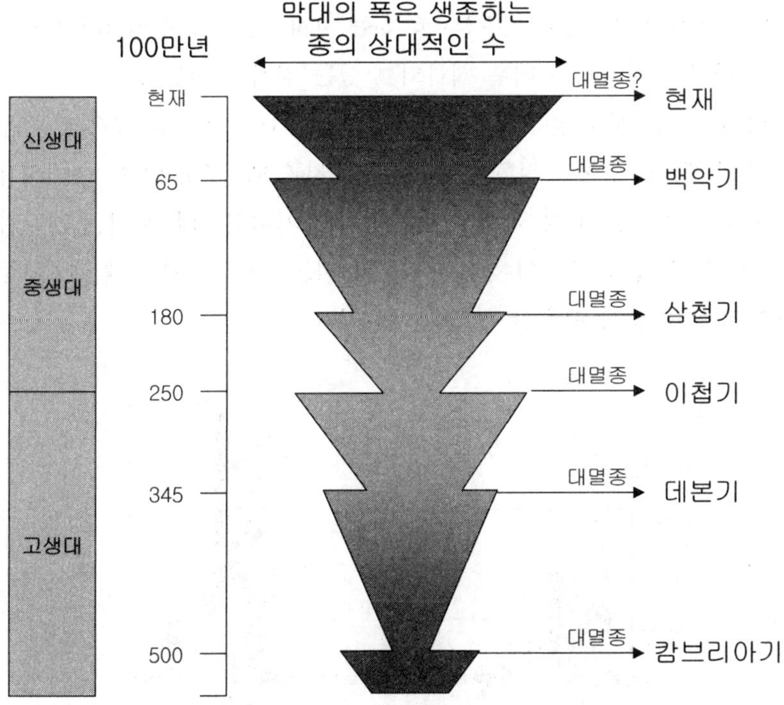

그림 1. 생물의 대멸종 시기(G. Tyler Miller, Jr., 2000 수정)

1) 생물의 개체수가 짧은 시기에 급격히 줄어드는 상태

현재 지구는 새로운 대멸종의 위기에 처해 있다고 하는 과학적 근거들이 발표되고 있는데 매 13분마다 1종류의 생물종이 사라지고 있고, 점차 생물종 다양성이 감소하고 있을 뿐만 아니라 그 감소 속도가 점차 가속화되고 있다고 하는 수치자료가 발표되고 있다. 많은 과학자의 주장에 의하면, 인간이 저지른 야생서식지의 파괴, 훼손 및 분할, 그리고 야생생물의 남획 등에 의해 우리는 현재 6번째 대멸종의 한 가운데에 있다. 우리 인간은 자연자원을 토대로 문명을 유지하고 있다는 점에서, 우리의 운명을 다른 생명체들의 운명과는 분리해서 생각할 수 없다는 점에서, 생물종 다양성의 감소는 심각한 위기이다. 이 멸종의 위기를 초래한 것은 대량생산, 대량소비에 기초한 경제성장을 최우선으로 하는 사회구조인데, 우리나라의 경우는 이러한 사회구조가 더욱 심화되고 있는 점이 우려된다.

<그림 2>는 현재 멸종위기에 처한 생물들에 대해서 조류, 포유류, 어류 3종류의 생물들이 어느 정도의 상황에 있는지를 보여주고 있다. 가장 심각한 종류가 어류로서 약 30%가 멸종 위기에 처해있는데, 이것은 인간이 폐기하는 대부분의 물질이 강이나 호수, 바다로 흘러들어가기 때문에 가장 먼저 영향을 받기 때문인 것으로 생각된다.

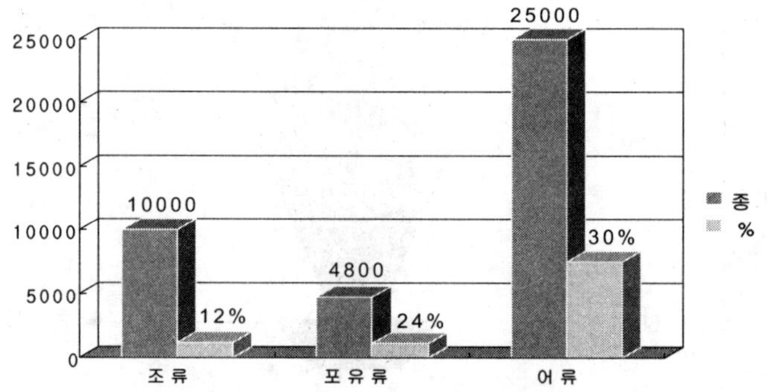

그림 2. 조류, 포유류, 어류의 멸종 위기 상황
(G. Tyler Miller, Jr., 2000)

1) 생물멸종과 관련된 우리의 문화적 특성

우리나라가 안고 있는 생물 멸종과 관련된 문화를 꼽아보면 다음과 같은 것들을 지적할 수 있다. 우선 몸에 좋다고 하면 물불을 가리지 않고 잡아먹는 보신문화가 있다. 전국의 모든 산에 뱀, 노루 등을 남획하기 위한 밀렵도구가 지천으로 깔려 있다.

그리고 모피를 입는 것이 부의 상징인 것으로 여기는 소비문화가 있다. 겨울철이면 일간지에 전면광고가 거의 매주 게재되는데 '모피천국'이라는 문구가 아무렇지도 않게 사용되는 정도이다.[2] 이제는 사육을 통해 모피를 얻기 때문에 문제가 되지 않는다는 주장도 있다. 그러나 모피를 얻는 과정에 대한 소비자의 이해가 불충한 상태에서 소비됨으로 인해 무의식중에 만들어질 수 있는 생명경시 문화 형성에 대한 경계가 필요하다.

마지막으로 토지를 통한 부의 획득이 가능해짐으로 인해서 형성되는 토건국가[3] 문화가 있다. 먼저 70%가 산으로 이루어져 있는 국토에 현재 운영 중이거나 건설 중인 골프장이 262개나 되는데, 경기를 살린다고 골프장을 앞으로 230개 정도나 추가로 건설하려고 하는 정책에 대해 사회적으로 문제화되지 않는 골프문화가 있다. 골프인구는 증가하는데 골프장이 부족해서 해외로 나가기 때문에 외화 낭비가 된다. 그래서 골프장을 만들면 건설경기를 살리는데 도움이 될 것이고 불필요한 외화 낭비를 하지 않아 일석이조이라는 것이다.[4] 이러한 배경에는 이웃 일본이 있는데 정책

---

2) 우리나라는 세계최대의 모피 생산국이자 모피 소비국으로 알려져 있다.

3) 개번 매코맥이 '일본, 허울뿐인 풍요'라고 하는 저서에서 '일본은 막강한 토건 세력들에 의해 움직이고 있어 정치가 썩고 경제가 투기화하며 국토와 환경이 끊임없이 파괴되고 있다'면서 일본의 이러한 사회구조를 '토건(土建)국가'라 불렀다. 우리나라도 아파트투기, 토지투기를 통한 경제의 투기화가 진행되고 있고, IMF는 물론 최근의 경제 불황을 타개하는 방안으로 건설경기 활성화가 국가의 중요 정책으로 수립되는 등 일본의 뒤를 따라가고 있다는 의미에서 사용.

4) "국내 골프코스로 외국인 관광객을 유치하지 않고 해외로 골프관광을 떠나는 내국인만 유인해도 국내 경제에 큰 도움이 될 것"(이헌재 부총리 2004.7.20)

결정자들이 자주 일본의 골프장과 비교해서 우리나라는 아직도 골프장이 부족하기 때문에 더 만들어야 한다고 주장한다. 그러나 인구대비, 면적대비 골프장의 면적을 계산하면 현재도 일본보다 많다고 하는 어떤 경제학자의 주장이 있다. 그러나 무엇보다 큰 문제는 이미 개발적지인 곳은 개발되어 앞으로 골프장을 개발하려고 하면 산을 깎아내고 계곡을 매우지 않으면 안 된다는 것이다. 골프장의 문제점으로는 우선 건설과정에서 산림 훼손이 발생하고 우기 시에는 토사유출과 산사태를 유발할 수 있는데, 그로 인해 생태계 파괴는 가속화될 것이 분명하다. 그리고 운영시에는 잔디를 보호하고 가꾸기 위해서 많은 지하수를 사용함으로서 인근 지하수가 고갈될 우려가 있으며, 농약 사용으로 인해서 하천오염이 촉진될 수 있다. 이러한 문제들은 단순히 자연환경 훼손의 문제에 그치는 것이 아니라 지역에서 전통적인 생활양식으로 살아온 주민의 생존까지도 위협할 수 있는 문제이다.

토건국가 문화와 관련해서 또 다른 문제로 도로건설을 들 수 있는데, 도로건설에 대해서 사회적으로 비판 없이 수용하게 만드는 자동차문화가 있다. 목적지까지 편하게 이동할 수 있다는 점만 보면 분명히 자동차 특히 자가용은 다른 교통수단에 비해서 강점을 가지고 있다. 그렇기 때문에 정부의 중요시책인 국토균형발전을 실현하는 정책수단으로 전국의 주요 도시를 네트워크화하는 계획이 추진되고 있는데, 주요 교통수단으로 도로교통을 꼽고 있다. 이것은 세계 최장의 주행거리를 자랑하는 우리의 자동차문화에서 비롯되는 것으로서, 정부가 국책사업으로 도로를 건설하는데 힘을 보태주고 있다고 할 수 있다. 전국적으로 모든 국도를 4차선으로 확장하거나 신설하고 있으면서 7(남북)×9(동서)의 고속도로 건설을 동시에 추진하고 있는 상황이다.

이런 우리의 문화적 특성들이 복합적으로 작용하여 우리나라의 경우 생태적으로 사회의 지속가능성이 위험한 상황에 놓여 있다. 세계경제포럼이 발표하는 '환경지속성지수(Environmental Sustainability Index)[5]'를 보면,

2002년에는 142개 국가 중 135위에 위치한다는 발표가 있어 사회적으로 커다란 이슈로 제기된 바가 있고, 2004년에는 122위를 차지한 것으로 발표되었다. 그나마 약간 순위가 올라갔다는 측면에서 위안을 삼을 수는 있겠지만, 하위에 있다는 점에서는 별반 다를 바가 없다. 이와 관련하여 참고로 할 수 있는 자료로 1인당 생태량(ecological footprint, 1인당 필요로 하는 식량, 산림산출물, 에너지 등에 소요되는 토지면적)에 관한 국가간 비교표를 <표 1>에 제시하였다. 캐나다, 뉴질랜드를 제외한 주요 선진국들이 모두 생태적으로 결손 되어 있음을 알 수 있다. 우리나라의 경우에는 비좁은 국토면적에서 경제성장을 하였기 때문에 가용생태량의 9배 가까운 결손이 있는 상태이다. 그런데 지속가능성이라는 측면에서 보면 선진국들은 환경지속성지수가 상위에 랭크되어 있다는 것은 우리에게 시사하는 바가 크다. 그것은 문화적으로 대부분의 선진국들은 사회의 지속가능성을 확보하기 위해서 많은 노력을 기울이고 있다는 것을 의미한다고 생각한다.

표 1. 주요 국가의 1인당 생태량(1995년)

국가	가용 생태량	기사용 생태량	생태적 결손 및 잉여
	1인당 헥타르		
네덜란드	1.2	5.9	-4.7
미국	6.7	10.9	-4.2
일본	0.8	4.7	-3.9
이스라엘	0.3	3.7	-3.5
한국	0.4	3.8	-3.4
영국	1.8	4.9	-3.1
그리스	1.8	4.8	-3.0
독일	1.9	4.8	-2.9

---

5) 환경지속성지수는 단순히 환경의 질만 평가한 것이 아니라 환경오염부하, 취약인구집단의 보호, 환경문제를 관리할 수 있는 사회·제도적 능력, 지구환경문제에 대한 기여도 등을 종합적으로 평가한 것으로 그 나라의 환경적인 지속성의 전망을 나타내는 것이다. (장재연, 2005)

남아프리카	1.3	3.1	-1.8
프랑스	4.0	5.4	-1.4
멕시코	1.4	2.6	-1.2
중국	0.6	1.5	-0.8
인도	0.5	1.0	-0.5
러시아	4.3	4.7	-0.5
인도네시아	2.7	1.4	1.3
캐나다	12.6	7.4	5.2
브라질	9.1	3.8	5.3
호주	16.3	10.0	6.3
아이슬란드	21.8	6.6	15.2
뉴질랜드	26.8	8.2	18.6

출처: Mathis Wackernagel and Alejandro Callejas, "세계 52개국의 사용 생태량(1995년 자료)", Redefining Progress, available at <www.rprogress.org>. 주요섭(2001)에서 재인용

2. 에너지 위기

현재 인류문명은 화석연료에 의존하고 있는데, 그 중에서도 석유에 대한 의존도가 높다. 따라서 석유고갈은 세계 경제에 위협적인 요소로 작용한다. 1973년 1차 오일쇼크와 1979년 2차 오일쇼크는 인류가 석유에 얼마나 의존하고 있는가를 잘 나타내주고 있다. 2004년말부터 석유가격의 상승으로 인해 세계의 에너지 수급체계에 다시 비상이 걸렸다. 이전부터 논란이 되었던 석유위기가 시작되었다고 보는 시각이 지배적이다. 최근의 유가상승이 사상 최고가를 갱신하면서 석유위기에 대한 대책마련이 시급한 상황이 만들어지고 있는 것이다.

20세기를 석유시대라고 부를 만큼 인류의 석유에 대한 의존도가 심화되어 있기 때문에, 특히 에너지 부문에서 석유에 의존[6]하고 있기 때문에 석유가격의 상승은 에너지 위기로 이어지고, 에너지 없이는 유지될 수 없는 현재의 인류 문명과 세계경제에 심각한 위협요소로 작용한다.

---

6) 전세계 에너지의 35% 정도를 석유가 공급하고 있다.(이필렬, 2004)

인류가 현재의 화석연료를 중심으로 한 에너지 소비 수준을 유지할 경우, 석유는 40년, 천연가스는 65년, 석탄은 200년, 우라늄은 50년 정도면 고갈될 것이라는 예측이 있다.(이필렬, 2002, 2004) 에너지에 대한 추이가 이런데도 불구하고 인류의 에너지 소비는 갈수록 증가하고 있다.(표 2) 그것은 기본적으로는 인구의 증가에 기인하는 바가 크지만, 선진국을 지향하는 개발도상국들의 경제성장에 의한 소비 증가도 중요한 요인 중의 하나이다. 결국 석유가 에너지 자원 가운데 가장 먼저 고갈될 것으로 예상할 수 있다.

표 3. 인류의 에너지 소비 추이(이필렬, 2004)

연도	추이
1990년	1971년 대비 60% 증가
2010년	1990년 대비 50% 증가 예측
2020년	1990년 대비 80% 증가 예측

한편 우리나라의 에너지 소비는 산업자원부의 통계에 따르면 1991년부터 2001년까지 10년간 200% 증가한 것으로 나타난다. 같은 기간 동안 세계의 평균적인 에너지 소비는 15% 증가하였는데, 이것은 우리나라가 얼마나 에너지를 많이 사용해 왔는지 쉽게 알 수 있게 하는 것이다. 우리나라의 1인당 에너지 소비 증가율은 세계 최고 수준에 있는데, 정부가 발표한 에너지 수요 장기전망은 앞으로도 20년 정도 이러한 증가추세가 계속될 것으로 예측하고 있다. 이런 점에서 우리나라의 에너지 위기는 다른 나라와는 비교가 되지 않을 정도로 심각한 수준에 있다는 것을 정부는 물론 일반 시민들이 깨달아야 한다.

1992년 이후 2003년까지 독일, 영국, 일본과 비교한 1인당 에너지 소비량의 변화를 <그림 3>에서 볼 수 있는데, 1997년까지 지속적으로 가파르게 증가하다가, 1998년 IMF 시기에 일시적으로 감소하였고, 그 후로 다시 이전과 비슷한 증가 경향을 나타내고 있다. 1997년부터는 영국보다 많은 에너지를 소비하기 시작했고, 2000년에는 독일, 일본과 비슷한 수준에서 그 이듬해인 2001년 이후로는 훨씬 많은 에너지를 소비하고 있다. 이것은 우리의 에너지 위기 불감증에 기인하는 것으로 분석되고 있다.[7] 이것은 독일이나 일본의 1인당 국민소득이 우리나라보다 3배 정도 많다는 점을 고려하면 보통 심각한 상황이 아닐 수 없다. 1인당 국민소득 2만불 시대에 진입하겠다고 한국형 뉴딜사업이라고 해서 전국 각지에서 개발사업을 벌여 생태계를 훼손하고 있는데, 에너지 효율성을 향상시키고 에너지를 절약하면 석유를 수입하기 위해서 외화를 낭비하지 않아도, 그리고 환경파괴적인 개발사업을 벌이지 않아도 실질적인 국민소득 향상에 기여할 수 있을 것이다.

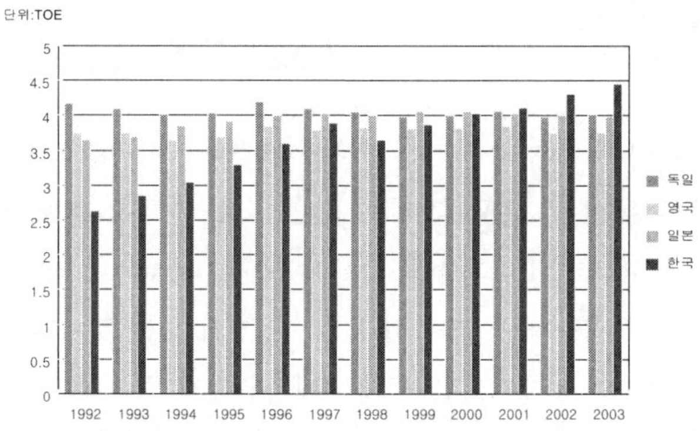

그림 3. 국가별 1인당 에너지 소비량 비교(이필렬, 2004)

7) 두바이유 값이 배럴당 44달러를 넘어 사상 최고치를 기록한 9일 저녁 서울 도심의 한 사무실. 직원 대부분이 퇴근했거나 저녁식사를 위해 자리를 비워 사무실은 텅 비었지만 수십 대의 컴퓨터는 하는 일 없이 윙윙거리며 전기를 빨아들이고 있다. 텅 빈 사무실은 대낮처럼 밝힌 전등만이 지키고 있다. 국제 유가가 오르기 시작한 지난해 '에너지와의 전쟁'을 선포했던 회사라곤 믿기질 않는다. 지난해 이 회사는 일과 후 PC·전등 끄기, 사무실 조명 낮추기 등 에너지 한 방울이라도 아끼기 위해 전 직원들이 한바탕 소동을 벌였기 때문이다. 직원들이 자발적으로 참여하기로 했던 차량 10부제 운행도 유야무야 됐다.(매일경제, 2005.3.10)

　세계적으로는 원유생산량이 정점을 지나 변화가 없거나 감소하는 「석유 피크」를 맞이한 산유국들이 이어지고 있는 한편(그림 4 참조), 중국 등 신흥시장의 석유수요는 앞으로도 급속하게 늘어날 것으로 예측되고 있어, 석유 및 천연가스 확보를 위한 치열한 신경전이 전개되고 있다.

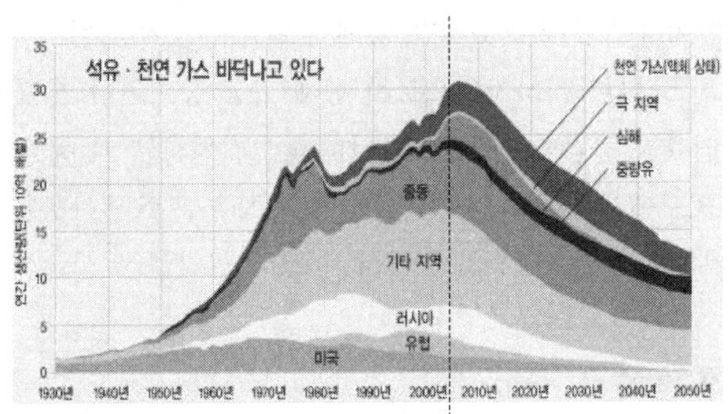

그림 4. 세계의 산유량 변화(2004년 이후는 예측,
ASPO 자료; 이필렬(2004)에서 재인용 수정)

　중국의 석유소비는 1992년~2002년의 10년 동안 2배 증가하여 세계 2위의 소비국이 되었는데, 최근 자전거를 버리고 자동차로 전환하는 시민들이 많아지면서 석유소비 증가율이 더욱 커질 것으로 예상된다. 13억의 중국인이 모두 자동차를 소유한다고 가정하면(실제 세계 자동차 시장에서 중국이 가장 매력적인 곳으로 평가되고 있다), 현재의 석유생산량을 모두 가져가도 부족하다.

　최근의 독도 문제를 둘러싼 한·일간의 갈등도 겉으로는 영토문제로 비춰지고 있지만, 실은 독도 아래에 매장되어 있는 것으로 추정되고 있는 천연가스를 확보하기 위한 일본의 전략적 계산이 깔려 있다고도 이야기되고 있다. 그리고 미국이 9.11 테러를 계기로 이라크를 침공한 것도 석유 공급선을 확보하기 위해 계산된 전략적 행동이었다고 하는 분석이 나와 있다. 또한 소련연방이 붕괴되면서 독립을 선언한 체첸공화국을 무력으로 점령한 러시아가 테러를 당하면서까지 체첸을 점유하고 있는 이유도 석유와 천연가스를 확보하기 위한 것이라는 분석이 있다. 이런 점에서 석유위기로 대표되는 에너지 위기는 세계 평화의 위기이기도 하다.

이러한 에너지 위기, 세계 평화의 위기를 극복하기 위해서는 원자력이 유일한 대안이라는 주장이 있지만, 앞에서 언급한 것처럼 원자력의 원료인 우라늄 또한 유한한 지하자원으로서 현재 가동 중이거나 계획되어 있는 원자로에 연료를 공급할 경우 50년 정도면 고갈될 것으로 예상되고 있다. 그렇다면, 지구에서 사용되고 있는 에너지의 대부분을 무한하게 제공하는 태양에너지를 활용하는 것을 고려하는 것이 타당하지 않을까.

3. 기후변화

위에서 석유위기로 대표되는 에너지 위기에 대해서 언급했지만, 석유로 대표되는 화석연료의 사용으로 인한 지구온난화의 문제는 전세계에 기후변화를 유발한다는 점에서 또 다른 측면의 위기라고 이야기 할 수 있다.

IPCC에 따르면 지난 100년간 지구 평균 기온은 0.6℃ 상승했다고 한다. 이 기간에 우리나라는 1.5℃ 상승했다. 그리고 2100년에는 적게는 2℃에서 많게는 6℃ 정도가 상승할 것으로 예측되고 있다. 지구온난화로 인한 기온 상승은 기후변화를 일으키게 되는데, 우선 기온 상승으로 인해 극지방과 고산지대의 빙하가 녹고, 그로 인해 해수면이 상승하도록 만드는 것은 물론 바닷물의 흐름에 영향을 주어 대기의 흐름에 영향을 끼치게 되어 기상이변이 발생하게 된다. 지난 100년간 바닷물은 4cm나 상승했고, 지금과 같은 상태로 지구온난화가 계속되면 앞으로 100년 후에는 9~88cm 더 상승할 것으로 예상된다는 연구결과도 발표되었다.[8] 바닷물

---

8) 한국일보 2005.3.18

이 4cm 상승한 결과가 인류에게 어떤 피해를 가져왔는지 정확한 통계는 없지만, 기상재해로 인한 재산상의 피해는 매년 증가하고 있는 것으로 분석되고 있다. 예를 들어 우리나라의 경우 2002년 태풍 '루사'는 5조원이 넘는 재산 피해를 가져다주었고, 2003년 태풍 '매미'도 약 5조원의 재산 피해를 가져다주었다. 한편 미국에서는 2004년 한해 동안 허리케인으로 인한 피해액이 약 120억달러(12조원)로 추산되고 있다. 이러한 피해는 세계 각지에서 해를 거듭할수록 피해규모를 갱신하고 있다. 기상이변은 재산피해 뿐만 아니라 생명까지도 앗아가는 피해를 가져오는데 2003년에는 유럽에서 열파로 인해 3만명 이상이 사망하였다. 우리나라도 2004년 10년만의 무더위가 찾아와 사망률이 증가했었다. 여름철 기온이 36℃를 넘어가면 체력적으로 적응하기 힘든 노약자의 사망률이 높아지는 것으로 알려져 있다.

이러한 기후변화를 방지하기 위해서 1997년 일본의 교토에서 기후변화협약 교토의정서가 채택되었고, 무려 8년이라는 세월이 지난 뒤인 지난 2월 16일 교토의정서가 발효되었다. 작년 러시아가 의정서에 비준함으로써, 비로소 발효요건을 갖추게 되어 선진국을 중심으로 3년 후인 2008년부터 온실가스 배출 규제가 시작된다. 우리나라에서는 모든 신문이 이제 우리도 온실가스 배출 규제에 대비해야 한다는 글을 실었다.

이제는 거의 상식처럼 되어 있는 것처럼 우리나라의 이산화탄소 배출량은 세계에서 아홉 번째로 많다. 그렇기 때문에, 2008년부터 당장 규제를 받지는 않지만, 2013년부터(교토의정서의 1차 공약기간이 2008년~2012년이고, 2차 공약기간은 2013년부터 시작됨)는 규제 대상국이 될 것으로 대부분의 전문가들이 예상하고 있다.

그러면 우리는 무엇을 준비해야 할 것인가에 대한 고민을 모든 사회구성원이 해야 한다고 생각한다. 그 첫 번째로 생각할 수 있는 것이 에너지절약인데, 이것이 지구온난화와 관련해서 시민들이 가장 우선적으로 실천할 수 있는 일이다. 예를 들면 영국에서는 제5의 연료라고 하고, 독일에서는 에너지원으로서의 에너지절약 개념을 중시하고 있다. 다음으로는 화석연료를 대체할 수 있는 에너지원으로 바꾸는 것이다. 화석연료를 대체할 수 있는 에너지원은 여러 가지가 있지만, 그 중에서도 가장 주목받고 있는 것이 태양에너지, 풍력에너지이다. 이외에도 바이오매스라고 부르는 에너지원이 있는데, 이것은 음식쓰레기, 폐식용유, 축산폐기물, 폐목재 등과 같은 유기물을 활용해서 연료로 사용하는 것을 말한다.

시민들이 가장 우선적으로 실천할 수 있는 것으로 에너지절약을 이야기했는데, 우리나라의 경우 자가용 이용을 자제하는 것과 겨울철 실내 기온을 18℃ 정도로 낮게 하고 옷을 두껍게 입는 등을 실천할 것을 권하고 싶다. 2001년 통계를 보면 우리나라 자동차의 일년 평균 주행거리가 21,000km를 넘는다고 하는 통계가 있다. 자동차 왕국인 미국이라고 해도 2만km를 약간 넘는 수준이고, 이웃 일본의 경우는 1만km 정도에 불과한 것에 비하면, 자동차 이용으로 인한 에너지 낭비가 심하다는 것을 알 수 있다. 그리고 아파트에서 생활하는 가정이 늘어나면서 식당 등에서 겨울철에도 반팔에 반바지 차림으로 생활하는 것을 많이 볼 수 있는데, 이것은 실내 기온을 얼마나 덥게 하고 있는지 그래서 에너지를 얼마나 낭비하고 있는지를 보여주고 있는 것이라고 생각한다. 우리보다 훨씬 추운 북구에서도 실내 온도를 가능한 한 낮게 하고 옷을 두껍게 입는다. 석유 한 방울 나지 않는 나라에서, 세계에서 이산화탄소 배출량이 아홉 번째로 많은 나라에서 이건 심해도 너무 심한 것이 아닌가 반성해야 할 일이라고 생각한다.

Ⅲ. 지속가능한 사회를 위한 접근

1. 생명문화의 창출

지속가능한 사회로 나아가기 위해서는 우리의 의식을 바꾸어서 생활양식과 문화를 바꾸지 않으면 안 된다. 먼저 생태계의 위기에서 파악된 것처럼 생명을 존중하는 문화를 회복[9]내지는 창출해야 한다.

에너지와 원료는 자연자원에서 획득하는 것으로서 모든 경제활동의 조건이기 때문에, 자원을 확보하기 위해 전쟁과 억압과 착취[10]가 진행된다. 앞 절의 에너지 위기에서 살펴본 것처럼 현재 진행 중인 수많은 갈등은 에너지와 원료를 안정적으로 확보하기 위한 것들이다. 세계 인류 전체의 안녕과 고통에 결정적인 영향을 미치게 된 자원들이 어떻게 이용되고 있는가 하는 문제에 대해 생각해야 한다. 그것은 경제와 생태계(=환경)를 구분하는 데카르트의 이분법적인 사고에서 출발하는 경제이론의 전제로 자원을 무한하다(나카무라, 1999)고 정하고 자연을 착취하면서 생명을 경시하는 문화가 형성되었기 때문이다. 현재의 선진국들이 자국 내의 자원만으로는 더 이상 경제성장이 불가능해지자 새로운 자원을 찾아 나서면서 식민지를 개척하였고, 그 과정에서 단지 문화적으로 다르다는 이유로 많은 원주민들이 희생당하였다[11]. 아메리카 대륙에서 수많은 인디언들이 새로운 자원을 개척하려고 하는 유럽의 침입자들에게 희생당하였고, 오늘날에 와서는 주인 자리를 빼앗기고 제한된 구역(인디언 보호구역)에서 살아가고 있다. 형태는 다르지만 지금도 여전히 자원을 확보하기 위한 세력과

---

9) 우리 조상은 자연과 동화된 생활을 하면서 풀 한 포기까지의 생명까지도 귀히 여겼다. 이런 의미에서의 회복을 뜻한다.
10) 인간이 자연에게 저지르는 것까지도 포함하는 강자가 약자를 억압, 착취하는 것.
11) 조상 대대로 자연과 호흡을 함께 하는 생활(=지속가능한 생활) 즉 생명문화를 가지고 있는 원주민들은 자신들의 생명(=자연)을 지키기 위해 저항했고, 개척자들에게 이들은 자신들의 자원획득을 방해하는 하찮은 존재에 불과하기 때문에 무참히 희생시켰다.

이를 지키기 위한 원주민 사이의 갈등은 진행되고 있고, 대부분의 경우 소수에 불과한 원주민들의 생명은 간과되는 경향을 보인다.

이러한 문제를 해결하기 위해서는 경제와 생태계를 구분해서는 안 될 것이다. 지구에 존재하는 모든 존재들이 생태계에 포함되어 있다는 점을 생각한다면, 경제를 포괄하는 생태계를 우선적으로 고려해야 한다. 즉, 생태계는 단순히 자연보호를 하는 것이 아니라, 인간의 삶을 보장하는 경제가 미래에도 지속되도록 하기 위한 보증수표이다. 생태계(=생명)가 죽어 가는데 경제를 살릴 수 있다는 것은 구호에 불과하다는 것을 뇌리에 분명히 각인시켜야 한다.

그렇기 때문에 생명문화를 회복·창출하는 것은 현재의 위기 상황을 극복할 수 있는 중요한 문제이다. 작년 우리 사회에서 가장 주목을 받았던 사회적 이슈로 천성산의 생명을 지키기 위한 지율스님의 목숨을 건 단식농성이 있었다. 경부고속철 사업으로 대구에서 부산까지 10분 빨리 가기 위해서 천성산에 터널을 뚫는 것을 막기 위한 것이었는데, 이것을 두고 대부분의 사람들은 스님에게 돌을 던진다. 한 사람 때문에 공사가 늦어지고 그로 인한 경제적인 피해가 크다는 것이다. 이러한 생각 역시 경제에 방해가 되는 생명들은 무시되어도 좋다고 하는 의식이 작용하고 있다고 볼 수 있다. 그러나 경제는 생태계에 속한 것이라는 것을 잘 이해한다면, 10분 빨리 가기 위해서 생태계를 파괴한다는 것은 생각할 수 없을 것이다.

2. 대안사회 인식의 확대

지속불가능한 화석연료, 원자력을 중심으로 한 사회로부터 탈피하여 대안사회로 변화해 가야 한다. 대안사회란 자연자원을 최소한으로 이용하는 순환형 사회를 일컫는다. 순환형 사회는 원료의 투입부터 최종 폐기에 이르기까지 생태계에 미치는 영향을 고려하기 때문에, 기존의 사용 후

폐기하는 사회시스템이 아닌 한 쪽에서 폐기되는 물질이 다른 용도로 활용할 수 있도록 시스템이 구축되어 있는 사회이다.

20세기의 석유시대는 재생불가능한 자원을 중심으로 한 지속불가능한 사회였다. 따라서 그 대안사회라고 하는 것은 태양에너지를 중심으로 한 사회를 구축하는 것을 의미한다.[12] 그리고 유한한 자원을 이용한다는 것을 전제로 해서 경제가 규정되는 사회이어야 한다. 그런 경제의 토대가 되는 것을 프란츠 알트(2004)는 '생태적 경제기적'에서 생태위기를 극복하면서 경제를 살릴 수 있는 시스템으로 태양에너지를 중심으로 한 사회를 제안하고 있다. 그는 사후처리식의 환경산업이 아닌 태양광과 태양열, 풍력, 바이오매스 등의 환경 부문에서 수백만 개의 일자리를 창출할 수 있다는 것을 제시하고 있다. 대안사회는 첨단기술이 아닌 일반 시민들도 쉽게 습득할 수 있는 기술을 적용할 수 있는 사회이며, 대규모 자본이 아니어도 기술을 얻을 수 있는 사회이다. 그리고 대안사회는 석유처럼 편중되어 있는 중앙집중식의 사회가 아닌 태양처럼 누구에게나 동일하게 분배되는 분권형 사회이기도 하다. 이런 대안사회가 21세기에는 우리사회의 중심에 자리잡도록 만들어야 한다.

IV. 지속가능한 사회를 위하여

인류가 사용하는 자원 중에서 지속가능한 사회의 확립에 가장 큰 장애로 작용하는 것이 바로 석유이다. 우리가 석유로부터 벗어날 때 재생가능한 에너지로의 전인적인 전환이 가능하며, 우리의 환경의 변화를 가져온다.

---

12) 태양에너지는 태양열·빛, 바람, 유수의 작용을 포함한다. 여기서 원자력은 대안이 될 수 없다. 왜냐하면, 원자력이 비록 이산화탄소를 거의 배출하지 않지만 그 폐기물 처분에 있어서는 지속가능성을 담보할 수 없기 때문이다. 고준위 방사성폐기물은 수십만년 동안 안전하게 처리할 수 있어야 하는데, 이것은 현재로서는 불가능하다.

이것은 무엇을 통해 이루어지는가. 그것은 바로 우리의 비생명적인 문화를 생명문화로 전환할 때 가능할 것이다. 생명문화로의 전환은 재생불가능한 에너지로부터 재생가능한 에너지로의 전환이 있어야만 가능한 일이다.

우리나라에서 재생가능에너지에 바탕을 둔 에너지 시스템으로의 전환은 가능할까. 현재 한반도 남쪽에서 가장 풍부하게 존재하고 효과적으로 이용할 수 있는 재생가능에너지원은 태양에너지이다. 우리나라에 쏟아지는 태양에너지의 이론적인 잠재량은 연간 1억 2,900만 GWh에 달한다. 이 중에서 1.7%정도만 이용하면 우리나라에서 1년에 사용하는 에너지를 모두 공급할 수 있기 때문에, 이론적으로는 재생가능에너지로의 전환이 가능하다는 이야기가 된다. 실제적으로 이 에너지가 모두 쓸 수 있는 것은 아니라고 하더라도, 재생가능한 에너지의 양으로는 적은 양이 아님에 분명하다.

장재연(2004)은 "우리의 환경지속성 지수가 세계 최하위인 것은 단순히 국토, 인구의 본질적인 제약 탓이 아니다"며 "경제규모 등에 걸맞게 향상시킬 수 있고 향상시켜야 하는 분야를 소홀히 했기 때문"이라고 지적했다.[13] 이제 우리에게 변화할 것을 세계가 요구할 시점이 가까워오고 있다. 우리의 문화를 조상들이 그랬던 것처럼 자연과 하나 되는 문화로 다시 되돌아가는 문제를 심각하게 고민해야 한다.

최근의 문화는 경제와 밀접하게 연관되어 있다는 점을 고려하면, 경제의 생태적 관점으로의 전환이 답일 수도 있다. '경제'와 '성장'과 '생태'는 같이 공존할 수 있기 때문이다. '자연·환경·생태적 관점은 경제에 우선한다' 이것이 바로 지속가능한 미래사회로 갈 수 있는 길이다. 이것을 보여준 세계적인 도시가 꿈의 도시로 불리는 브라질의 꾸리찌바시이다. 꾸리찌바

---

13) 아주대 장재연 교수는 2004년 2월 서울 그랜드 인터컨티넨탈 호텔에서 열린 환경재단 '136포럼' 창립 1주년 기념행사에서 '환경지속성지수, 무엇이 문제이고 어떻게 올릴 것인가'라는 주제 발표를 통해 이같이 밝혔다.

는 자연·환경·생태적 관점에 선 '자연적 자본주의'의 진수를 보여준다. (박용남, 2002) 꾸리찌바는 선진국도 실현시키지 못한 지속가능한 도시의 모습을 구현했다는 점에서 유엔 인간정주센터가 세계적으로 주목하는 도시의 하나가 되었다. 문화적인 측면과 관련된 점을 예를 들면, 자동차 문화로부터 보행자를 존중하는 문화적 혁명의 단초를 마련하기도 하였는데, 도로를 폐쇄하고 보행자 광장을 조성하는데 아이들과 주민들이 참여하면서 자동차 우선을 주장하는 사람들의 반대를 막아낼 수 있었다. 이것은 시민의 참여가 사회문화를 바꾸는데 얼마나 중요한 역할을 하는가를 잘 보여주는 사례이다.

마지막으로 지속가능한 사회를 유지하기 위해서는 교육을 빼 놓을 수 없다. 1992년 리우회의에서 결의한 지속가능한 사회로 나아가기 위한 '의제 21'에서도 교육을 중요한 요소의 하나로 꼽고 있다. 특히 환경교육의 중요성을 강조할 수 있는데, 그것은 환경교육을 통해서 환경과 자연자원을 보전하면서 미래 세대에게 건강한 삶과 번영을 물려주기 위한 지속가능성의 인식을 확산시킬 수 있기 때문이다. 따라서 이제 우리의 교육은 경제적 풍요로움만을 위한 수단으로서의 경쟁적 교육에서 탈피하여, 생명문화를 창출할 수 있는 교육을 강화하는 방향으로 나아가야 한다.

참고문헌

개번 매코맥, 일본 허울뿐인 풍요, 창작과비평사, 권숙인·이숙종·최은봉·한경구 옮김, 1998.

나카무라 오사무, 경제학은 왜 자연의 무한함을 전제로 했는가, 한울아카데미, 전운성 옮김, 1999.

박용남, 꿈의 도시 꾸리찌바, 이후, 2002.

이필렬, 석유시대 언제까지 갈 것인가, 녹색평론사, 2002.

이필렬, 다시 태양의 시대로, 양문, 2004.

장재연, 환경지속성지수(ESI) 136위의 이유와 대책, 환경재단 136포럼, 2004

장재연, 세계경제포럼 2005년 환경지속성지수 평가 결과와 의미, 시민환경연구소 해설, http://cies.kfem.or.kr., 2005.

프란츠 알트, 생태적 경제기적, 양문, 박진희 옮김, 2004.

힐러리 프렌치, 세계화는 어떻게 지구환경을 파괴하는가, 도요새, 주요섭 옮김, 2001.

G. Tyler Miller, Jr., 환경과학 -지구보존-, 광림사, 환경과학 교재연구회 역, 2000.

필자소개

양병무

대덕대 철학 및 인성교육 전담 초빙 부교수

김기중

순천향대학교 인문과학대학 어문학부 국어국문학전공 교수

전성운

순천향대학교 인문과학대학 어문학부 국어국문학전공 조교수
선문대학교 중한번역문헌연구소 선임연구원

이재규

현 통컴 애니메이션 기획실장
순천향대학교 인문과학대학 예술학부 애니메이션전공 강사

김 민

순천향대학교 인문과학대학 교육과학부 청소년교육상담학과 전임강사
국무총리소속 청소년위원회 정책자문위원(현)
감사원 자문위원 역임
문화관광부 청소년육성정책 자문위원 역임

이신동

순천향대학교 인문과학대학 특수교육과 부교수
한국영재교육학회 부회장
퍼듀대학교 영재연구소 연구교수 역임

남상인

순천향대학교 인문과학대학 교육과학부 청소년교육상담전공 부교수
현재 한국상담학회 부회장
한국청소년상담원 상담교수 역임
한국아동청소년상담학회 회장 역임

이영관

순천향대학교 인문과학대학 어문학부 국제문화전공 조교수.
국제문화교류연맹(ICEL) 연구소 소장 역임

이인현

환경운동연합 시민환경연구소 연구위원
건설교통부 국토정책위원회 전문위원 역임
이학박사

21세기 문화 · 환경과 인문학

인쇄일 초판 1쇄   2006년 04월 20일
         2쇄   2013년 06월 20일
발행일 초판 1쇄   2006년 04월 25일
         2쇄   2013년 06월 23일

지은이 순천향대학교 인문과학연구소
발행인 정 찬 용
발행처 국학자료원
등록일 1987.12.21. 제17-270호

서울시 강동구 성내동 447-11 현영빌딩 2층
Tel : 442-4623~4 Fax : 442-4625
www. kookhak.co.kr
E- mail : kookhak2001@hanmail.net
ISBN 89-541-0020-1 93810
가 격 10,000원